솔칸의 연인

지은이 | 최원
펴낸이 | 권순남
펴낸곳 | 마롱
디자인 | 박소연
편 집 | 안효진
마케팅 | 유소정

1판1쇄 인쇄일 | 2023년 7월 17일
1판1쇄 발행일 | 2023년 7월 31일

등록일자 | 2008년 1월 7일
등록번호 | 제310-2008-00001호

주소 | 서울시 노원구 상계 1동 1049-25 신영산업 BD 602호
대표전화 | 02-2091-0291
팩스 | 02-2091-0290
이메일 | marubooks@mayabooks.co.kr

979-11-368-3040-1 (04810)
979-11-368-3038-8 (set)

값 9,000원

* 저자와 협의하여 인지를 붙이지 않습니다.
* 잘못된 책은 교환하여 드립니다.

MARONG
ROMANCE STORY

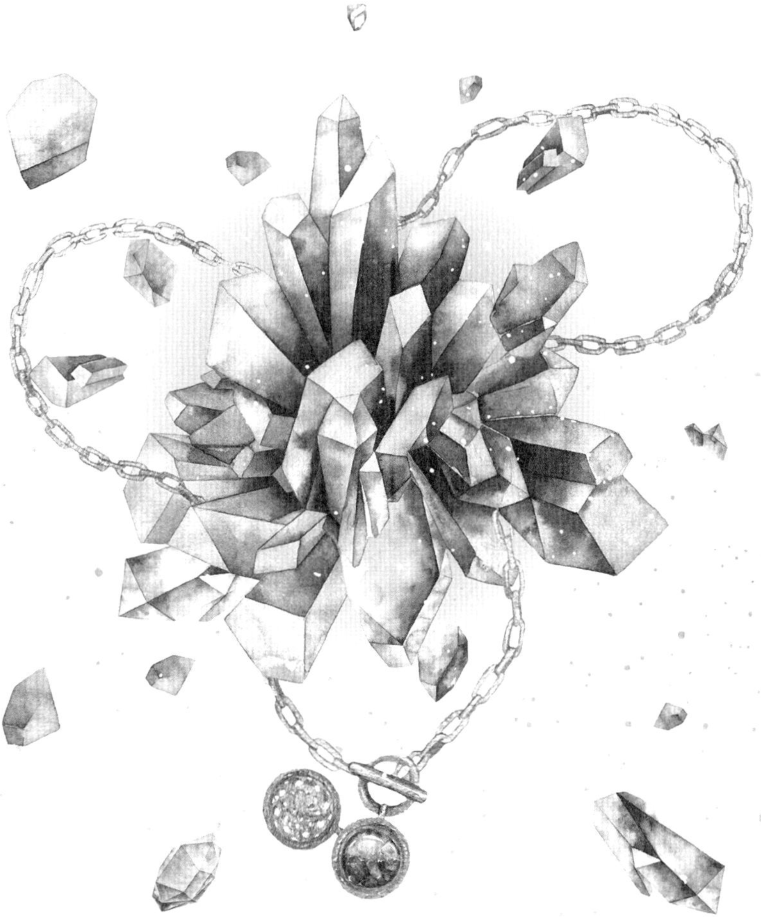

최원 지음

솔칸의 연인

II

MARONG

CONTENTS

19. 연인들에게 가혹한 밤. 7

20. 한번은 거쳐야 할 일. 37

21. 삐딱한 마음. 63

22. 궁금하실 것 같아서. 81

23. 혹시 모를 그 변수에 저를 걸어주세요. 103

24. 신이 머무는 자리. 129

25. 절대 군주 같은 솔칸이 되어줘. 149

26. 덫에 걸리다. 169

27. 이별. 195

28. 씩씩한 척하지 않아도 돼. 215

29. 즐겁지 않기를 바랐으니까. 233

30. 헤어진 적 없어. 257

31. 아까부터 쭉 하고 싶었거든. 279

32. 네가 또 헤어지자고 할까 봐, 그게 더 무서우니까. 301

33. 오래 기다리게 하지 마. 319

34. 넘지 말아야 할 선. 339

35. 일촉즉발. 359

36. 고양이, 사자가 되어라 379

작가 후기 403

XIX.
연인들에게
가혹한 밤.

 8월의 바람은 끈적거렸고 후텁지근했다. 에어컨이 빵빵했던 버스에서 내리자, 뜨거운 열기가 훅하고 얼굴에 닿았다. 은효는 밖에서 기다리다, 운전기사가 꺼내준 캐리어를 끌고 터미널 안으로 들어갔다.
 아버지의 장례가 끝난 뒤, 은효는 평창으로 내려갔다. 아버지의 유품을 정리할 겸, 마음을 다스리기 위해서였다. 같이 가주겠다는 윤에게는 혼자 있을 시간이 필요하다고 말했다. 휴대폰도 노트북도 없이 한 달을 평창에서 지냈다.
 절대 내려오지 말라고 했던 부탁을 윤은 착실히 지켜주었다. 덕분에 은효는 그곳에서 오롯이 아버지의 흔적과 교감할 수 있었다.

아버지의 동선을 따라 숨결을 느끼고 그의 생활을 상상했다. 함께 하지 못했음에 아쉬워하기보다는 사랑받았던 기억만 떠올렸다. 그리고 유품들을 하나하나 태우며 추억을 저장했다. 그렇게 미련 없이 아버지를 보내드렸다.

버스에서 내내 시원한 음료가 간절했던 은효는 지하철을 타기 전, 터미널 안의 카페에 들렀다. 주문하려고 카운터 앞에서 섰을 때, 누군가 그녀에게 말을 걸었다.

"혹시, 배우 해볼 생각 없어요?"

익숙한 음성에 은효는 입가에 웃음을 그리며 그에게 돌아섰다.

"계약 조건은요?"

"어? 진짜? 진짜 할 생각 있는 거지?"

"또 춘영 통신원인가요? 걔는 안 그러겠다고 해놓고……."

지훈이 은근슬쩍 은효가 옆에 둔 캐리어의 손잡이를 잡았다.

"한 번 아군은 영원한 아군이지. 내가 부탁했어. 은효 씨한테 전화 오면 바로 연락 달라고."

"이러면 윤이 씨에게 전화 안 한 제가 뭐가 돼요. 바쁠까 봐 춘영이한테만 전화하고 온 건데."

해변에라도 다녀온 듯, 지훈의 피부는 여느 때보다 가무잡잡했다.

"맞아. 윤이 요즘 매우 바빠. 인도 사업 계약이 체결되고서 회사 일도 더 많아졌고, 슈피르 연맹과도 자주 접촉하느라 정신이 없어 보였어. 나도 얼굴 본 지 오래됐다."

"아…… 그렇구나."

"너무 노골적으로 서운한 티 내지 말아줄래? 한달음에 달려온 사람 민망해지려고 한다."

"지훈 씨도 바쁠 텐데 뭐 하러 왔어요."

은효의 관심에 지훈은 그제야 환하게 웃었다. 연한 회색 슈트 차림의 그는 지나가는 사람들이 힐긋거리며 곁눈질할 만큼 여전히 근사했다.

"여긴 좀 시끄러우니, 장소를 옮겨서 시원한 거 마실까?"

"네. 그래요."

그녀는 순순히 캐리어를 지훈에게 맡기고 그의 차가 있는 곳까지 함께 걸어갔다.

은효는 커피에 얹어진 생크림을 티스푼으로 떠먹으며 주변을 살폈다. 엔티크 장식품이 아기자기하게 진열된 예쁜 카페였다.

"도시 입맛에 길들여서 시골에 있는 내내 먹는 것 때문에 괴로웠어요. 아이스 모카 마시려고 버스 타고 읍내까지 가는 것도 귀찮고."

"한 달을 용케도 버텼군."

은효는 같이 주문한 치즈 조각 케이크를 입에 넣으며 좋아 죽을 것 같은 미소를 지었다.

"아, 역시 커피엔 달콤한 케이크가 최고야!"

"그런 표정 지으면서 쳐다보지 마. 아직 마음의 정리 안 된 사람 흔들린단 말이야."

"우리 그럼, 정리된 다음에 봐요."

은효가 일어나는 시늉을 하자, 지훈이 인상을 찡그렸다.

"진짜 갈 것도 아니면서 이러지 맙시다."

"커피랑 케이크를 두고 가려니 발이 안 떨어지네요."

그가 피식 웃으며 들고 있던 커피잔을 내려놓았다.

"뭐 일단 편해 보여서 좋다. 정리는 다 한 건가?"

"아버지랑 약속했거든요. 정신 줄 똑바로 잡고 금방 털고 일어나겠다고."

"앞으로의 계획은 정했어?"

"내년에 대학원 진학하려고요. 아버지가 남겨주신 돈으론 원룸을 구할 생각이에요."

"부자 애인 놔두고 웬 원룸? 고급 오피스텔로 구해달라고 해."

은효가 떫은 표정으로 그를 째려보았다.

"비싼 외제 차도 사달라고 할까요? 가방이랑 구두랑 옷이랑."

"괜찮은 생각이야."

"지훈 씨 회사에서 일해볼 생각 있었는데 관둬야겠어요. 그냥 부자 애인 덕 보면서 편하게 공부나 할까 봐요."

"뭐라고? 우리 회사에서 뭘 한다고?"

"못 들은 거로 해 주세요."

은효는 빨대로 얼음을 저으며 딴청을 부렸다.

"더 나이 들기 전에 도전해보는 것도 좋을 것 같았는데……. 재미있을 것 같기도 하고, 내가 그 전부터 관종 끼가 좀 있는 것도 같고…… 뭐 암튼, 다른 엔터테인먼트를 찾아볼게요."

"이보세요, 연은효 씨! 사람이 의리라는 게 있어야 합니다! 의리!"

"부자 애인 덕 보라면서요."

"어허이! 젊은 사람이 벌써 누구한테 막, 기대고 그러는 거 아니지. 아무리 애인 사이라도."

지훈이 생수를 벌컥벌컥 들이켜고는 여전히 믿을 수 없다는 얼굴로 물었다.

"근데, 진짜야?"

"일단 테스트부터 받아볼게요. 쓸만하다 생각되면 그때 정식으로 계약해요."

"와우! 평창에서 무슨 일이 있었나? 아무리 찍어도 안 넘어오더니."

"저 원래 자뻑기질이 있어서 예쁜 거 알고 있거든요. 운이 좋아서 그쪽 일이 잘되면 돈도 벌고, 다른 사람 도움 없이 공부도 계속할 수 있을 것 같아서요."

"생각 바뀌기 전에 얼른 계약부터 하자!"

은효가 키득거리며 웃자, 지훈도 따라 웃었다. 그렇게 잠시, 자연스레 대화가 멈춰졌다. 은효는 남은 치즈케이크를 먹는 데 집중했다.

지훈이 슬쩍 은효의 눈치를 살피고는 조심스럽게 입을 열었.

"수혁 아저씨, 아니 경 회장님은 안 만날 생각이야?"

"아뇨. 만나 뵙고 인사드려야죠. 신세를 많이 졌으니까요. 장례식장에서도 제대로 인사를 못 했고."

"이왕 알게 된 거…… 왕래하고 지낼 생각은 없어?"

"네. 없어요."

은효가 깨끗이 비운 접시 위에 포크를 내려놓았다. 그녀의 표정엔 아무런 감정도 실려있지 않았다.

"친분을 이어갈 생각도 없지만…… 가정이 있는 분이에요. 이래저래 분란 일으키고 싶지 않아요."

"그래. 은효 씨 입장에선 불편하겠다. 더 묻지 않을게."

"저기……."

"응?"

얼떨결에 운을 뗐지만, 선뜻 입을 열 수가 없었다. 은효는 애꿎은 아랫입술만 질근질근 씹었다. 지훈이 쓴 입맛을 다시며 의자에 등을 기댔다.

"윤이 잘 지내냐 뭐 그런 건 묻지 마. 아까 말했다시피 얼굴 본 지 오래됐으니까."

"경수혁 회장님은…… 어떤 분이에요? 지훈 씨의 생각을 알고 싶어요."

지훈의 표정에서 장난기가 사라졌다. 은효 역시 긴장한 모습이었다. 그녀의 음성이 미세하게 떨렸다.

"그냥…… 다른 뜻은 없어요. 아니다. 대답하지 마세요. 괜히 물어봤어요."

"좋은 분이야. 적어도 내가 아는 수혁 아저씨는 따뜻하고 정이 많은 분이다."

은효의 눈동자가 혼란으로 흔들렸다.

"윤이에겐 말하지 않았지만, 뭔가 오해가 있을 거로 난 생각해. 물론 윤이의 생각이 맞는다면 나 역시 아저씨의 편을 들 생각은 없어."

아무 사이도 아니라고, 경수혁과는 별개로 살 거라 다짐해놓고 은효는 마음 한편으로 안심이 되는 것을 느꼈다.

"은효 씨 앞에서 할 말은 아니지만…… 아저씨가 혼외 자식을 만들었다는 사실도 믿어지지 않았어. 사람의 마음을 절대 가볍게 대할 분이 아니거든."

"그래서 더 나쁜 사람 아닐까요? 겉으론 착한 척하면서 모두의 뒤통수를 때렸으니까요."

"글쎄……."

"미안해요. 지금 질문은 못 들은 거로 해주세요."

은효가 벌떡 자리에서 일어섰다.

"윤이 씨에게 먼저 전화하지 마세요. 이따 저녁에 서프라이즈 할 거니까."

"하라고 해도 안 해."

지훈도 따라 일어섰다.

"쇠뿔도 단김에 빼라 했다고 내일 우리 회사로 와. 아님, 데리러 갈까?"

"아뇨. 제가 갈게요."

"근데, 괜찮겠어? 윤이는 아직 모르는 거 아닌가?"

"이제 말해야죠."

"반대하면?"

문 쪽으로 걸어가던 은효가 돌아보며 말했다.

"내 인생은 나의 것! 설득시켜야죠."

뒤따라가던 지훈은 살짝 당황하는 것 같았지만, 이내 눈썹을 찡긋하고는 씨익 웃었다.

"안녕하세요. 남 집사님."

은효가 환하게 웃으며 선물용 과일바구니를 남 집사에게 건넸다.

"저번엔 인사를 제대로 못 드렸어요. 제가 기억 못 해서 당황하셨죠?"

"어서 와요. 은효 양."

무뚝뚝해 보이지만 눈가에 은근한 미소를 담고 있는 젠틀한 노신사가 은효를 반갑게 맞이했다. 그러고 보니 5년 전이나 달라진 게 없는 모습이었다.

"새삼스럽지만 너무 반가워요. 남 집사님을 뵈니 제가 홍천 별장에 온 기분이 들어요."

"저도 그렇습니다."

은효가 휴대폰을 슬쩍 확인했다.

"너무 늦은 시각이죠? 윤이 형님 놀라게 해주려고 몰래 왔어요. 지훈 씨가 집 주소를 가르쳐 줬거든요."

"아……."

"주인에게 초대도 받지 않고 불쑥 찾아오는 게 무례인 줄은 알지만……."

빨리 보고 싶은 마음에 가만히 있을 수가 없었어요, 라고는 차마 말하지 못했다.

"일부러 늦게 왔는데, 윤이 씨는 퇴근했나요?"

"조금 전에 오셨습니다."

"아, 다행이다."

생각이 저도 모르게 입 밖으로 튀어나왔다. 은효는 화끈거리는 얼굴을 감싸며 남 집사의 안내를 받아 거실로 따라갔다.

"오셨다고 전하겠습니다."

"저, 저기……."

은효가 어색하게 웃으며 머뭇머뭇 말을 꺼냈다.

"방을 가르쳐 주시면 제가 직접 가고 싶은데요."

화끈거리던 얼굴이 점점 더 뜨거워졌다.

"괘, 괜찮을까요?"

"흠……."

남 집사는 대답 없이 손짓으로 방을 가리켰다.

"저쪽입니다."

"아! 가, 감사해요."

은효가 고개를 꾸벅 숙이고는 방을 향해 뛰다시피 걸어갔다. 이번엔 뒤통수가 뜨거워졌다.

몇 달 전만 해도 사피였던 은효가 기억을 되찾고 슈피르가 되어 찾아왔다. 그녀의 눈에서 마르카가 보였을 때, 남 집사는 자신의 시력을 의심했다. 눈치채지 못하게 은효의 눈을 확인하고 또 확인했다. 슈피르가 확실했다.

은효가 기억을 잃었다는 얘기를 듣고 한 녘으론 다행이다 싶었다. 사피의 여성과 솔칸이 될 슈피르는 결코 이뤄질 수 없음을 잘 알고 있었기 때문이다. 그런데 어떻게 이런 일이…….

슈피르 연맹의 큰 뜻 따위는 남 집사에게 중요하지 않았다. 태어날 때 어미를 잃고 아비에게 버림받았던 윤이 그저 행복해지기만을 바랄 뿐이었다.

윤의 방에 직접 가고 싶다는 은효의 제안에 잠시 고민했다. 평소의 윤이라면 방문객을 확인하기 위해 거실로 나왔을 것이다. 그런데 나오지 않는다? 필시 씻고 있음이 분명했다.

'괜찮을까요?'라는 질문에 남 집사는 그녀의 뒷모습을 바라보며 뒤늦게 혼잣말로 대답했다.

"괜찮긴 하겠지만, 연인들에겐 가혹하겠군요."

그는 천천히 식당 쪽으로 걸음을 옮겼다. 오늘의 손님 접대는 생략하기로 마음먹었다.

노크해도 대답이 없어, 은효는 슬며시 문을 열었다. 방안은 깜깜했다. 가전제품들의 불빛만이 은은하게 방안을 비췄.

춘영과 함께 지내는 오피스텔보다 넓어 보이는 방이었다.

'집 안에 집이 또 있는 느낌이네.'

네 명은 잘 수 있을 것 같은 큰 침대와 맞은편엔 한쪽 벽면을 반 이상 가린 TV가 보였다. 커튼이 처진 창문 앞엔 안락해 보이는 의자와 오디오가 있었다.

'씻으러 들어갔나 보네. 아무래도 나갔다 다시 들어와야 하나……'

은효는 욕실인 듯 보이는 문을 향해 조심스레 다가갔다. 씻는다고 하기엔 물소리가 전혀 들리지 않았다. 설마 너무 피곤해서 씻다가 잠이 든 건 아니겠지? 그렇다고 욕실 문을 열어볼 수는 없는 노릇 아닌가.

'남 집사님, 도와줘요.'

나름 서프라이즈를 준비했던 은효는 김이 팍 새버렸다. 반가워하는 윤의 모습을 잔뜩 기대했건만!

그냥 남 집사가 불러준다고 했을 때 그러겠다고 거실에서 기다리는 건데 그랬다. 금방 시무룩해진 은효는 입을 잔뜩 내밀고 방문을 향해 돌아섰다.

"겁 없는 아가씨네?"

어디서 나타났는지 윤의 음성이 바로 귓가에서 들렸다. 은효가 고개를 돌릴 새도 없이 그가 뒤에서 감싸 안았다.

"남자 방에 불쑥 들어오다니."

"어, 어떻게? 기척이라곤 전혀 없었는데……."

"돌고래 능력은 어딜 가고?"

"어디 있었어요? 이렇게 가까이 있었는데 내가 모를 리가 없단 말이야."

"언제 왔어? 정리는 잘했고?"

싱그러운 비누 향이 달콤한 윤의 음성과 어우러져 심장을 간질였다.

"낮에 왔어요."

"미리 말해줬으면 데리러 갔잖아."

"아, 하하하."

지훈이 마중을 나왔었다는 말은 차마 할 수가 없었다. 뭔가 낌새를 알아차린 듯, 은효를 감싸고 있던 윤의 팔에 힘이 들어갔다.

"뭐지? 이 아가씨 심장 박동 수가 왜 빨라진 걸까?"

"윤이 씨가 이렇게 안고 있으니까 그렇죠."

"그거 말고 또 있는 것 같은데?"

"보고 싶었어요. 아주 많이."

은효는 목과 가슴 사이에 단단히 둘린 그의 팔을 슬며시 잡았다.

"휴대폰 두고 간 걸 얼마나 후회했는지 몰라요. 목소리가 어찌나 듣고 싶은지."

"얼렁뚱땅 넘어가려 하지 말고, 숨기는 걸 말해 봐."

"와, 진짜 집요한 양반 같으니! 듣고 오해하거나 삐치기 없기예요."

"일단 들어보고."

윤의 턱이 은효의 머리 위에 얹어졌다. 문득 그의 소매가 타올 천이라는 걸 깨달았다. 이런, 지금 샤워가운만 입고 있는 거야?

"샤, 샤워했어요?"

"덕분에 물기는 제대로 못 닦고 나왔지만 깨끗이 씻었지."

"그럼 지금…….."

"이봐, 음란 돌고래. 다른 생각 하지 말고 하려던 말이나 계속해 보시지."

아니, 이 사람이! 내가 지금 제정신일 수가 있겠어? 은효는 마른침을 삼키며 겨우 입을 열었다.

"출발하기 전에 터미널에서 춘영이에게만 연락했었거든요. 근데 걔가 오지랖을 부려서…… 지훈 씨가 마중을 나왔더라고요."

"춘영 씨는 내가 마음에 안 드나?"

"그게…… 예전부터 춘영이가 첩자 역할을 해 온지라…… 사심도 조금 섞여 있고."

은효가 고개를 슬쩍 들며 물었다.

"서운하다거나 기분 나쁜 건 아니죠?"

윤이 훅하고 숨을 뱉어냈다. 치약 냄새마저도 치명적인 이 남자. 어쩌면 좋지?

"서운해. 기분도 나빠."

"에? 설마."

"한 달 동안 접근금지 명령을 내려놓고, 돌아와서 제일 먼저 만난 사람이 내가 아니라 그 녀석이다? 이유가 어찌 되었든 내가 기분 좋을 리는 없잖아."

"지훈 씨가 원래 좀 그런……."

괜히 주절주절 변명해봐야 오히려 상황이 더 안 좋아질 것 같았다.

"미안해요."

우선은 사과가 먼저였다. 입장 바꿔 생각해보면 무지 기분 나쁠 수 있는 경우였으니까.

"미안한 건 미안한 건데…… 저 조금 좋아해도 되요? 윤이 씨가 질투하는 것 같아서 으쓱으쓱."

"난 착한 남자가 아니야."

"그건 알아요. 윤이 형님이 얼마나 심술궂고 얄미웠는지 생생히 기억하니까."

"아니, 너는 아직 몰라. 속 좁고 욕심 많고 애정 결핍으로 똘똘 뭉친 사람이 나거든."

"어휴, 다시 생각해봐야 하는 거예요?"

윤이 감쌌던 팔을 풀며 은효를 자기 쪽으로 돌려세웠다. 젖은 앞머리가 이마를 반쯤 가린 모습이었다. 그런 그가 순수해 보이면서도 묘하게 섹시했다. 윤의 눈동자가 점점 가까워지며 위험하게 빛났다.

"이미 늦었다고 했을 텐데."

윤의 입술은 촉촉하면서도 뜨거웠다. 하지만 감촉을 음미하기엔 그는 많이 거칠었고, 서둘렀다. 윤의 두 손에 얼굴을 잡힌 채, 마치 잡아먹힐 것 같은 키스를 경험했다. 달콤함과는 거리가 먼 느낌. 벌을 받는 기분이었다.

은효는 있는 힘을 다해 그를 밀어냈다. 꿈쩍도 하지 않았다. 윤은 그녀의 입술을 머금었다 놓으며 고개를 들었다.

"이게 진짜 내 모습이야. 불안정하고 서툴고 조바심 내고. 마음을 준 상대에게 버림받을까 전전긍긍하고."

그의 입술 한쪽 끝이 슬프게 올라갔다.

"시시하지?"

"네. 시시해요."

"실망했어?"

"네. 키스가 너무 엉망이었어요."

이번엔 은효가 손을 뻗어 윤의 얼굴을 감쌌다. 발뒤꿈치를 최대한 높여 두 입술을 포갰다.

그녀가 앞니로 윤의 아랫입술을 부드럽게 물었다. 사탕을 맛보듯 혀로 그의 입술을 쓸다가 쪽 하고 빨아들였다.

"키스는 타고나는 건가 봐. 나는 잘할 자신 있거든요!"

얼굴을 감쌌던 손을 윤의 목뒤로 넘겨 힘껏 잡았다. 천천히 그의 윗입술과 아랫입술을 물었다 놓았다. 윤의 팔이 그녀의 허리를 감싸는 것이 느껴졌다. 은효는 뜨거운 숨을 뱉어내며 그의 입술을 완전히 덮었다.

시간의 회오리 속에 갇힌 기분이었다. 녹아내릴 것 같은 달콤함이 온몸을 감쌌다. 키스가 깊어질수록 음란 돌고래가 고개를 들었다. 윤의 맨살 냄새를 맡고 싶어졌다.

"윤이 형님."

은효는 떨어지지 않는 입술을 겨우 떼며 윤을 불렀다. 속마음만큼이나 자신의 음성이 음탕하게 들려 흠칫했다.

"저…… 집에서 샤워하고 왔어요."

나름 은밀하게 말했다고 생각했는데, 윤이 갑자기 푸훗하고 웃음을 터트렸다. 얼굴이 후끈 달아올랐다. 뭐지? 왜 웃는 거지? 그의 목을 감고 있던 팔이 스르륵 내려갔다.

"아름다운 여인이 유혹하고 있는데 지금 비웃었어요?"

"응? 누가 뭘 했다고?"

"눈이 멀 만큼 아름다운 여인이 노골적으로 유혹하고 있다고요!"

"안 본 사이 엄청 뻔뻔해지셨군. 이젠 대놓고 음란 돌고래가 되시겠다?"

"이렇게 섹시미를 뿜뿜하고 있는 남자가 샤워가운만 입고 눈앞에 있는데 어떻게 참아요! 저 지금 엄청 진지……."

말이 끝나기도 전에 은효의 얼굴이 윤의 가슴에 파묻혔다. 어찌나 세게 끌어안았는지 호흡이 곤란할 정도였다. 그의 심장에서 북소리가 들렸다. 둥둥둥.

"이 아가씨 때문에 미치겠다. 어떻게 해야 하지."

"우읍, 숨 막혀라."

은효가 버둥거리며 그의 품에서 고개를 돌렸다.

"윤이 씨도 제 매력에 푹 빠진 거죠? 안고 싶고 막, 막 그런 거죠?"

"지금 고민 중이야. 음란 돌고래의 유혹에 넘어갈 것인가, 솔칸이 될 것인가."

"무슨 소리예요? 그거랑 그게 무슨 상관인데?"

윤의 얼굴이 머리 위에 얹어졌다. 그의 숨결이 고스란히 느껴져 기분 좋게 눈이 감겼다.

'샤워하고 와서 정말 다행이야.'

은효의 입술 끝이 여유롭게 위로 올라갔다.

"보름 정도 뒤에 솔칸이 되기 위한 의식을 치러야 해. 어처구니없게도 날짜가 정해지면 한 달 전부터는 금욕생활을 해야 한다더군. 성스러운 몸이 어쩌고저쩌고…… 요즘 세상에 참 말도 안 되는 전통이지만 따를 수밖에."

"아악! 안 돼!"

"푸훗, 진지한 얘기를 하려는데 왜 자꾸 웃게 만들어."

"저야말로 무지 진지하거든요. 그 의식이란 건 어디서 하는 건데요?"

"스페인의 쿠에바데 네르하 동굴. 안테파사르가 모셔진 곳이지."

은효의 손이 꼬물꼬물 윤의 가슴 쪽 가운 안으로 들어갔다. 따뜻하면서 보드라운 그의 살이 손끝에 닿았다. 심장이 미친 듯이 쿵쾅거렸다. 아아, 안 돼! 뭘 하라고? 금욕? 그런 건 꼬꼬댁 한테나 주시라고요!

"안테 뭐요? 안테파사르? 그건 뭔데요?"

아닌 척하려 해도 잔뜩 볼멘소리가 나왔다. 그 와중에도 은효의 손은 윤의 가운 속에서 꼼지락거리고 있었다.

"슈피르를 지켜주는 수호신. 현생인류인 호모 사피엔스와는 달리 호모 슈페루스는 고대 종에 속하거든. 그래서인지는 모르겠지만 뛰어난 능력과는 별개로 미신을 신봉하는 경향이 크지. 이봐, 음란 돌고래. 내 얘기는 듣고 있는 건가? 어딜 자꾸 더듬어."

"우리가 쪼금, 그러니까 아주 쪼금 사랑을 나눈다고 해서 안테

그분이 뭐라 하겠어요? 여긴 스페인도 아니니까 멀어서 모를지도 몰라."

"그분이 뭐라 하는 게 아니라 지켜야 할 것을 지키지 않았을 땐, 의식을 치르는 도중에 목숨을 잃을 수도 있거든."

"목숨?"

꼼지락거리던 손을 멈추고 은효가 올려다보았다. 어둠 속에서 윤의 눈과 마주쳤다. 심쿵! 말 그대로 심장에 지진이 일었다.

'정신 차려! 중요한 걸 물어봐야 하는데 헬렐레하면 안 되지!'

은효는 그의 샤워가운 목깃을 꽉 움켜잡으며 짐짓 뿌루퉁하게 물었다.

"의식이라는 게 목숨을 걸 만큼 위험한 거예요? 성당에서 세례받는 것 같은 그런 게 아니고?"

윤은 대답 대신 고개를 끄덕였다.

"아니, 지금이 원시시대도 아니고…… 슈피르는 사피보다 지능도 뛰어나다면서요. 똑똑한 사람들이 왜 그런 미개한 풍습을 계속 이어오는 거래요? 무슨 의미가 있는데!"

"그러게."

"그렇게만 말하지 말고 구체적으로 알려줘요. 의식이라는 거 어떻게 하는 건데요."

"의식을 받기 전에 은효 손에 죽을 것 같은데. 내 멱살은 왜 잡고 있는 거지?"

살짝 잡고만 있으려 했는데…… 은효의 손은 가운을 꽉 움켜쥔 채로 윤의 바로 목 밑에 있었다. 은효가 어색하게 웃으며 손을 놓았다.

"너무 긴장한 나머지……."

배시시 웃다가 이내 정색하며 그를 쳐다보았다.

"아니, 이게 아니지. 대충 넘어가려 하지 말아요! 많이 위험한 거죠? 그죠?"

"미신은 대체로 위험하지. 후훗. 걱정하지 마. 은효가 덮치지만 않으면 괜찮을 테니."

"아, 분하다. 제대로 말도 안 해주고 건드리지도 못하게 하고."

은효는 입을 잔뜩 내밀며 양팔을 벌려 그를 꽉 끌어안았다. 그러고는 가슴에 얼굴을 묻고 앓는 소리를 냈다.

"힝, 나 오늘 여기서 자고 갈 거예요. 도 닦는 심정으로 윤이 형님 옆에서 잘 거야."

"5년 전과 달라진 게 없다고 느껴지는 건 기분 탓인가? 기억을 잃었을 땐 꽤 성숙한 여인이 되었다고 생각했는데."

"사람이 어떻게 갑자기 변해요? 낯선 남자 앞이라 내숭 떤 거죠."

"아, 내숭이었군."

"근데…… 저만 참는 건 아닌 것 같아서…… 헤헤, 헤헤헤."

은효는 감았던 팔을 풀고 슬금슬금 뒤로 물러섰다.

"넘 밀착하고 있으니 느껴져서…… 흐흐, 아이 몰라. 얼른 옷 갈아입고 오세요. 저도 편한 옷 좀 주시고요."

"너 그냥 가."

음성만으로도 윤의 얼굴이 붉게 달아올랐음을 느낄 수 있었다.

'얼굴이 붉어져야 할 사람은 나라고요.'

은효가 볼을 감싸며 해죽해죽 웃었다.

"윤이 씨, 아까 내가 쓴 칫솔, 여기 계속 둬도 돼요? 가끔 와서 쓰고 싶은데."

은효는 반소매 면 티셔츠와 실크 잠옷 바지를 얻어 입고 반듯한 자세로 침대에 누워 있었다. 윤은 접근금지를 조건으로 은효를 옆에 잘 수 있게 해주었다.

'치사해'를 연발하며 침대 위로 올라갔으면서도 은효는 호시탐탐 윤의 곁으로 갈 기회를 노렸다.

윤이 손날을 세워 이불에 선을 만들며 무심히 대꾸했다.

"아예 짐 싸서 내 집에 들어온다고 하지 왜."

"아! 진짜네. 왜 그 생각을 못 했지? 저, 혹시 방 남는 거 있어요?"

은효가 옆으로 몸을 돌려 슬금슬금 다가갔다.

"와, 내가 왜 그 생각을 못 했지? 저 내일 방 구하러 다닐 생각이었거든요. 아버지가 남겨주신 돈으로."

"공부 더 하고 싶다며. 집은 내가 구해줄게."

"아니 왜 멀쩡히 넓은 집 놔두고 집을 또 구해요? 옛날에 윤이 형님이 같이 살자고 했잖아요! 기억 안 난다고는 못하겠지? 슈. 피. 르. 니까!"

"나, 솔칸 하지 말까?"

은효는 은근슬쩍 윤의 가슴에 뻗었던 손을 얼른 거두었다.

"너무하네. 한 달 만에 만났는데 만지지도 못하게 하고."

"한 달 동안 보지 말자고 한 사람은 그쪽이야."

"윤이 씨를 맘껏 좋아하고 싶어서 그랬어요. 그렇게라도 하지 않으면 아버지에게 미안한 마음이 계속 발목을 잡을 것 같아서…… 충분한 이별의 시간을 갖고 싶었어요."

"아아, 그렇구나. 나는 또 혼자 찐 옥수수를 실컷 먹으려고 간 줄 알았지."

"어?"

은효가 누웠던 몸을 벌떡 일으켜 앉았다.

"뭐야, 평창에 왔었어요? 나 보러?"

"아마도?"

"어떻게? 내가 모를 리가 없는데? 설마 투시도 해요?"

"옆집 할머니가 가져다주신 찐 옥수수를 어찌나 잘 드시는지, 마당에 앉아 쉬지 않고 세 통이나 드시더군."

엄마가 입던 몸뻬바지에 목이 늘어난 면 티셔츠를 입고, 머리도 감지 않은 채 부스스한 모습으로 있던 게 생각났다. 은효는 괴성을 지르며 손발을 마구 휘적거렸다.

"으아! 뭐야 뭐야! 스토커예요? 아오, 진짜! 아앗!"

누워있던 윤이 몸을 일으켜 은효를 끌어당겼다. 발버둥 치던 은효는 엉겁결에 윤의 품에 쓰러져 안겼다.

"스토커 짓하게 만든 사람이 누군데?"

"와, 왔으면 보고 가지. 그, 그냥 가나?"

"어떤 날은 수박을 크게 잘라서……."

"아악! 그날도 왔었어요?"

은효가 다리를 허공에 버둥거리며 몸부림을 쳤다. 평창에 있을 때 제대로 씻고 있었던 날이 없었기에, 자신의 몰골이 어땠음은 안 봐도 뻔했다.

"원맨쇼를 하는데 혼자 보기 진짜 아깝더라. 수박씨 뱉기 대회 있으면 일등감이야."

"그마안!"

"그렇게라도 보고 오니 안심이 됐어. 시골에 여자 혼자 지내는 게 얼마나 위험한지 알기나 해?"

"윤이 씨가 근처에 있었으면 내가 모를 리가 없는데······."

윤의 손이 은효의 머리를 쓰다듬었다.

"아까도 몰랐잖아."

"그러니까요. 도대체 무슨 조화를 부린 거예요?"

"기척을 숨기는 능력쯤으로 알면 될 듯."

"헐? 닌자!"

"그걸 또 그렇게 연결하나."

은효가 크크 웃음소리를 냈다.

"윤이 형님."

"실없이 웃다가 그렇게 부르지 마. 또 무슨 소릴 하려고."

"시골에서 여자 혼자 사는 것만큼 도시에서도 여자 혼자 사는 게 위험하지 않을까요?"

"그래서?"

은효의 손이 언제부턴가 대놓고 윤의 가슴을 쓰다듬고 있었다. 이젠 그도 모른 척, 두는 눈치였다.

"아니, 이렇게까지 말하면 알아들으셔야죠. 일부러 그러는 거죠?"

"프러포즈하는 건가? 결혼하자고?"

"결혼해야만 같이 살아요? 이 양반이 어느 시대 사람이야?"

"내가 아니라…… 슈피르 연맹에서 그냥 두지 않을 거다. 네가 귀찮아지는 일은 하고 싶지 않아."

"그 연맹이라는 단체는 뭐예요?"

윤이 길게 숨을 들이마셨다. 뭔가 말하기 불편한 사항인 듯, 숨을 뱉는 그의 미간이 옅게 구겨졌다.

"예를 들자면 로마의 원로원 같은 기관이라 할 수 있지. 슈피르가 조직이란 것을 결성했을 때부터 쭉 존재하는 자문기관 같은 거야. 요약하자면 이래라저래라 말 많은 꼰대들 모임."

"나라마다 그 연맹에 속한 사람이 있는 거예요?"

"응."

"솔칸이 되어도 눈치를 봐야 할 정도로 힘이 있는 단체?"

윤이 피식 웃으며 은효의 머리에 턱을 문질렀다.

"어린애 같은 질문인데 어찌 생각하면 명쾌한 해답이 담긴 질문이군. 눈치를 안 봐도 되는 막강한 솔칸이 돼야겠다."

"까짓것 대통령도 해 버려!"

"지금 대통령이 사피라고 누가 그랬어?"

"엥? 설마요? 진짜?"

은효가 갑자기 고개를 드는 바람에 윤의 턱을 머리로 세게 쳤다. 윤이 손으로 입을 가리며 인상을 썼다.

"아, 혀 깨문 것 같아."

"어, 어떡해! 어디 봐요."

은효가 상체를 일으켜 윤의 얼굴에 가까이 다가갔다. 그 순간을 기다리고 있던 윤의 입술이 빠르게 그녀의 입술을 덮었다.

온몸에 퍼진 혈관에 전기가 흐르는 느낌이었다. 몸이 침대와 분리되어 허공에 붕 뜰 것만 같았다. 은효는 거의 필사적으로 윤의 머리를 감쌌다.

따뜻한 윤의 입술은 달짝지근한 맛이 났다. 그의 혀가 입술을 핥고 혀를 부드럽게 감쌌다 놓았다. 술을 마셨을 때보다 훨씬 몽롱한 기분이 들었다. 키스가 엉망이라고 했던 거 다 취소. 이런, 키스 장인 같으니.

키스가 깊어질수록 몸이 뜨거워졌다. 맹렬하게 윤의 맨살 감촉이 느끼고 싶어졌다. 남자를 알지도 못하는 주제에 은밀한 곳에서 낯선 반응이 일었다. 야한 영화를 봤을 때 느껴졌던 찌릿한 기분이 몇 배로 진하게 덮쳐왔다. 흥분! 아 이런 기분이 그런 거구나.

"하아, 안 되겠다."

윤이 거친 숨을 뱉으며 물러났다. 이봐요! 여기서 그만두면 어떡하냐고! 남겨진 은효의 입술이 애처롭게 떨렸.

윤이 바로 누우며 팔을 접어 이마 위에 올렸다.

"나를 시험에 들게 하는 건가? 너를 이용해서 내 인내심 테스트라도 하는 것 같다."

"안테 머시깽 나쁘다! 날짜를 좀 미루면 안 돼요?"

"안테파사르가 정한 날짜라 불가능해."

"얼마나 위험한 의식인데요? 요즘 세상에 그런 미신은 상상도 안 된단 말이야."

"네르하 동굴 깊숙한 곳에 특정 장소가 있어. 그곳에 생성된 신성한 얼음송곳을 심장에 박아."

상기된 얼굴로 투덜거리던 은효의 표정이 일순간 굳어버렸다. 윤의 옆에 같은 자세로 누워있던 은효가 자리에서 일어나 앉았다.

"잠깐만요. 뭐라고요? 내가 잘못 들은 거 아니죠? 어디에 뭘 박아요?"

"안테파사르가 인정한 솔칸이라면 박힌 얼음송곳은 사라지고 심장엔 상처 하나 없이 태양을 맞이하게 되지. 그게 의식의 절차야."

"멀쩡한 사람 심장에 고드름을 떼어서 말뚝 박듯이 박는단 말씀이에요?"

"매우 리얼한 표현이군."

"하지 마요. 솔칸인지 뭔지 그거 하지 마."

은효의 눈동자에 금세 눈물이 그렁그렁 맺혔.

"솔칸의 정확한 역할이 뭐예요? 명예직 같은 거 아닌가요? 그 자리가 목숨을 걸 만큼 중요해요?"

"각 나라 슈피르 구성원의 결속과 질서유지, 그리고 완벽한 보호. 은효가 생각하는 것보다 훨씬 중요한 자리야."

"그런 중요한 자리를 왜! 왜 말도 안 되는 미개한 방법으로 정해야 하냐고요. 그 사람의 능력을 보면 되잖아."

"안테파사르에 선택받는 것이야말로 최고의 능력을 인정받는 거니까."

윤이 일어나서 은효와 마주 보고 앉았다. 그가 손을 뻗어 은효의 볼을 타고 흐르는 눈물을 닦아 주었다.

"이래서 말 안 하려 했는데…… 걱정할 거 아니까, 이렇게 울 것 같았으니까."

은효가 코를 훌쩍이며 중얼거렸다.

"적응했다 싶으면 또 이런 말도 안 되는 일들이 일어나요. 하루에도 몇 번씩 거울을 보면서 내 눈동자의 번개를 확인해. 아, 꿈이 아니구나, 내가 슈피르인지 뭔지가 맞구나."

"슈피르인게 싫은가?"

"모르겠어요. 머리가 조금 좋고, 체육 잘하고, 오감이 발달한 인간인 줄 알았는데…… 언제부턴가 몰랐던 능력이 발현되는 것 같아 혼란스러워요."

"오쿨리파시 같은 거?"

은효는 고개를 끄덕이다가 다시 옆으로 저었다.

"그거 말고도……."

"타인이 품은 감정이나 느끼는 기분 등이 색으로 보이는 것?"

"아버지 집 마당에 거의 다 말라버린 채송화를 살렸어요. 물을 뜨러 가기 전에 안타까워서 줄기를 손으로 쓸었는데…… 생기가 돌기 시작하더라고요. 혹시, 슈피르는 거의 다 초능력자인가요?"

윤이 머리를 쓰다듬어주며 웃었다. 그는 놀란 것 같기도 하고 기쁜 것 같기도 한 얼굴을 하고 있었다.

"그럴 리가. 홍채에 보이는 마르카 외에는 사피와 다를 게 없는 슈피르들이 훨씬 많아. 사피보다 외모에서 조금 뛰어나거나 지능이 약간 높은 정도인 경우가 대부분이지."

"그럼 난 왜 이런 거예요?"

윤의 표정이 어두워졌다.

"확실한 것은 아니지만…… 경 회장, 그러니까 블뤼의 피와 혼혈이라는 변수가 작용해서 은효의 표현처럼 초능력을 지니게 된 것이 아닐까 싶다."

"블뤼라는 것은 정확히 뭔가요?"

"슈피르 중에서도 특별한 능력을 지닌, 예를 들어 오쿨리파시를 쓸 수 있는 사람들을 블뤼라고 해. 간혹 오쿨리파시 외에 다른 능력이 있는 블뤼가 있긴 하지만 매우 드물지. 사피의 우성과 열성 같은 것과 비슷하다고 생각하면 될 거야."

"저번부터 궁금한 게 있는데요. 만약 제가 사고를 당하게 돼서 수혈 받아야 할 일이 생기면 어느 쪽 피를 받아야 하나요?"

윤은 대답하지 못했다. 아마도 생각해보지 못한 상황인 것 같았다. 괜히 물어본 것 같아 은효가 우물쭈물하고 있을 때, 그가 입을 열었다.

"그런 걱정은 안 해도 돼. 내가 지켜줄 거니까."

"말씀이라도 고맙네요. 결론적으로 내 몸은 내가 지켜야 하는 것이군요."

"내가 지켜준다니까?"

은효가 빈정거리듯 고개를 끄덕였다.

"네네."

"엇쭈, 많이 컸다?"

윤의 한쪽 팔이 은효의 목에 감겼다. 은효는 꼼짝달싹할 수 없게 그의 팔에 갇혀 버둥거렸다.

"연약한 여자에게 헤드록 거는 남자가 뭘 한다고요? 지켜준다고요?"

"지켜준다니까 거부한 사람이 누구더라? 그리고 여기 연약한 여자가 어디 있는데?"

"나 진짜 숨 막힌단 말이에요! 케켁!"

"어? 미안! 힘을 최대한 풀었…… 어엇!"

윤이 놀라며 팔을 품과 동시에 은효가 있는 힘을 다해 몸을 던져 그를 쓰러 눕혔다. 처음엔 놀라서 쓰러진 것 같았지만, 어쩐지 그가 봐주는 느낌을 지울 수 없었다.

"음란 돌고래의 음란력이 어디까지인지 알고 싶겠지만, 참겠어요. 내 남자는 내가 지킬 거니까."

"든든하군."

"잊지 말아요. 윤이 씨를 어둠 속에서 구하러 달려갔던 사람이 누구인지를."

"절대 잊을 수 없지."

"생색내려는 건 아니에요."

윤을 내려다보던 은효가 자신만만한 미소를 지었다. 언제부터인지는 알 수 없지만, 이 남자를 위해서라면 대신 죽을 수도 있다고 생각했다. 그리고 그것이 사랑일 것이라고 확신했다.

은효의 입술이 빠르게 윤의 입술에 닿았다 떨어졌다. 조금이라도 지체했다간 지켜주겠다는 다짐이 증발해버릴 것 같아, 잽싸게 몸을 돌려 윤의 몸에서 내려왔다.

"아무 말도 하지 마요. 나 잘 거야."

은효가 옆으로 누우며 그에게 등을 돌렸다.

"잘 자요."

"그래. 잘 자."

잠시 후, 부스럭거림과 함께 은효의 구시렁대는 소리가 들렸다.

"어우씨, 이게 뭐야. 아오! 진짜. 이씽."

몇 번의 뒤척임이 더 있었고, 곧 잠잠해졌다. 비장한 각오로 윤과의 역사적인 첫날밤을 기대하고 왔던 은효는 그렇게 허무하게 잠이 들었다.

XX.
한번은 거쳐야 할 일.

 은효의 고른 숨소리가 어둠 속에 잔잔히 퍼졌다. 누구는 뜬눈으로 밤을 새우게 만들고, 본인은 너무나 태평하게 자는 모습이 야속하면서도 사랑스러웠다. 윤은 조심스레 자리에서 일어나 침대에서 내려왔다.
 은효와의 대화중에 몇 가지 걸리는 것이 있어, 휴대폰을 들고 밖으로 나갔다. 거실엔 은은한 할로겐 조명이 켜져 있었다.
 "나오실 것 같아서 대기 중이었습니다. 국화차가 숙면에 도움이 될 겁니다."
 윤이 소파에 앉았을 때, 주방 쪽에서 남 집사가 티 트레이를 들고 다가왔다.
 "늙은이가 궁금한 것도 있고 해서……."

"은효에 관한 것이겠죠?"

따로 질문을 듣지 않아도 무슨 대답을 원하는지 알고 있었다. 윤이 찻잔을 집어 들었다.

"혼혈입니다. 아버지 쪽이 슈피르예요."

"아니, 그런…… 혼혈이라니……."

"사회에 알려지게 되면 꽤 시끄러워질 문제라 일단은 함구하고 있습니다."

"그렇겠군요. 흠, 혼혈이라……."

"걱정…… 되시죠? 제가 은효를 마음에 두고 있는 게."

늘 접대용 미소를 머금고 있던 남 집사의 입매가 일자로 굳어졌다. 그는 굳이 감정을 숨기지 않고 윤을 바라보았다.

"도련님 말씀처럼 꽤 시끄러워질 문제라 마음이 가볍지는 않습니다."

"역시나 후사와 관련이 있는 것이겠지요?"

"역대 솔칸 중에 자손이 없는 경우가 없었던 것은 아닙니다. 단지 미래를 예측할 수 없는 상황과 예측이 되는 상황은 다르지요."

혀에 느껴지는 국화차의 맛이 매우 썼다. 윤은 인상을 찡그리며 찻잔을 내려놓았다.

"이해가 되질 않아요. 솔칸이라는 자리가 반드시 세습으로 이어지는 것도 아닌데 왜 굳이 블뤼와의 결합만을 고집하는지."

"최고의 능력을 지닌 솔칸의 탄생을 원하는 것이지요. 덕분에 도련님도 훌륭한 자질을 지니고 태어나지 않았습니까."

"간혹 블뤼가 아닌 부부 사이에서도 블뤼가 태어나고, 둘 다 블뮈인 부부도 평범한 아이를 낳아요. 절대적인 조건은 아닙니다."

"어느 집단이든 긍정적인 경우의 수보다는 부정적인 경우의 수에 더 집착하기 마련이지요. 저 역시 오래된 사람이다 보니 걱정부터 앞서는군요."

남 집사의 앞선 걱정에 노여움은 없었다. 단지, 아군인 남 집사의 생각이 저럴진대 연맹이 어떻게 나올지는 불을 보듯 뻔한 일이니, 가슴이 답답할 뿐이었다.

"차, 잘 마셨습니다. 그만 가서 쉬세요."

"알겠습니다. 도련님, 편안히 주무세요."

"너무 걱정하지 마세요. 제가 잘 해결할 테니까."

남 집사의 얼굴에 온화한 미소가 퍼졌다. 마치 믿는다는 대답같이 느껴져 윤은 한결 마음이 가벼워졌다.

남 집사가 가고 난 뒤, 윤은 이 실장에게 전화를 걸었다. 한 번의 신호가 끝나기가 무섭게 이 실장의 음성이 들려왔다.

-네, 대표님.

"문득 궁금해져서 말이야. 5년 전 은효에게 수혈한 피는 누구의 것이었지?"

5초 정도의 침묵이 흘렀다.

-냉동보관 되었던 대표님의 혈액이었습니다.

"내 피로 은효를 죽일 셈이었군."

-치사량은 피해서…… 죄송합니다.

"한 번 끝냈던 일로 뭐라 하려고 물어본 건 아니야. 확인이 필요했어."

-은효 양에게 무슨 후유증 같은 게 발견된 겁니까?

후유증이라……. 어쩌면 은효에게 생긴 변화가 그것과 같은 이유일지도 모른다는 생각이 들었다.

"은효는 정말 내 피 때문에 기억을 잃었던 걸까? 이 실장이 둘러댄 대로 극심한 충격에 의한 쇼크 때문은 아니었을까?"

-정확한 것은 알 수 없지만, 은효 양의 반쪽 사피의 피가 대표님의 피에 반응한 것이 아니겠습니까.

"그럼 은효는 수혈이 필요할 때 사피의 피를 구해야 한다는 말이 되겠군. 아니면 자가수혈만이 답인가."

-어디 다치셨습니까?

블뤼의 능력이야 경수혁의 유전자에 의한 것이라 하더라도 은효에게 보이는 특별한 능력은 달리 설명할 방법이 없다. 솔칸의 자손이거나, 연맹원 중에서도 대표인 슈피리모에게만 간혹 나타나는 현상이었다.

"은효가 오감 이외에 육감이 발달한 것 같다는 이야긴 했었지? 그것 이외에도 일반 블뤼보다 뛰어난 능력을 지닌 것 같아."

-경수혁이 지금의 솔칸과 비등한 능력을 갖추고 있었다는 얘긴 들은 적이 있습니다. 실제로 경 씨는 호 씨와 더불어 역대 솔칸을 배출한 가문입니다. 은효 양의 능력은 그의 피가 섞였기 때문 아닐까요.

"여러 가지 변수가 작용했을 수 있겠군."

-평창에서 돌아오신 겁니까?

"어."

이 실장과의 대화로 의문이 조금은 해결된 느낌이었다. 어느 쪽이 정답인지는 알 수 없지만, 적어도 다양한 가능성을 가늠해 볼 수 있게 됐으니까.

-생각이 많으시겠지만, 지금은 무사히 의식을 치르는 것에 집중하셨으면 합니다.

"무슨 말 하려는지 알아. 그럼, 내일 봐."

애기가 길어지면 이 실장 전매특허인 잔소리가 이어질 것 같아 얼른 통화를 끝냈다. 윤은 소파에 기대며 깊숙이 몸을 묻었다.

'은효에게 능력이 있다는 사실을 알게 되면 연맹뿐 아니라 경수혁 쪽에서도 무슨 짓을 할지 모르는 일이다. 그렇게까지 앙금이 남아있는 사이면서 왜 겉으론 절친인 것처럼 굴었던 걸까. 두 사람 모두.'

남 집사라면 오래전 일들을 알지도 모른다는 생각이 들었다. 왜 한 번도 물어볼 생각을 하지 않았을까.

침실로 들어가려고 몸을 일으키다, 은효가 자고 있다는 사실이 떠올랐다. 과연 그녀의 옆에서 평온하게 잠이 들 수 있을까? 윤은 크게 심호흡하며 소파에서 일어섰다.

새벽에 겨우 눈을 붙였던 윤은 바스락거리는 소리에 잠이 깨 버렸다. 딴에는 조심조심하는 것 같았지만, 세수하는 소리, 이 닦는 소리, 심지어 볼일 보는 소리까지 그대로 듣고 있을 수밖에 없었다.

"캬, 자는 모습도 예술이네."

사람의 눈빛에 데일 수도 있겠다는 생각을 처음으로 했다. 아니면 은효의 새로운 능력일까? 윤은 체감상 십 분은 더 됐을 것 같은 시간 동안 은효의 눈빛 공격을 받으며 자는 척하는 중이었다.

"과년한 여인이 옆에 자고 있는데 한 번의 번민도 없이 이리 잘 잘 수 있는 겁니까? 하다못해 손이라도 좀 잡고 주무시면 어디가 덧나요?"

눈빛 공격에 이어 오글거리는 대사 공격이 시작되었다. 도대체 왜 자기 생각을 입 밖으로 꺼내는 거지? 윤은 그냥 눈을 확 떠버릴까 고민했다.

"뽀뽀하고 싶은데 깨울까 봐 못하겠어. 근데 내 입술은 자꾸 자석처럼 끌려가려고 하니 어쩌냐."

소곤거리는 음성으로 자기가 하고 싶은 말을 다 하는 게 귀여워 하마터면 웃음을 터트릴 뻔했다. 후우, 하고 한숨을 내쉬는 소리와 함께 은효의 콧숨이 얼굴을 간질였다.

"확 뽀뽀해 버릴까? 말까? 할까? 말까?"

이쯤 되니 마치 들으라고 중얼거리는 것 같아, 윤도 더는 자는 척을 포기했다. 윤은 얼굴을 들어, 귀여운 참새의 입술에 가벼운 입맞춤을 했다.

"굿모닝! 시끄러운 음란 돌고래."

"어? 어!"

은효가 새삼스럽게 뒤로 슬금슬금 물러나 앉았다.

"설마 나 때문에 깬 거예요?"

"네. 그 설마 때문에 깼네요."

"평창에서 혼잣말하는 습관이 생겨서 그만……."

"나 백수 아니다. 출근해야 해. 일어날 시간이야."

"그럼, 일어난 김에……."

물러났던 몸이 다시 꿈틀꿈틀 위로 올라왔다. 누운 윤의 품에 음란 고양이 한 마리가 파고들었다.

"잠깐만 안아줘요. 아까부터 너무너무 윤이 형님 냄새를 맡고 싶었는데, 보고만 있었다구요. 아, 좋다."

"오늘 아침엔 돌고래가 참새도 됐다 고양이도 됐다 하는구나."

"네?"

"너와 같이 사는 건 보류해야겠어. 정신건강에 해로울 것 같다."

"자꾸 튕기시면 혼자 살면서 남자 사람 친구들을 마구마구 집에 초대할 거예요!"

쿵쿵거리는 은효의 코 때문에 가슴이 심각하게 간지러웠다. 윤은 가슴에 착 붙어있는 은효의 머리를 꽉 끌어안았다.

"그걸 지금 협박이라고 하시나?"

"저 오늘 지훈 씨 회사에 테스트받으러 갈 거예요. 통과하면 거기서 일해 볼 생각이에요."

"뭐?"

손에 힘이 느슨해진 틈을 타, 은효가 품에서 고개를 들었다.

"공부 시작하기 전에 뭔가 일을 하고 싶었어요. 이왕이면 한 번도 해보지 않은 새로운 일에 도전해보려고요."

"그게 왜 하필 연예계 일인데? 그쪽 일 만만치 않아. 많이 어려운 길이야."

"어렵겠죠. 내가 노래를 잘하는 것도 아니고 연기를 해 본 적이 있는 것도 아니고…… 솔직히 내 외모가 보통보다 조금 낫다는 건 알고 있지만 막 뛰어난 것 같지는 않고."

윤의 머리카락을 만지작거리는 은효의 손길이 느껴졌다. 윤도 같이 그녀의 머리를 쓰다듬었다.

"지훈 씨는 늘 제게 특별한 사람이라고 응원해 줬어요. 매번 거절해도 서운해하지 않고 보이지 않는 곳에서 힘이 되어 주었죠. 한 번쯤은 호응해주고 싶었어요. 제가 보답할 방법이 그것 말고는 딱히 생각나지 않았거든요."

"이거 내가 들어도 되는 고백 맞아?"

"이상하죠? 꽤 오랜 시간을 함께했는데 지훈 씨는 그냥 좋은 사람이었어요. 윤이 씨는 처음 만났을 때부터……."

"부터 뭐? 왜 말을 하다 말아."

은효가 눈을 감고 고개를 여러 번 저었다. 할 말 다 하고 은근히 할 짓(?)도 다 한 주제에 볼은 왜 붉히는 건데? 윤이 피식 웃으며 은효를 꽉 끌어안았다.

"하긴, 말 안 해도 알겠다. 앞 못 보는 사람한테 틈만 나면 입술을……."

"그만! 스탑! 쉿!"

"내가 원래 좀 잘생기긴 했지. 눈을 가렸어도 첫눈에 반할 만큼."

"하! 제가 이렇게 또, 왕자님 한 분을 만드나요?"

은효의 머리를 쓰다듬던 윤이 손을 멈췄다. 대화의 주제가 선로를 벗어났지만, 그의 머릿속엔 여전히 풀지 않은 문제가 남아 있었다. 제자리로 돌아갈 타임이다.

"보답은 그렇다 치더라도, 테스트 통과하면 정말 할 생각인 건가?"

"제가 통과할 것 같아요? 난 자신 없는데?"

뭔가 묘하게 말려드는 느낌이었다. 자신 없는 것과는 거리가 먼 말투로 뭐? 자신이 없어? 아무래도 연기 쪽엔 소질이 없는 것 같긴 한데, 찜찜한 기분은 어쩔 수 없었다. 윤은 일부러 크게 한숨을 내쉬며 누웠던 몸을 일으켜 앉았다.

"테스트받다가 좌절할까 봐 걱정돼서 그러지. 회사 가보면 알겠지만, 탑급은 거의 슈퍼르거든. 비주얼에서 바로 압도당할걸?"

"걱정하는 거 맞아요?"

은효가 벌떡 일어나 앉으며 거칠게 콧숨을 내뿜었다.

"잘 모르시나 본데, 제가 서울 올라와서 낯선 사람한테 가장 많이 들은 말이 뭔 줄 알아요? 혹시 배우 해볼 생각 없어요, 였다고요! 갑자기 전투 의욕이 폭발하네."

"공부하고 싶다고 했던 사람이 갑자기 생각을 바꾼 이유가 궁금해. 지훈이에 관한 얘기는 핑계라는 거 알고 있어. 솔직히 말해 봐."

"반은 핑계가 맞지만, 전부는 아니에요."

은효가 양반다리 자세로 앉으며 두 손으로 머리를 움켜잡았다. 뭔가 꺼내기 힘든 말을 하려는 듯, 볼에 바람을 잔뜩 넣고 윤을 쳐다보았다.

'뭐지 저 자세는?'

윤은 그 모습이 우스꽝스러우면서도 귀여워, 웃음을 참은 채 기다렸다. 곧, 푸욱 하고 은효의 입에서 바람 빠지는 소리가 났다.

"돈을 벌고 싶어요. 다른 누구의 도움도 아닌, 제힘으로. 이왕이면 많이."

의외의 대답에 윤의 눈썹이 슬쩍 올라갔다. 그는 잠자코 은효의 말에 귀를 기울였다.

"이젠 정말 이 세상에 나 혼자뿐이구나 생각하니 강해져야겠다는 생각뿐이었어요. 물론 금전적인 것이 전부는 아니지만 중요한 부분이기도 하고…… 그분이 도움의 손길을 내밀 구실을 만들고 싶지 않았어요."

머리가 띵해지는 기분이었다. 정말 생각지도 못했던 은효의 말에 윤은 가슴이 먹먹해졌다.

"자격지심인지도 모르지만, 나는 충분히 혼자 잘 살 수 있다는 모습을 보여주고 싶어요. 솔직히 말하면 윤이 씨 앞에서도 당당하고 싶고요."

"다른 일도 찾아보면…… 아니다. 그래. 무슨 말인지 알겠어."

윤이 가볍게 미소를 지었다.

"하지만 제일 중요한 것은 은효가 그 일을 잘해 나갈 수 있냐는 거지. 맞지 않을 수도 있고."

"다행히 대중 앞에 나가서 뭔가 하는 일엔 자신 있어요. 수학

여행 가면 장기자랑은 제가 다 휩쓸었거든요."

"장기자랑하고 비교하기는 좀……."

"뭘 모르시나 본데, 내가 나가기만 하면 여자애들이 소리 지르고 난리도 그런 난리가…… 흠…… 네, 여자애들에게 인기가 많았지요. 제가."

현실 자각 타임이 온 듯, 은효가 얼굴을 잔뜩 찌푸렸다. 윤은 결국 참았던 웃음을 터트리고 말았다.

"잘 나가는 남자 아이돌!"

"네?"

"하하! 그래, 그랬지."

윤이 손을 뻗어 은효의 어깨를 토닥이다, 부드럽게 팔을 잡았다.

"그쪽 일을 만만하게 보지 마. 인지도 전혀 없는 신인이 큰돈을 벌 수 있는 일은 극히 드물어. 로또 당첨만큼이나 인기 얻기 힘든 곳이라고."

"어? 지훈 씨말에 의하면 계약만 해도 뭔가 떼돈을 벌 수 있을 것처럼……."

윤이 검지를 세워 까딱까딱 움직이며 고개를 저었다.

"그만큼 은효가 마음에 드는 사람임은 틀림없다는 말이겠지. 그리고 분명 파격적인 대우로 계약을 하자고 할 거야."

"그럴 리가요."

"그것 역시 누군가에게 도움을 받는 게 될 수도 있는데 괜찮겠어? 그럴 바엔 우리 회사에 입사하는 게 어때? 일하면서 내년엔 대학원 진학도 할 수 있을 거야."

"애인의 도움을 받느니 차라리 친구의 도움을 받겠어요!"

은효가 불퉁하게 대꾸하고는 침대에서 내려갔다.

"내가 반드시 톱스타가 되어서 김수헌과 스캔들을 내고 말겠다!"

"오늘 테스트받으러 가는 사람의 포부치고는 꽤 거창한 거 아닌가?"

"네? 뭐라고요? 벌써 질투가 난다고요?"

종종걸음으로 문을 향하던 은효가 고개를 돌려 혀를 날름 내밀고는 잽싸게 밖으로 사라졌다. 그리고 곧 밖에서 '안녕히 주무셨어요, 남 집사님!'이라는 그녀의 음성이 들렸다.

미소를 머금고 있던 윤의 표정이 차츰 심각해졌다. 생각할 것이 많았다.

은효가 대중에게 노출이 되는 것은 결코 좋은 일이 아니었다. 사피의 세계는 문제가 되지 않지만, 갑자기 툭 튀어나온 새로운 슈피르의 존재를 연맹이 그냥 두고 볼 리 없기 때문이다.

시간을 최대한 늦춰 둘러댈 구실을 만들려고 했는데, 덕분에 서둘러야 할 것 같았다.

'어쩔 수 없이 경수혁을 만나야 하는 건가.'

아무리 생각해도 제일 좋은 방안은 은효가 혼혈인 사실을 숨기는 것이다. 다행히 그녀의 비밀을 아는 사람은 극소수이기 때문에 시나리오만 잘 짠다면 불가능한 것도 아니었다.

생각한 김에 한시라도 빨리 실행에 옮겨야겠다고 결심했다. 윤은 서둘러 침대에서 내려와 욕실로 향했다.

분장실로 들어가기 전, 은효가 가까이 다가와 은밀히 속닥거렸다.
 "지훈 씨도 알고 있었죠? 솔칸 의식이 보름 뒤라는 거. 와, 어쩐지 순순히 집을 가르쳐 주더라니."
 뭔가 단단히 분한 표정이었다. 지훈은 대답 대신 어깨만 한번 으쓱해 보였다.
 '윤이 녀석, 역시 솔칸이 될 자질이 충분하군. 엄청난 인내심의 소유자 같으니.'
 사장실로 돌아온 지훈은 혼자 키득거리며 웃었다. 이 정도의 심술은 즐겨도 될 자격이 있다고 생각했다. 여전히 감정의 정리가 완벽히 끝난 것은 아니지만, 욕심은 내려놓았다. 그렇기에 어떤 방식으로든 위로가 필요했다. 오랫동안 품었던 마음을 포기하기란 쉽지 않았으니까.
 회사의 메이크업 팀과 헤어, 의상팀까지 전부 최고로만 준비시켰다. 줄곧 오늘을 상상하곤 했었다. 지훈은 보물상자를 열기 전의 기분으로 은효를 기다렸다.

 '도대체 얼마나 대단하길래 대표님이 이리 침이 마르도록 칭찬을 하시는 겁니까? 저는 솔직하게 평가할 겁니다. 지인이라고 봐주고 뭐 이런 거 기대하지 마십시오.'

스튜디오에는 사진작가로도 유명한 촬영감독이 이미 스탠바이 중이었다. 그 역시 은효를 보는 순간 욕심내게 될 거라고 지훈은 확신했다.

비서실과 연결된 내선 전화가 울렸다.

-대표님, HK그룹 회장실에서 전화입니다.

"연결해."

지훈은 시간을 확인하며 연결 번호를 눌렀다.

-바쁜데 전화한 건가?

"아닙니다. 잘 지내셨습니까, 회장님."

-먼저 전화해서 안부도 좀 묻고 그러면 안 되나? 늙은이가 이리 연락해야만 목소리를 듣는구만.

"죄송해요. 언제 시간 나실 때 좋은 곳으로 모시겠습니다."

수혁의 짧은 웃음소리가 들렸다.

-됐다. 엎드려 절 안 받는다. 그…… 은효와는 가끔 만나는가?

"그게 궁금하셨군요."

지훈이 잠시 뜸을 들이다 입을 열었다.

"혹시 지금 시간 되십니까?"

-왜? 은효에 대해 무슨 할 말이라도 있는 거냐?

"회사 기밀이긴 한데, 미래를 위한 투자라고만 말씀드리겠습니다. 우리 회사로 오시겠습니까?"

-무슨 소리야?

지훈의 입가에 회심의 미소가 번졌다.

수혁과 통화를 마치고 얼마 후, 스튜디오에 은효가 도착했다는 연락을 받았다. 지훈은 부랴부랴 그곳으로 향했다.

대기하고 있던 스태프들의 웅성거림이 들렸고, 전체를 흰 천으로 덮은 세트장에 서 있는 은효가 보였다. 자연스럽게 컬을 넣은 짧은 머리와 색조가 거의 느껴지지 않는 메이크업이 어우러져 보이시한 느낌이 물씬 풍겼다.

"피부관리 따로 하시죠? 아기 피부 같아요."

미용 담당이 마무리 메이크업을 해주며 은효에게 물었다.

"어떻게 잡티가 하나도 없어요?"

"기초화장품을 꼬박꼬박 잘 발라주고 있어요. 선크림도 꼭 바르고 외출하고요."

"비법 공개 좀 들으려 했더니…… 타고났다는 말씀이군요."

"아마도?"

세트장에서 나오는 스태프의 표정에 아니꼬움이 역력히 느껴졌다. 지켜보던 지훈이 큭큭, 웃음소리를 냈다.

은효는 심플한 민소매 블라우스에 마 소재의 반바지, 그리고 굽 낮은 샌들을 신고 있었다. 과하게 꾸미기보다는 은효의 있는 그대로의 매력을 돋보이게 하는 콘셉트였다.

지훈은 따로 은효를 만나지 않고, 세트장에서 멀찌감치 떨어진 곳에 서서 촬영을 구경했다. 혹여 긴장하지는 않을까 걱정했던 것과는 달리, 은효는 감독의 지시에 포즈를 곧잘 취했다.

'타고난 것은 피부뿐이 아닌 것 같은데.'

은효를 바라보는 지훈의 눈빛에 만족과 확신이 가득했다. 역시 사람 보는 눈은 정확하다니까! 자화자찬하며 흐뭇하게 바라보고 있을 때, 뒤에서 익숙한 인기척이 느껴졌다.

"뭘 하는 거지?"

"아, 오셨어요."

예상보다 일찍 도착한 수혁이 떨떠름한 얼굴로 세트장을 쳐다보았다.

"은효가 왜 저기……."

"카메라 테스트하는 중입니다. 인터뷰도 할 예정이고요."

"그러니까 왜?"

"우리 회사에서 일해보고 싶다고 해서요. 저의 간절한 염원이기도 했고."

"왜 굳이 이쪽 일을……."

걱정하는 말투와는 달리, 수혁의 표정은 점점 감탄으로 물들었다. 딸바보 아버지를 보는 것 같아 지훈은 피식 웃음이 나왔다.

"혹시 은효 씨가 대중에 알려지는 게 신경 쓰이십니까?"

"은효만 원한다면 일을 말릴 생각은 없어. 다만, 저번에 말했던 조치는 취하고서 추진하는 게 좋겠군."

"공개적으로 은효 씨를 알리겠다는 말씀이신 거죠? 회장님의 따님으로."

"은효는 어찌 생각할지 모르지만, 그것은 불가피한 일이야. 나를 받아들이는 것과는 별개로."

뒤에서 윤의 음성이 들렸다.

"저도 같은 생각입니다."

두 사람이 동시에 뒤를 돌아보았다. 입구 쪽에서 윤이 그들을 향해 걸어오고 있었다.

"안녕하세요. 회장님."

"호 대표가 여긴 무슨 일로?"

"은효 보러 왔습니다. 아침에 제대로 응원을 못 해준 것 같아서요."

"아침?"

 지훈이 슬쩍 수혁의 눈치를 살폈다. 역시나 미간에 굵은 세로 주름이 그어졌다. 지훈은 몰래 마른침을 삼켰다.

"아시는 줄 알았는데, 장례식장에서만 잠깐 뵈어서 모르셨군요. 은효와 저, 교제 중입니다."

 수혁의 반응을 즐기듯, 윤의 표정은 사뭇 여유로웠다.

"그동안 친구 집에서 신세 지고 있었던 건 알고 계시죠? 제가 오피스텔을 구해준다고 해도 싫다고 해서요. 어쩔 수 없이 당분간은 우리 집에서 지낼 예정입니다."

"흠…… 장소를 옮겨서 대화하도록 하지. 할 얘기가 많을 것 같은데."

"잠시만 기다려주시겠습니까? 은효 좀 보고 오겠습니다."

 윤이 한창 촬영 중인 세트장으로 걸어갔다. 그 모습을 바라보는 수혁의 목 부분이 붉게 변하는 게 보였다. 지훈은 언제 터질지 모를 활화산 밑에 서 있는 기분이었다.

 '저 녀석, 무슨 꿍꿍이지? 절대 저런 느물거리는 캐릭터가 아닌데……'

괜히 끼어서 숨 막힘을 경험하고 싶은 생각은 없었다. 지훈은 최대한 자연스럽게 감독의 곁으로 다가갔다.

진부한 표현이지만, 해가 서쪽에서 뜰 일이었다. 오전 내내 잘하라는 말 한마디 없던 남자가 카메라 감독 옆에 서 있는 모습이 보였다.
윤이 맞아? 정말 윤? 은효가 어리둥절하고 있을 때, 마침 지훈이 감독의 어깨를 잡으며 작업을 중단시켰다.
"어때? 건질만 한 게 나와?"
"아, 오셨어요. 여기! 잠시 쉬었다 갑시다."
감독의 휴식 사인이 떨어지기가 무섭게, 은효는 이때다 싶어 쪼르르 윤에게로 달려갔다.
"뭐지? 핀잔만 주던 사람이 여긴 어쩐 일이래요?"
"팩트를 체크해야 반대를 하든 밀어주든 할 것 같아서. 떨리진 않아?"
"생각보다 재미있는데요? 나 좀…… 예뻐진 것 같지 않아요? 메이크업하는 분들 손은 진심 금 손인 것 같아요."
"원래도 예뻐."
"헐, 왜 이러시지? 설마 어디 아픈 건 아니죠? 웬 안 하던 립서비스를……."
은효가 잔뜩 들뜬 얼굴로 윤의 얼굴을 요리조리 살폈다. 그러다 문득, 그녀의 얼굴이 어둡게 굳어졌다. 그곳에서 제법 떨어진 뒤쪽의 수혁을 발견했기 때문이다.

《저분이 왜 여기?》

얼떨결에 오쿨리파시를 사용했다.

《어떻게 된 거예요?》

《몰라. 지훈이가 부른 것 같은데.》

《눈이 마주친 것 같은데…… 인사는 해야겠죠?》

윤은 대답 대신 눈을 길게 감았다 뜨며 고개를 끄덕였다. 은효는 무거운 걸음으로 수혁에게 다가갔다.

"안녕하세요."

"잘 지냈나? 큰일 치르느라 고생 많았다."

수혁이 부드러운 미소로 은효를 반겼다. 여전히 적응되지 않는 외모였다. 젊은 삼촌뻘로 밖에는 안 보이는데 50대라니…….

"그렇지 않아도 연락하고 인사드리러 갈 생각이었는데, 이렇게 뵙네요."

"공부할 계획이라고 하지 않았나? 왜 이쪽 일을 하려고 하는 거지?"

"주변에서 자꾸 예쁘다고 하니까 정말 그런가 싶어서 한번 해 보려고요."

수혁의 표정이 미묘하게 바뀌었다. 놀란 것 같으면서도 황당해하는 것 같았다.

'이 사람은 나에게 어떤 감정을 품고 있을까?'

볼 때마다 느끼는 것이지만 미운 마음이 생기질 않는다. 윤과 지훈에게 뒤지지 않는 외모 때문만은 절대 아니었다. 수혁의 눈과 마주하면 가슴이 따뜻해졌다.

"지훈이가 아무래도 공주로 만든 것 같습니다. 삼 년을 쫓아다니면서 예쁘다고 했으니……."

윤이 옆에 다가서며 은효의 어깨를 감쌌다.

"걱정이 안 되는 것은 아니지만, 일단은 응원해주려 합니다. 뭐든 도전해보는 것도 나쁘지 않다고 생각하니까요."

"주말에 두 사람, 우리 집에 오지 않겠나?"

"초대해주시면 기꺼이 같이 가겠습니다."

얼떨떨해하는 은효와는 달리, 윤이 먼저 흔쾌히 대답했다. 뭔가 평소와는 다른 모습이라 찜찜한 기분이 들었다.

은효의 마음을 읽기라도 한 듯, 윤이 그녀의 손을 잡았다.

"은효만 좋다면요."

"저기…… 저희는 상관없는데, 댁으로 가게 되면 회장님께서 불편하지 않으시겠어요?"

"내 안사람 때문이라면 걱정하지 않아도 돼. 그 사람이 먼저 제안한 거니까. 은효만 괜찮다면 만나보고 싶다더군."

은효가 은연중에 아랫입술을 깨물었다. 긴장하면 나오는 버릇이었다.

"은효 씨! 컨셉을 바꿔서 촬영 좀 더 해보고 싶다고 하는데 괜찮지? 옷 갈아입고 인터뷰도 진행하자고."

지훈이 싱글벙글 웃으며 다가왔다.

"촬영감독이 들떠서 난리가 났어. 어디서 이런 보물을 데려왔냐고. 저기, 두 분은 어떻게 하시겠습니까? 제 방에 가셔서 대화를 더 나누시겠습니까?"

"아무래도 외부보다는 여기가 나을 것 같은데, 어떤가?"

"네. 좋습니다."

수혁의 시선이 은효에게로 옮겨졌다. 뭔가 할 말이 많은 눈빛이었다.

"그럼, 주말에 보자."

눈빛과는 달리 그의 인사는 짧았다.

"네. 저는 이만 가볼게요."

은효가 꾸벅 인사를 하고는, 빠르게 윤을 바라보았다.

《이따 집에서 봐요.》

《그래.》

윤이 손을 힘껏 잡았다 놓으며 웃어 보였다. 은효는 윤의 온기가 고스란히 남아있는 손을 꼭 움켜쥐며 기다리고 있는 스태프들로 향했다.

스튜디오에서 나와, 주인이 없는 방에 마주 앉은 두 사람은 지훈의 비서가 가져온 차가 테이블 위에 놓일 때까지 침묵을 지켰다.

아무렇지 않은 척했지만, 윤의 표정은 밝지 못했다. 십 년 전만 해도 마음을 터놓으며 의지하던 사람이 이젠 그 누구보다 믿을 수 없는 존재가 되었다는 사실이 씁쓸했다. 윤은 찻잔의 손잡이를 만지작거리며 대화의 시작점을 찾았다.

"이성 교제엔 관심이 없는 줄 알았는데, 은효와는 언제 그런 사이가 된 거냐?"

"병원에 꽤 오래 같이 있었는데 정말 모르셨나 보네요."

딸을 걱정하는 아버지의 표정을 실제로 본 적은 없지만 딱 저 모습이겠구나 싶은 얼굴이었다. 내내 묻고 싶었던 듯 수혁은 묵묵히 대답을 기다렸다.

'어떻게 대답해 드릴까요?'

윤은 부러 느긋하게 차를 마셨다.

"존재도 모르던 딸인데 신경이 쓰이시나 봅니다."

"나는 은효보다 너의 변화가 궁금하구나. 사춘기 때 받은 상처가 극복된 건가 싶어 다행이기도 하고."

윤의 관자놀이에 핏줄이 불거졌다. 감정을 누르느라 어금니를 꽉 문 탓이었다.

"네 말대로 갑자기 생긴 딸보다 오랫동안 지켜본 너나 지훈이에게 마음이 가는 것이 당연한 게 아닐까."

"그렇군요."

이래서 연륜이 무서운 것인가 싶었다. 몰랐으면 깜빡 속아 넘어갔을 만큼 수혁의 음성은 따뜻했다. 연기라는 것이 전혀 느껴지지 않는 완벽함이었다.

"갑자기 생긴 감정이라 하기에는 꽤 깊은 사이인 것 같은데, 오래됐구나?"

"네."

"역시 그랬구나. 내가 지훈이에게 큰 실수를 했군."

"네?"

"그런 줄도 모르고······."

진심으로 미안해하는 얼굴. 도대체 어떻게 하면 저리 태연하게 가면을 쓸 수 있을까. 한 번쯤 믿어보고 싶어질 만큼.

"지훈이 녀석, 많이 힘들었을 텐데 그런 내색 하나 없이……."

수혁이 길게 숨을 내쉬고는 말을 이었다.

"너희들은 형제나 다름없는 사이야. 절대 우정에 금이 가는 일은 없었으면 좋겠다."

"다 제 잘못입니다. 사정이 있었지만…… 어찌 됐든 지훈이에게 상처를 준 것은 사실이니까요."

"너는, 괜찮겠니? 은효가 이 회사에서 일하는 것 말이다."

"아까도 말씀드렸지만, 일하는 것은 상관없는데…… 다른 문제가 걸려서 상의드리고 싶었습니다."

"슈피르 연맹이 걸리겠지."

윤은 대답 없이 쓰게 웃었다. 아쉬운 소리를 해야 하는 입장이었기에, 일단은 수혁의 의중을 살피는 게 우선이었다.

"공식적인 자리를 만들 예정이다. 거기서 은효를 내 혼외자로 밝힐 생각이야. 물론 혼혈인 사실은 절대 알려지지 않게 해야겠지."

같은 부탁을 하려 했던 윤은 당황하지 않을 수 없었다. 무슨 꿍꿍이인지 전혀 감이 오질 않았다.

"다행히 은효는 슈피르의 성향이 갈수록 커지는 것 같아, 그 부분에 있어서는 순조롭게 넘어갈 것 같다."

"회장님께서는 오명이 될 텐데 괜찮으시겠습니까?"

"내 외도에 의한 결과고, 변명의 여지가 없는 내 잘못이다. 비난받아야 한다면 받아야지. 하지만, 은효가 곤란해지는 일은 없게 할 거다."

"솔직히 저로선…… 선뜻 이해되지 않습니다. 은효가 핏줄이기는 하지만 회장님께서 굳이 이렇게까지 하시는 게……."

"언제 봤다고 끈끈한 혈육의 정이 흐르느냐, 그 말인가?"

윤은 부정하지 않았다. 계획했던 대로 일이 흘러가는데 기분이 개운하질 못했다. 은효와는 별개로 가슴 속에 숨겨뒀던 못난 감정이 불쑥 고개를 내밀었다.

"아까 그러셨잖아요. 갑자기 생긴 딸보다 저희에게 마음이 더 간다고. 그런데 사회적 비난을 감수할 만큼 은효가 회장님께 소중한 존재라는 겁니까?"

"사람마다 성격이 다르듯이 가치관도 다른 법이야. 몰랐으면 모를까, 은효가 내 핏줄임을 안 이상, 난 부모로서 책임을 다할 생각이다. 아, 그렇다고 은효에게 딸 노릇을 하라고 강요할 생각은 전혀 없어."

"도덕적인 책임을 지시겠다는 말씀이군요."

"그렇게 딱딱하게 규정짓고 싶지는 않구나. 그 아이가 마음을 열어준다면 가족으로 지내고 싶은 마음이야 굴뚝 같지."

수혁이 푸근한 미소를 머금으며 윤을 바라보았다. 그와 눈이 마주친 윤은 얼른 시선을 피했다. 상처받은 윤에게 매번 위로가 되어 주었던, 그 한결같은 눈빛에 넘어갈 것 같았기 때문이다.

갓 태어난 아들을 버리고 혼자 미국으로 떠나버린 아버지가 결국은 떠오르고 말았다. 무슨 변덕인지 갑자기 아버지가 자신을 미국으로 데려갔을 때도 살가운 정은 없었다.

도덕적인 책임. 매우 불쾌한 비유란 생각이 들었다. 그러면서도 경수혁의 경우는 다르다는 것을 알고 있었다. 인정하고 싶지 않을 뿐이었다.

"내 아이가 있었으면 좋겠다는 바람은 늘 있었지만, 간절하지는 않았던 것 같다. 생각해 보면 너와 지훈이가 있어서 그랬던 것 같아."

윤은 복잡한 심경으로 수혁의 말에 귀를 기울였다.

"둘 다 내 자식이라 생각했는데, 네가 은효와 한집에서 지낸다는 말을 들으니 순간 당황스럽더구나. 어쭈, 이 녀석 보게, 감히 내 딸과 뭐 어째? 이런 기분이랄까."

"회장님께서 도와주신다면 저희야 감사하죠. 방금 지훈이의 반응으로 보아 대중에게 노출되는 것은 물론이고, 연맹이 관심을 보이게 되는 건 시간문제일 테니까요."

불필요한 감정 소모는 여기까지, 윤은 자연스럽게 대화의 방향을 틀었다.

"솔직히 연예계 쪽 일은 안 했으면 좋겠지만, 지훈이를 믿고 맡겨 볼 생각입니다. 그리고 연맹 쪽엔 회장님께서 방패가 되어주신다니 안심해도 될 것 같고요."

"솔칸 의식이 얼마 안 남은 거로 아는데, 생각이 많겠군. 자넨 잘 할 수 있을 거야."

"네. 잘해 볼 생각입니다."

"그럼, 둘 다 비서들 똥줄 그만 태우고 이만 일어나지. 밀린 스케줄이 잔뜩일 테니."

수혁이 먼저 자리에서 일어났다. 윤도 따라 일어섰다.

"주말에 은효랑 꼭 같이 와. 맛있는 거 많이 준비한다고 했으니."

"네. 알겠습니다."

두 사람은 엘리베이터를 타고 지하 주차장까지 함께 내려갔다. 인사를 하고 헤어진 뒤, 대기하고 있던 차에 오르던 수혁이 문득 윤을 불렀다.

"이봐, 호윤 대표!"

"네?"

윤이 돌아보자, 수혁이 오쿨리파시를 보냈다.

《노파심에서 하는 말인데, 솔칸 의식 전에 지켜야 할 것들 잊지 말게.》

윤은 애매한 웃음으로 대답을 대신했다.

XXI.
삐딱한 마음.

윤과 함께 경수혁의 집에 초대받은 날이었다.

계단 오르는 소리를 듣자마자, 은효는 바로 현관 앞으로 달려가 벨이 울리기도 전에 문을 열었다.

"이젠 놀랍지도 않아."

평소보다 왠지 더 잘생겨 보이는 윤이 슈트 차림으로 서 있었다.

"내가 그렇게 보고 싶었나? 문 앞에서 기다리고 있을 만큼."

"같이 살면 이런 번거로움도 없잖아요. 치사한 양반아, 굳이 날 내쫓아야 속이 시원했냐!"

"언제 덮칠지 모르는 위험한 여자와 어떻게 한집에서 지내? 난 나를 지켜야 할 의무가 있어."

"치사해서 이젠 내 쪽에서 사양이니까 괜한 기대는 하지도 마세요!"

은효가 얼른 구두로 갈아 신고는 밖으로 나갔다.

"치마 입으려다 너무 오버하는 것 같아서 바지 입었는데, 이러고 있으니 남남커플 같네."

"갈아입고 올래?"

"아뇨! 그쪽을 덮칠 의향이 전혀 없다는 걸 온몸으로 보여주겠어요."

은효는 시선을 내리깐 채 턱을 도도하게 들어 올리며 윤의 옆을 지나 계단을 내려갔다.

두 사람은 미리 주문했던 꽃과 케이크를 찾아 수혁의 집으로 향했다. 고급 주택들이 모여있는 골목을 지나, 철창으로 된 유독 대문이 큰 집 앞에 도착했다. 경비쯤으로 보이는 남자가 차를 향해 다가왔고, 곧 대문이 자동으로 열렸다.

"윤이 씨보다 훨씬 부자인가 보다."

은효의 소곤거림에 윤은 그저 피식하고 웃을 뿐이었다.

차를 세우고 조경이 훌륭한 넓은 정원을 지나 건물 앞에 다다랐을 때 현관문이 열렸다. 남 집사와 같은 관리인이 나올 것이라는 예상과는 달리, 편안해 보이는 차림의 수혁이 두 사람을 맞이했다.

"어서 와. 올 때 차는 안 막혔나?"

"낮이라 괜찮았습니다."

수혁의 인사에 대꾸한 사람은 윤이었다. 옆에 있던 은효는 묵례만 하고 집 안으로 들어갔다.

"반가워요."

거실에서 기다리고 있던 미주가 환하게 웃으며 두 사람을 반겼다. 단정한 단발머리에 심플한 디자인의 원피스를 입은 30대 중반쯤으로 보이는 모습이었다. 은효는 새삼 슈피르의 동안 외모를 실감하며 꾸벅 인사했다.

"안녕하세요. 처음 뵙겠습니다."

"듣던 대로 미인이네요. 윤이는 정말 오랜만이다."

"건강하시죠? 아주머니는 늘 그대로시네요."

윤이 들고 있던 꽃다발을 미주에게 건넸다.

"은효가 골랐어요. 쑥스러운지 저보고 드리라고 하네요."

"꽃 선물은 언제 받아도 기분 좋아. 고마워요."

미주가 꽃을 받아 들고는 은효와 눈을 맞췄다.

"불편하게 생각하지 말고 편하게 있다 갔으면 좋겠어요."

"초대해주셔서 감사해요."

최대한 자연스럽게 웃었다고 생각했는데, 눈가가 미세하게 떨렸다. 생각보다 많이 어색했다. 은효는 마땅한 다음 대사가 떠오르지 않아 난감했다.

"맛있는 거 많이 하셨어요? 은효는 고기 좋아하는데."

윤이 슬쩍 은효의 손을 잡았다.

"입맛이 저와 같아요. 초딩 입맛이더라고요."

"아, 그렇구나. 고기 많이 줘야겠네. 그럼 우리 식사부터 하러 갈까?"

미주가 앞장서서 식당 쪽으로 안내했다. 그녀의 옆에서 수혁이 함께 들어갔고, 그 뒤를 윤과 은효가 따랐다.

《긴장하지 마. 내가 있잖아.》

윤의 손이 다정스레 은효의 머리를 쓰다듬었다.

은효는 식사하는 내내 거의 말을 하지 않았다. 수혁 부부와 윤의 일상적인 대화만이 어색하지 않게 간간이 이어졌다.

아무렇지 않을 거라는 예상과는 달리 은효는 그 자리가 몹시 불편했다. 상냥한 미주와 가정적인 수혁의 모습이 심기를 건드렸다. 평소라면 이성을 잃고 먹었을 산해진미가 잔뜩 차려져 있었지만, 적당히 먹는 시늉만 하고 수저를 놓았다. 오지 말았어야 할 곳에 와 있는 기분이었다. 윤의 걱정스러운 시선이 느껴졌으나 모른척했다. 그저 빨리 이 집에서 나가고 싶은 마음뿐이었다.

식사가 끝나고 네 사람은 거실로 자리를 옮겼다. 경황이 없어 둘러보지 않았던 집의 내부는 윤의 집보다 훨씬 으리으리했다.

대리석 벽과 바닥, 고급스러운 카펫, 이 층으로 연결된 계단, 화려한 조명들…… 윤의 집을 들락이며 익숙해졌다고 생각했는데 이곳은 마치 다른 세상 같았다.

'하, 부자들의 삶이란.'

저절로 삐딱한 탄식이 새어 나와 씁쓸히 삼켰다.

"음식이 별로였나? 거의 입에 안 대는 것 같던데."

"아뇨. 맛있게 잘 먹었습니다."

수혁의 갑작스러운 질문에 은효가 허둥대며 대답했다. 그러고 보니 이 집에 와서 수혁이 처음으로 건넨 말이었다.

"낯설어하는 것 같아서 일부러 말도 걸지 않았는데, 먹는 시늉만 하다 말던걸. 많이 불편한가?"

"편하지는⋯⋯ 않습니다."

그녀의 대답에 찻잔을 입에 가져가던 윤의 손이 잠시 멈칫했다. 은효는 손을 모아 무릎 위에 올리고 차분한 음성으로 입을 열었다.

"저의 선택은 아니었지만 제 존재가 많은 분께 혼란을 드렸을 테니까요. 특히 사모님께는 죄송한 마음이 큽니다."

잠시 숨을 들이마신 은효는 지체하지 않고 말을 이었다.

"회장님 덕분에⋯⋯ 아버지 잘 보내드렸다고 꼭 감사 인사드리고 싶었어요. 제가 달갑지는 않으시겠지만, 사모님께도 한 번은 인사를 드려야 할 것 같았고요. 이렇게 먼저 초대해주셔서 고맙습니다."

"은효 양 말대로 혼란스러웠던 건 맞아요. 하지만 그건 내 남편 때문이지 은효 양 때문은 아니야. 달가워하지 않을 거란 짐작은 틀렸어요. 괜찮은 척하지 않고 솔직히 말해줘서 고마워요. 그러니까 더 편하게 은효 양에게 다가갈 수 있을 것 같거든."

미주에게서 적대감은 느껴지지 않았다. 오히려 따뜻한 색의 오라(aura)가 그녀의 주변을 감돌았다. 그런데도 여전히 은효의 마음은 까슬거렸다. 숨어있던 자격지심이 자꾸 고개를 들었다.

"두 분과 왕래하며 지내고 싶은 생각은 없습니다. 저는 없는 사람이라 생각하시고 이전처럼 잘 지내셨으면 좋겠어요. 두 분께 절대 누가 되는 행동은 하지 않겠습니다."

"그건 좀 서운하네. 나는 은효 양이랑 친해지고 싶었는데."

묵묵히 듣고만 있던 수혁이 말을 받았다.

"우리의 생각과는 별개로, 원하지 않아도 해야만 하는 일이 있어. 이미 슈피르 중 몇몇은 은효의 존재를 알았고 그냥 넘어가진 않을 거다. 데이터에 등록되지 않은 슈피르는 단 한 명도 없었으니까."

"부모를 모르는 고아는 사피에만 있는 게 아니에요. 슈피르에 없으리란 법은 없죠. 그렇게 해결하면 안 될까요?"

"그러기엔 네가 나를 너무 닮았다는 생각은 안 해봤니?"

은효가 반박하려다 입을 다물었다. 수혁이 희미하게 웃으며 말을 더했다.

"네 말대로 갑자기 잡아가서 생체실험한다고 할지도 모를 일이고."

"제가 조용히 숨어서 살면……."

"네가 내 친자임을 모두에게 밝힐 생각이다. 그게 최선이고 또 그리해야만 해."

"저는!"

옆에 앉은 윤이 손을 잡으며 그녀의 말을 막았다.

"회장님 의견에 나도 찬성이야. 너를 숨어서 살게 할 수는 없어. 회장님은 누구보다 너의 든든한 울타리가 되어 주실 거다."

은효가 원망 가득한 눈으로 윤을 바라보았다.

《그 울타리, 윤이 씨가 해주면 되잖아요!》

은효의 손을 잡은 그의 손에 힘이 들어갔다. 윤은 그녀에게 대답하는 대신, 수혁을 향해 천천히 고개를 숙였다.

"스페인에 다녀올 때까지는 어떠한 약속도 할 수 없으므로…… 회장님은 제 입장을 잘 아실 거라 믿고 부탁드리겠습니다."

"그런 걱정을 왜 해. 자넨 별문제 없이 잘하고 올 거야."

"은효 걱정은 하지 않겠습니다."

"자네야말로 최고의 솔칸으로 안테파사르의 인정을 받고 돌아올 거다. 내가 보장하지."

당사자의 의견은 자연스럽게 무시한 채 서로 주거니 받거니, 어이가 없었다. 돌아가는 대화로 짐작건대 이미 두 사람은 합의가 끝난 상태였다. 오늘은 그 사실을 본인에게 확인시키는 자리였고.

은효가 심드렁한 표정으로 입을 열었다.

"제가 더 거절했다간 두 분께 징징대는 꼴이 되겠네요. 이렇게 미리 단합되었을 줄은 몰랐어요."

"처음엔 좀 어수선할 수는 있겠지만 곧 적응될 거다. 이런저런 제약 때문에 너의 재능을 썩힐 수는 없으니까."

"여러모로 제가 번거롭게 하네요. 그러고 싶지 않은데."

짧은 침묵이 흘렀다. 그 자리에 더는 앉아있고 싶지 않았다. 은효가 자리에서 일어났다.

"그만 가보겠습니다. 주말인데 두 분 시간을 오래 뺏을 수는 없죠."

"은효 양이 사 온 케이크 준비해놨는데, 같이 먹고 가요."

윤이 따라 일어서며 미주를 향해 미소 지었다.

"은효가 저하고 데이트가 하고 싶은가 봐요. 오늘 아주머니 덕분에 맛있는 거 많이 먹고 갑니다."

"그래. 오늘만 날은 아니니까. 이렇게 얼굴 보니까 좋다. 자주 놀러 와. 은효 양하고 같이."

"네. 그럼 보러 한 번 갈게요."

말없이 현관까지 배웅하는 수혁을 뒤로 하고 은효는 기분이 편치 않았다. 괜히 까칠해져서 분위기를 망친 건 아닌가 잠시 고민했지만, 자책은 하지 않기로 했다.

짧은 인사 후, 두 사람은 집에서 나왔다. 차가 출발하고 백미러로 수혁의 집이 보이지 않을 즈음, 은효가 시무룩이 윤을 쳐다보았다.

"어디 갈까? 할 말이 많은 얼굴인데."

보지도 않으면서 다 알고 있다는 듯 말하는 그가 얄미웠다. 은효의 입이 부루퉁하니 튀어나왔다.

"화부터 낼까, 사과부터 할까 생각 중이에요."

"화가 난 건 알겠는데 사과는 왜?"

"제가 감정 컨트롤이 안 돼서 다들 불편했을 테니까요."

은효가 눈 밑을 찌푸리며 한숨을 내쉬었다.

"많이 난처했죠? 나 때문에…… 미안해요."

"의외긴 했어. 그렇게 무방비상태로 감정을 드러낼 줄은 몰랐는데."

윤이 슬쩍 옆으로 시선을 두었다 거두며 웃었다.

"그렇다고 사과할 필요는 없어. 난 그 사람들을 위한 배려보다 은효의 감정이 더 중요하니까."

"나는 스스로 꽤 쿨한 사람이라 생각했는데 오늘 보니 심사가 배배 꼬인 인간이더라고요. 회장님이 아무렇지 않은 얼굴로 부인하고 대화하는 모습을 보니…… 참을 수가 없었어요. 나를 낳은 여자, 지금의 부인, 그리고 존재도 모르고 있던 딸…… 이 세 사람의 인생이 누구 때문에…… 하, 입 밖으로 꺼내고 보니 더 어처구니가 없네."

"글쎄. 두 사람은 그렇다 치더라도 은효는 좀 다르지 않나? 경 회장도 어쩔 수 없는 부분이잖아. 딸이 있었을 거라고는 짐작도 못 했을 테니까."

"알아요. 나도 아는데……."

은효는 입을 다물었다. 지금의 감정을 말로 표현하는 것은 무리가 있었다. 솔직히 그녀 자신도 왜 기분이 나빴는지 정확히 알 수 없었기 때문이다.

"집에 갈래요."

"배 안 고파? 음식은 입에도 안 대는 것 같던데. 맛있는 거 사줄게, 가자."

"배 안 고파요."

"화내는 타임인가?"

은효가 문 쪽으로 몸을 틀고 의자에 머리를 기댔다.

"나쁜 사람이라면서 조심하라 할 땐 언제고, 든든한 울타리가 돼 줄 거라니. 말로만 지켜준다고 하고 귀찮아진 거예요? 내가 굳이 회장님 친자라는 사실을 밝혀야 하는 거냐고요!"

"미리 말하지 않은 건 미안해. 하지만 그게 최선이란 사실은 변하지 않아. 경 회장이 은효의 공식 보호자가 되는 것만큼 안전한 선택은 없어."

"왜 이렇게까지 몸을 사려야 하는 건가요?"

"슈피르 사회에 은효를 정식으로 알리는 방법은 이것뿐이야. 연맹 쪽엔 슈피르의 존속에 상상 이상으로 열을 올리는 극단주의 집단이 있거든. 솔칸 조차도 자신들 마음에 안 들면 언제든 갈아치울 수 있다고 생각하는 자들이지. 그들을 통제하기 위해선 강한 지도자가 되어야만 해."

윤이 핸들을 잡지 않은 손으로 은효의 손을 잡았다.

"내가 스페인에 가기 전에 경 회장이 공식적인 자리를 만들 거야. 그럴 리는 없겠지만 혹시라도 스페인에서 내게 문제가 생기더라도……."

"거기까지! 더 말하면 차에서 확 내려 버릴 줄 알아요."

"그래. 그만할 테니까 맛있는 거 먹으러 가자."

은효가 잠시 뜸을 들이다, 마지못한 듯 중얼거렸다.

"삼겹살 먹고 싶어요."

윤은 입가에 미소를 머금으며 식당가 쪽으로 차의 방향을 돌렸다.

윤과 은효가 가고 30분 정도 지난 후, 수혁의 집엔 다른 손님이 찾아왔다. 건장한 체격의 노신사가 자연스럽게 슬리퍼를 갈아신고 거실로 들어섰다.

"내가 한발 늦은 게냐?"

　입구에서 기다리고 있던 수혁이 굳은 얼굴을 감추며 노신사에게 인사를 했다.

"연락도 없이 어쩐 일이십니까? 장인어른."

"이 집에 귀한 손님이 온다는 소식을 들어서 말이다."

　노신사는 사위 보다 앞장서서 소파 쪽으로 성큼성큼 걸어갔다. 수혁은 속을 알 수 없는 능구렁이 영감의 뒤를 천천히 따랐다.

　승대호. 그는 미주의 아버지이자 연맹의 조직원인 페제라이다. 페제라는 각 나라에 두 명으로 구성되어있고 전원이 블뤼이다. 연맹의 대표인 슈피리모와 각 나라의 솔칸을 견제하기 위한 직책이었다.

"아버지!"

　은효가 사 온 꽃을 화병에 정리하러 들어갔던 미주가 밖으로 나왔다.

"오시지 말라고 했잖아요. 나중에 정식으로 소개해 드린다고."

"평생 포기했던 손주가 생겼다는데 어떻게 기다리고만 있어. 그러게 제대로 초대해주면 좀 좋아. 결국 타이밍을 놓치지 않았느냐."

　미주가 미안한 얼굴로 수혁을 바라봤다.

《미안해요. 아버지가 먼저 아시고 전화하셨더라고요.》

《당신이 미안할 게 뭐 있어. 내가 다 잘못해서 벌어진 일인데.》

승대호가 모르고 있을 거라고는 생각하지 않았다. 수혁의 일거수일투족은 이미 오래전부터 장인의 감시하에 있다는 것을 알고 있었기 때문이다.

"회사 창립 기념 행사에 아이를 소개할 생각이었습니다. 제가 떳떳한 입장도 아니고 해서…… 장인어른께도 그때 즈음 정식으로 보여드리려 했습니다."

"그 아이 친모는 어느 집 여식인가?"

"죄송하지만 그건 말씀드릴 수 없습니다."

"그쪽도 가정이 있나 보군."

승대호의 굵은 눈썹이 꿈틀거렸다.

"차후에 문제 될 일은 없겠지?"

"제게 아무것도 알리지 않고 아이를 버린 사람입니다. 장인어른께서 걱정하실 일은 없습니다."

"근데 말이다. 그 아이는 어떻게 솔칸의 아들과 어울려 다니는 게냐?"

장인이 진짜 궁금했던 속내를 툭 하고 내비쳤다. 수혁은 여전히 서 있는 아내에게 옆에 앉으라고 눈짓했다. 보아하니 불청객이 순순히 일어설 것 같지 않았기 때문이다.

미주가 작은 한숨을 뱉으며 그의 옆에 앉았다. 수혁은 아내의 손을 지그시 잡았다.

"제가 은효를, 그 아이 이름이 은효입니다. 찾기 이전부터 두 사람이 알고 지냈다고 합니다. 지훈이가 먼저 은효를 발견하고 캐스팅하겠다고 쫓아다녔던 것 같습니다. 그러다 친분이 쌓이고 후에 윤에게 은효를 소개해줬다고 합니다."

"근데 정작 눈은 호가와 맞았다 이 말이구만."

미주가 눈살을 찌푸리며 끼어들었다.

"아버지, 무슨 표현이 그래요?"

"그 아비에 그 아들인가? 여자 후리는 재주를 그대로 물려받은 모양이군."

"아버지!"

"그러게 진즉에 자네가 내 말을 듣고……."

"장인어른!"

이번엔 수혁이 음성을 높여 대호의 말을 막았다.

"그 말씀은 더는 하지 않으시기로 하셨잖습니까."

"자네 부친이 사고로 그리되지만 않았어도 지금의 솔칸은 호가가 아니라 경 서방 자네야. 아직 늦지 않았다고 내 누누이 말하지 않았나!"

"안테파사르의 선택이라고 명명한 것은 연맹 쪽이었습니다. 그리고 윤이는 분명 훌륭한 솔칸이 될 것입니다."

수혁이 눈에 힘을 주며 장인을 응시했다.

《아내가 있는 곳에서 이런 대화는 하고 싶지 않습니다. 그만하십시오.》

"아이를 보고 싶었는데 아쉽구만."

승대호가 화제를 돌렸다.

"블뤼인가?"

"그런 것 같습니다."

"선대 솔칸의 피가 흐르고 있으니…… 더욱 기대되는군."

"아무것도 기대하지 마십시오. 그 아이는 사피처럼 살기를 원합니다."

"우리는 사피보다 훨씬 월등한 존재다. 그들과 공존을 넘어 군림해야 하는 존재임을 잊어서는 안 돼. 지금의 솔칸은 무책임하게 방임으로 일관했어. 새로운……."

사위의 경고 섞인 거친 숨소리에 대호는 입을 다물었다.

"미주 너는 어떠냐. 그 아이."

"저야 뭐……."

미주는 말을 아꼈다. 이런 상황에서 딸의 심정보다 피 한 방울 안 섞인 손녀에 관심을 쏟는 아버지라니. 그런 양반이란 걸 몰랐던 것은 아니지만, 서운한 건 어쩔 수 없었다.

"아내에겐 무슨 말로도 용서받지 못할 짓이었습니다. 딸의 존재를 받아준 것만으로도 저는 감사하고 미안할 따름입니다."

"어쩌겠는가. 이미 생긴 자식을. 어미로서 보듬어 줘야지."

모르는 사람이 들었으면 꽤 자비롭고 너그러운 노인이라 생각했을 대사지만, 꿍꿍이속을 알고 있는 수혁으로선 그저 씁쓸할 뿐이었다.

더 시간 끌어 좋을 것 없을 것 같아, 미주는 반강제로 아버지를 돌려보냈다. 오전부터 신경을 썼더니 머리가 아파 누워야겠다고 핑계를 댔다. 핑계도 핑계지만 없던 두통이 생긴 것은 사실이었다. 미주는 아버지를 배웅하고 거실로 돌아오며 양손으로 관자놀이를 문질렀다.

"아버진 도대체 무슨 생각이신 건지……."

"이것저것 궁금하셨겠지."

"그만하실 때도 됐는데…… 아무리 어릴 때부터 당신을 돌봐주셨다지만, 너무 지나치세요. 간섭이 도를 넘으셨다고요!"

"태도를 확실히 밝히지 않은 내 잘못도 있어. 그만 들어가서 쉬지."

수혁은 아내의 어깨를 감싸며 침실로 이끌었다. 머리가 터질 것처럼 생각이 많았지만 내색하지는 않았다. 장인이 쉽게 욕심을 내려놓을 위인이 아니라는 것을 누구보다 잘 알기에 수혁은 신중해질 수밖에 없었다.

지훈은 호기심 가득한 눈으로 스토리보드를 보고 있는 은효를 물끄러미 바라보았다.

아버지는 HK그룹 회장, 애인은 UE컴퍼니 코리아 대표이사. 그런 어마어마한 뒷배를 가진 잠재적 초대형 신인. 그럼에도 계약서를 받고 조건이 너무 후한 거 아니냐며 들뜬 표정을 지었던 게 떠올라 피식 웃음이 나왔다.

물론 생초짜 신인으로는 이례적인 파격 조건이었다.

"와, 저 진짜 하신우 씨 신곡 뮤비 찍는 거예요? 같이?"

사심 충만한 얼굴의 은효가 고개를 들었다. 볼까지 발그레 붉히며 지훈과 눈을 마주했다.

"예전부터 완전 팬이었어요! 신우 씨도 제가 하는 거 알고 있는 거죠?"

"얼마나 까다로운 친군데 모를 리가 있나."

"혹시…… 신우 씨도 슈피르?"

"아니. 사피야."

"아……."

은효가 작게 고개를 끄덕였다.

"저 잘할 수 있을까요?"

"잘해야지. 투자한 만큼 다 뽑아낼 테니 각오해."

"너무 유명해지면 나중에 그만둘 때 곤란한데."

"뭐지? 갑자기 튀어나온 그 근거 없는 자신감은?"

"예상은 했지만, 이쪽 일이 생각보다 적성에 맞는 것 같아서요. 지난주부터 시작한 연기 수업도 재미있고."

지훈이 입꼬리를 올리며 눈썹을 으쓱했다.

"사람 일은 어찌 될지 모르는 거야. 다른 일 하다 이쪽 일로 뛰어든 연예인들도 많으니까. 난 내 안목을 믿어."

"저기 근데, 오피스텔도 너무 고급이고 밴도…… 저 같은 신인이 타기엔 너무 좋은 것 같은데……."

"대표이사 빽이 괜히 좋은 건 줄 알아?"

아무렇지 않게 대답했지만, 지훈은 뜨끔했다. 사실 그 모든 옵션의 업그레이드는 경 회장의 작품이었다. 물론 절대 비밀이라는 당부도 함께.

"형평성에 어긋나는 것 같은데요. 이러다 이사님이랑 스캔들이라도 나면 어쩌려고. 시작도 하기 전에 회사 동료들에게 미운털 박히겠어요."

"자신 있다며? 몇 초 전에 자기가 한 말 그새 잊었어? 실적으로 보여주면 돼."

"앞으론 회사에서 이사님과 개인적으로 만나는 일은 안 만드는 게 좋겠어요. 항상 매니저와 동행할게요."

"이런 말은 오너가 해야 하는 거 아닌가?"

"제 말이."

은효가 자리에서 일어섰다.

"연습생 타이틀만 없을 뿐이지 스케줄이 거의 지옥 훈련 수준이에요. 체력 하나는 자신 있다고 자부했는데, 요즘은 등만 닿으면 바로 곯아떨어진다니까요."

"말은 투덜거리면서도 얼굴은 꽤 즐거워 보이는데?"

"모레 HK그룹 창사 기념행사에서 뵈어요. 별로 내키지는 않지만 다들 꼭 필요한 절차라고 하니 따를 수밖에요."

은효가 문 쪽으로 걸어가다, 멈춰서 뒤를 돌아보았다.

"이사님, 아니 이제 대표님이라고 부르는 게 낫겠죠? 암튼, 대표님. 저 열심히 할게요."

배웅하려고 몸을 일으켰던 그는 얼른 소파에 등을 기대며 태연한 척 웃었다.

"어째 점점 더 선을 긋는 거 같아서 씁쓸하네. 그래. 같이 열심히 해봅시다."

"네!"

은효가 방에서 나가고도 꽤 한참 동안 지훈은 그녀가 사라진 문에서 시선을 거두지 못했다. 그녀에 대한 미련이 생각보다 끈질기게 그를 놔주지 않았다.

XXII.
궁금하실 것 같아서.

 HK그룹의 공식적인 창사 기념행사는 본사의 컨벤션 센터에서 진행됐다. 그리고 본격적인 리셉션은 장소를 옮겨 현광 호텔에서 가졌다. 물론 참석은 한국 각계의 슈퍼르 한정이었다.

 느긋하게 파티 장소에 도착한 지훈은 와인을 마시며 주변을 은근히 관찰했다. 장관부터 국회의원, 언론사 사장 등 거물들이 시야에 들어왔다. 역시나 종조부(從祖父)인 승대호의 입김이 작용했을 것이다. 연맹 페제라의 권위라면 그들을 움직이고도 남았으니까.

 은효는 경 회장 부부와 함께 움직인다고 했다. 이 파티의 주목적이 그녀를 소개하는 것인 만큼, 같이 등장하는 것이 자연스러워 보일 것이기 때문이다.

"왜 혼자야? 윤은 아직 안 왔나?"

익숙하면서도 반가운 목소리에 지훈이 뒤를 돌아보았다. 몸매가 그대로 드러나는 머메이드 드레스 차림의 여진이 그를 향해 싱긋 웃었다.

"오랜만이야. 잘 지냈지?"
"이야, 이게 누구야! 언제 한국 들어왔어? 연락도 없이."
"며칠 됐어. 오늘 다들 모일 것 같아서 연락 안 했지."
"일 년 만인가. 바쁘다고 안 올 줄 알았는데."

여진이 코를 찡긋하며 대답했다.

"그러게. 내가 굳이 미국에서 여기까지 시간 내서 올 필요는 없는 자리니까. 나, 다음 주부터 한국에서 일해."
"정식 발령?"
"응. 디자인 실장 겸 전무이사로."
"아버님께서 후계자 수업을 야무지게 하시는구나."
"매번 하는 말이지만, 내 능력으로 올라온 자리야. 아버지하고 엮으려고 하지 마."
"아, 그럼요. 전여진 씨의 실력이야 누구보다 제가 잘 알죠."

새치름하게 굳어있던 여진의 입술 끝이 살짝 올라가는 게 보였다. 그녀는 어렸을 때부터 남에게 지기 싫어하는 당찬 성격이었다. 여리여리한 코스모스 같은 외모와는 달리 야심가라는 것을 지훈은 일찌감치 알고 있었다.

블뤼 아버지를 두었음에도 평범한 슈피르인 지훈과는 달리, 여진은 일반 슈피르 사이에서 태어난 블뤼였다. 자신이 블뤼라는 사실에 굉장히 자부심을 가진 그녀였기에 어릴 때부터 지훈은 안중에도 없었다. 오직 여진에게 남자는 호윤뿐이었다.

'하, 전여진의 존재를 잊고 있었네. 윤이한테 애인이 생긴 걸 알면 가만있을 성격이 아닌데…….'

지훈이 턱 끝을 문지르며 고민에 빠졌을 때, 마침 윤이 그들에게로 다가왔다.

"둘이 같이 있었군."

여진을 보고도 놀라지 않는 거로 보아, 윤은 미리 알고 있던 눈치였다.

지훈이 떨떠름하게 대꾸했다.

"뭐냐? 너 여진이 온 거 알고 있었어?"

왠지 여진의 안색이 좋지 못했다.

"어. 문자 봤어."

"그렇지, 누구한테는 연락을 하셨겠지."

"문자를 봤는데, 씹어?"

여진의 싸늘한 음성이 지훈의 빈정거림을 단박에 얼려버렸다.

"바쁜 건 알지만 너무한 거 아니니?"

"미안. 문자 보낸다는 게 깜빡했다."

윤이 여진 쪽으로 고개를 기울이며 피식 웃었다.

"잘 지냈지?"

"너희 회사 근처에 갔다가 얼굴이나 보려 했더니."

"이렇게 보는 것도 나쁘지 않지. 셋이 다 모인 게 얼마 만이냐."

"나 다음 주부터 한국에서 일해."

"그렇군."

뭔가 더 기뻐하는 리액션을 기대했던 듯, 여진이 뚱하게 대꾸했다.

"재미없는 건 여전하네."

"이 녀석 립 서비스 없는 거 잘 알면서."

지훈이 슬그머니 끼어들었다.

"윤이 스페인 다녀오면 한 번 뭉치자. 축하 파티도 할 겸."

"스페인?"

"윤이……."

"그 애긴 나중에."

윤이 지훈의 이야기를 끊으며 눈짓했다.

"저기 경수혁 회장님 가족분들 오셨어."

지훈이 얼른 말을 멈추고 윤이 가리키는 쪽으로 시선을 돌렸다. 얼떨결에 같이 시선을 옮기던 여진은 고개를 갸웃했다.

'경수혁 회장 부부가 아니고 가족분들?'

그리고 곧바로, 경수혁 부부의 곁에 서 있는 젊은 여자가 그녀의 눈에 들어왔다.

호텔의 파티 홀에 들어서기 전, 미주가 은효의 손을 잡았다.

《긴장할 것 없어. 누가 봐도 넌 회장님 똑 닮은 딸이니까.》

은효가 어색하게 웃으며 오쿨리파시에 답했다.

《정말 닮았나요?》

《그래. 신기할 만큼.》

당연히 오기 싫었던 행사이고 불편해야 맞는 자리였다. 그런데 경 회장과 닮았다는 미주의 한마디에 줏대 없이 기분이 좋아졌다. 그러다 번뜩 머릿속에 경고음이 울렸다.

'정신 차려. 뻔뻔해지지 마. 이 자린 원래 네가 있을 곳이 아니야.'

선을 그어야 하는 줄 알면서도 가족이라는 울타리가 싫지 않았다. 뻔뻔해지고 싶었다. 오늘만큼은.

'오늘만이야. 그래, 오늘만.'

무거워진 마음은 생각처럼 쉽게 편해지지 않았다. 은효는 굳어진 입꼬리를 억지로 올리며 걸음을 옮겼다.

아시아에서도 손꼽히는 최대규모의 호텔인 만큼 파티장은 화려했다. 경 회장이 장소에 모습을 드러내자, 사람들이 곁으로 다가오며 인사를 건넸다.

경수혁은 응대를 하며 꽃장식이 놓인 메인 테이블 근처에 자리를 잡았다. 그의 양쪽엔 은효와 미주가 나란히 섰다.

경 회장은 형식적인 짧은 인사말을 끝내고, 옆에 서 있는 은효의 어깨를 부드럽게 감쌌다. 등장부터 관심의 대상이었던 그녀는 일제히 쏟아지는 시선을 느꼈다.

"그동안 꼭꼭 숨겨뒀던 제 딸아이를 소개하려고 합니다. 이런저런 궁금한 것들이 많으시겠지만 그저 환영만 해주시길 바랍니다. 이 아이와 관련된 사실무근의 소문이 제 귀에 들리는 일은 없었으면 합니다. 그게 자식을 둔 모든 아비의 마음이라는 건 다들 아실 테니 말입니다."

완곡한 말투와는 달리 경고문처럼 들리는 남편의 소개말에 미주가 짧은 숨을 삼키며 말을 이었다.

"회장님이 이렇게 딸바보일 줄 누가 알았겠어요? 이제야 가족이 완벽해진 것 같아 요즘 많이 행복합니다. 축하해주시고 저희 은효, 따뜻하게 맞아주세요."

다들 궁금한 게 많을 터였다. 하지만 아무도 일절 내색하지 않았다. 누가 먼저랄 것 없이 여기저기서 환영한다는 인사와 박수 소리가 들렸다. 몹시 어색했지만, 은효는 고개를 숙여 정중히 인사했다.

소개가 끝나고 그 자리가 불편해지려는 찰나, 언제 왔는지 모를 윤이 눈앞에 있었다. 은효는 너무 반가워, 저도 모르게 팔을 뻗어 윤의 소매를 잡았다. 수혁은 그 모습을 못 본 척, 윤에게 악수를 청했다.

"바쁜데 시간 내줘서 고맙군."

윤이 그의 악수에 응하며 대답했다.

"축하해야 할 자리인데, 당연히 와야죠."

"은효의 소개는 이 정도면 충분하니까, 지금부턴 자네가 잘 에스코트 해주게"

뒷말은 오쿨리파시로 덧붙였다.

《나와 아내는 지금부터 시작이니까.》

《고맙습니다.》

《무슨 소리. 내 자식인데 당연하지.》

수혁은 윤의 팔을 몇 번 툭툭 치고는 은효의 손을 잡았다.

"나는 이제 바쁠 것 같으니 윤이와 함께 다니도록 해. 오늘, 수고했다."

"제가 더……."

은효는 고맙다고 말하려다, 그냥 고개만 꾸벅 숙이고 말았다. 수혁은 잡고 있던 은효의 손을 윤에게 쥐여주고, 사람들에 둘러싸인 미주의 곁으로 걸어갔다.

윤이 잡은 손에 힘을 주었다.

"이제 다 됐어."

많은 뜻이 담긴 그의 한마디에 긴장했던 마음이 스륵 풀렸다. 은효는 괜히 멋쩍게 배시시 웃었다.

"오늘 너무 멋지게 하고 온 거 아니에요?"

"나는 뭘 입어도 멋있어."

"이럴 땐 답례로 상대방을 칭찬해주지 않나?"

윤이 고개를 갸웃거렸다.

"응?"

"됐습니다."

은효가 입을 삐죽거리고 있을 때, 지훈이 여진과 함께 다가왔다.

"우리 은효 씨, 뭘 먹고 이렇게 점점 예뻐지나?"

손가락이 오글거리는 찬사에 은효는 거보라는 듯 윤을 흘겨봤다. 윤은 시선을 회피하며 지나가는 스텝의 트레이에서 와인 잔을 집어 들었다.

은효가 진심 반가운 표정으로 지훈을 맞이했다.

"대표님의 싱거운 칭찬이 도움이 될 때도 있네요. 잔뜩 쫄았었는데 이제 좀 숨이 쉬어져요."

"나밖에 없지?"

"네!"

"이 정도로 쫄면 안되지. 장차 큰 무대에 설 사람이."

지훈이 몇 마디 더 너스레를 떨려고 하던 찰나, 옆에서 여진의 의도적인 헛기침 소리가 들렸다. 그가 아차 싶어, 얼른 화제를 바꿨다.

"아 참, 서로 인사 나눠."

지훈이 먼저 여진을 소개했다.

"이쪽은 나와 윤이의 죽마고우, 전여진."

여진이 은효에게 악수를 청했다.

"반가워요."

"안녕하세요. 연은효입니다."

은효와 악수를 하던 여진이 불쑥 오쿨리파시를 보냈다.

《블뤼?》

은효가 어찌 반응해야 할지 머뭇거릴 때, 윤의 손이 그녀의 어깨를 감쌌다.

"이런 자리는 처음이니, 우리 은효 잘 부탁해."

은효의 손을 놓던 여진의 얼굴이 굳어졌다.

"우리 은효?"

지훈이 가볍게 끼어들었다.

"어, 그래. 우리 은효지. 내가 몇 년째 공들인 우리 회사를 이끌어 갈 미래 스타."

놀란 기색을 이내 감추고, 여진이 활짝 웃었다.

"윤이 너희 회사에 투자라도 했어? 언제부터 공동체가 된 건데?"

"경 회장님 따님이면 패밀리나 마찬가지지. 뭐 그런 걸 따져."

"내가 한국에 자주 안 들어오기도 했지만, 너무 갑작스럽긴 하네. 없던 경 회장님 따님의 등장보다도……."

여진의 시선이 빠르게 세 사람을 훑었다.

"요상한 조합의 패밀리 관계가."

"은효는……."

윤이 다시 입을 떼자, 지훈이 재빨리 말을 가로챘다.

"내가 먼저 알고 지내다가, 윤이에게도 소개해주면서 자연스럽게 친해졌어."

윤의 성격에 은효와의 관계를 여진에게 굳이 숨길 리 없었다. 하지만 지금은 시기가 적절치 않다고 지훈은 생각했다. 이럴 땐 진심 오쿨리파시 능력이 없는 게 아쉬웠다.

"아! 생각났어요. 예쁜 여자친구!"

잠자코 있던 은효가 눈을 반짝이며 여진과 윤을 번갈아 쳐다보았다.

"전에 윤이 씨가 말했던 예쁜 여자친구가 여진 씨군요!"

어딘가 모르게 불편한 표정의 윤과는 달리, 여진의 얼굴엔 희미한 화색이 돌았다.

"로봇 같은 윤이가 그런 말을 다 했어요?"

은효는 대답 대신 고개를 끄덕였다.

"하, 별일이네."

"직접 뵈니, 윤이 씨가 왜 그런 말을 했는지 알겠네요. 연예인은 제가 아니라 여진 씨가 해야 할 것 같은데요?"

"립 서비스하는 건 지훈이한테 배웠나 봐요."

"영향이 없지는 않아요."

은효가 지훈의 팔을 잡으며 그의 곁에 섰다.

"대표님. 오늘 확실히 눈도장 찍는 게 좋다고 하셨죠? 윤이 씨는 인맥 형성에 도움이 안 될 것 같으니 에스코트 부탁해요."

"당연하지."

"시작부터 편법 먼저 배우는 거 아닌가요?"

"편법이라니. 신인이 인사하러 다니는 건 기본이거든?"

윤의 눈치를 살피며 지훈이 덧붙였다.

"두 사람은 오랜만에 만났으니 대화 나누고 있어."

걸음을 옮기던 은효가 우뚝 멈춰 섰다.

"참……."

뒤돌아선 그녀가 시선을 옮긴 사람은 여진이었다.

"왜 물어보셨는지는 모르겠지만, 저 그거 쓸 줄 알아요."

뒷말은 오쿨리파시로 마무리했다.

《궁금하실 것 같아서.》

은효는 어리둥절한 지훈의 팔을 잡아끌다시피 하며 발걸음을 재촉했다. 어쩐지 뒤통수가 따갑게 느껴졌다. 은효의 한쪽 입꼬리가 씁쓸히 올라갔다.

지훈의 손에 이끌려 이 사람 저 사람과 의미 없는 인사를 나눴지만, 은효의 머릿속엔 여진의 존재만이 가득했다.

딱히 인맥 형성 따위엔 관심이 없었다. 그저 그 기분 나쁜 여자와 떨어지고 싶었을 뿐이었다.

처음 눈이 마주쳤을 때부터 여진을 둘러싼 오라는 불쾌한 색을 띠었다. 의심과 적의로 가득한 어두운 오라와 함께 무례한 오쿨리파시 질문이 날아들었다.

'블뤼? 그게 왜 궁금한데?'

단번에 그녀가 윤을 마음에 두고 있다는 것을 알 수 있었다. 바보가 아니고서야 그렇게 티를 내는데.

어쩌면 그동안 간과하고 있었는지도 모른다. 호윤처럼 근사한 남자 주변에 여자가 없을 리 만무했으니까.

지훈은 마침 업계 사람들을 만나 은효를 소개하고 본격적인 대화에 돌입했다. 은효는 그 틈을 타 비교적 한산한 테이블을 찾아 주스로 목을 적셨다.

생각은 계속 꼬리를 물고 이어졌다. 여진과 같은 여자가 또 없으리란 법은 없었다. 그런 상황이 올 때마다 도망치듯 피하는 것은 방법이 아니었다. 쿨한 척 돌아섰지만 부끄러운 행동이었다.

서운함을 누르고 윤에게 가야겠다 마음먹었을 때, 가까운 뒤에서 인기척이 느껴졌다.

"자네가 오늘의 주인공인가?"

은효가 돌아서자, 건장한 체격의 노신사가 그녀를 바라보고 있었다. 날카로운 눈매와는 달리 그의 입은 미소를 머금고 있었다.

"갑자기 일이 생겨서 늦었구나. 인사받을 타이밍을 놓쳤어."
"실례지만 누구……신지요?"
"이래서 시간 맞춰 왔어야 했는데."

일부러 감춘 것처럼 그에게는 아무 색도 느껴지지 않았다. 생각을 알 수 없는 눈과 웃고 있는 입. 은효는 어쩐지 긴장이 되어 마른침을 삼켰다.

"나를 어떻게 소개하는 게 좋을까."

노신사가 한 걸음 다가섰다.

"새로 생긴 가족에 이 늙은이도 포함됐다고 하는 게 맞으려나. 자네 아버지 장인 되는 사람인데."

'아…….'

은효는 당황한 기색을 얼른 숨기고 정중히 인사했다.

"안녕하세요. 연은효입니다."

"좀 더 일찍 만나고 싶었는데 자네 아버지가 통 보여줄 생각을 안 해서 말이야. 할애비니까 말을 편히 해도 되겠지?"

"네, 그럼요."

"과정이야 어찌 됐든 이렇게 예쁜 손주가 생겨서 내 얼마나 좋은지 몰라."

할애비, 손주……. 몹시 거슬리는 단어였다. 아버지란 사람도 적응하지 못하고 있는 판에 할아버지라니. 은효는 본인이 적절한 표정을 하고 있을지…… 자신이 없었다.

"근데 왜 여기 혼자 이러고 있어? 이런 자리가 불편한가?"
"아뇨. 저희 대표님과 인사 다니다가 잠시 쉬는 중이었어요."

"대표? 설마, 지훈이?"

"네. 데뷔 준비하고 있습니다."

"아니, 왜 굳이 그쪽 일을?"

은효는 대답 대신 머쓱하게 웃었다.

"지훈이 녀석이 집요하게 매달렸나 보군. 원래 전공은 무얼 했나?"

"인류학 공부했습니다."

"전공이 적성에 맞지 않았는가? 연예계 일이 그리 평탄하지는 않을 텐데 말이야."

"처음엔 돈을 벌 목적으로 하겠다고 했는데, 막상 이것저것 배워보니 적성에도 맞는 것 같아요. 아직 시작도 안 했는데 큰소리치는 건 아닌가 싶지만요."

"이런, 돈이 필요했는가?"

쉬고 싶어 도망친 자리가 오히려 더 불편한 상황이 되고 말았다.

'처음 본 사람에게 뭘 이리 주절주절 떠들고 있어?'

은효는 생각 없이 나불댄 자신의 입을 쥐어뜯고 싶었다.

"대학 졸업하고 일단은 취업 준비 중이었으니까요. 돈 좀 모아서 공부를 더 할 생각입니다."

"돈이야 지금도……."

승대호는 말을 멈추고 고개를 끄덕였다.

"씩씩한 젊은이라 마음에 드네. 처음이라 낯설겠지만, 은효도 나를 편하게 생각했으면 좋겠어."

은효는 이번에도 대답 없이 애매한 미소를 지었다.

"사람 일이 마음대로 되는 건 아니지만, 할아버지 소리 못 듣고 죽나 했는데 이렇게 예쁜 손주가 생겼으니……."

《요즘 사는 재미가 늘었어.》

슈피르는 이렇게 불쑥 귓속말하는 게 취미인가? 오쿨리파시인지 뭔지 귓속말하고 다를 게 뭐야. 이 사람도 내가 블뤼인지 궁금한 걸까? 은효는 잠시 망설이다 대답했다.

"솔직히 말씀드리면…… 많이 불편합니다. 지금 제가 처한 상황들이 전부요. 그래서 당분간은 일에만 몰두할 생각이에요. 제게 가족은 저를 키워주신 부모님뿐이니까요."

"경 회장이 원망스러운가? 진즉에 찾지 않아서?"

"아뇨. 그럴 수밖에 없는 사정이 있으셨겠죠. 그냥……."

더 말해봐야 무슨 의미가 있나 싶어 입을 다물었다. 이 사람은 자기 사위가 데려온 혼외자식이 정말 아무렇지 않은 것일까? 다시 확인해 봐도 노신사의 주위엔 그 어떤 색도 느껴지지 않았다.

"안녕하세요, 승 회장님."

아무런 기척 없이 윤이 다가와 있었다. 순간이동이라도 한 것처럼 그가 오는 것을 전혀 눈치채지 못했다. 그 와중에 은효는 자동으로 윤의 옆을 확인했다. 다행히 그는 혼자였다.

"은효가 여기 있는 줄 모르고 한참 찾아다녔네요. 회장님은 그동안 평안하셨습니까?"

윤은 인사말을 건네며 자연스레 은효의 옆에 붙어 섰다.

"아까 가족 인사 때 안 계셨던 것 같은데, 늦게 오셨나 봅니다."

"일이 있어서 좀 늦었네. 오랜만에 보는군."

"그러게요. 스페인에서나 뵐 줄 알았는데 이렇게 먼저 뵙네요."

승대호의 눈썹이 미세하게 흔들렸다. 그리고 무색이었던 그의 주변에 적의가 넘치는 오라가 퍼졌다 사라졌다. 순간이었지만, 은효는 놓치지 않았다.

"은효하고는 이미 인사를 나누신 것 같네요."

"자네는 은효하고 어떻게 아는 사인가? 아, 지훈이가 소개를 해줬으려나."

"저희, 사귀고 있습니다."

윤이 한쪽 팔로 은효를 감쌌다.

"경 회장님 내외분께는 일전에 인사를 드렸습니다. 은효가 준비하는 일도 있고 해서 공개적으로는 소개를 미루고 있지만요."

"그렇구만."

질문을 한 사람치고는 심드렁한 반응이었다. 은효와 대화할 때와는 달리 승대호의 입가엔 형식적인 웃음도 사라지고 없었다.

"은효와 안면은 텄으니, 내가 오늘 늦게라도 온 보람은 있었군."

승대호가 손을 들어 손가락을 몇 번 까딱이자, 어디선가 대기하고 있던 남자가 그의 뒤에 섰다.

"그럼 대화들 나누게. 나는 이만 다른 곳에 가서 대충 눈도장이라도 찍어야겠어."

은효가 꾸벅 인사를 하고 고개를 들었을 때, 기다리고 있던 승대호의 눈빛과 마주쳤다.

《조만간 또 보세.》

승대호는 시선을 거두고, 아무렇지 않게 힐긋 윤을 쳐다보며 돌아섰다.

"자네는 스페인에서 보자고."

"네. 그때 뵙죠."

어쩐지 은효의 팔을 잡은 윤의 손에 힘이 느껴졌다. 자세한 것은 알 수 없었지만, 두 사람의 사이가 절대 좋지 않다는 것은 분명히 알 수 있었다.

승대호가 시야에서 멀어지자, 윤이 나직하게 말을 꺼냈다.

"나 버려두고 가더니 여기서 혼자 뭐 하고 있어? 설마 저 영감 기다리고 있었을 리는 없고."

"그러는 호윤 씨는 예쁜 여자친구 어디에 두고 혼자 오셨어요?"

은효가 잡혀있던 팔을 떼어내며 그에게서 물러섰다.

"앞으론 미리 알려줘요."

마음과는 달리 퉁명스러운 말이 쏟아져나왔다.

"그분 말고 또 다른 예쁜 친구들 많으실 테니."

어딘지 화가 난 것 같은 윤의 음성이 이어졌다.

"예쁜 친구가 어딨는데?"

"하, 그걸 지금 왜 나한테 물어요? 방금까지⋯⋯!"

윤이 갑자기 은효의 손목을 움켜잡고 어딘가로 성큼성큼 걸어갔다. 울컥하여 얼굴을 붉혔던 은효는 입도 다물지 못하고 얼떨결에 그에게 이끌렸다.

홀을 벗어나, 두 사람은 휴게실처럼 보이는 방으로 들어갔다. 아프진 않았지만, 윤에게 잡힌 손목이 후끈거렸다.

윤이 은효의 손목을 잡은 채 방의 문을 닫았다.

"문은 왜 닫……!"

이번에도 은효는 말을 끝까지 하지 못했다. 그녀의 몸이 윤에 의해 들어 올려졌기 때문이다. 은효는 곧, 가까운 소파에 앉혀졌다.

윤이 숙이고 앉아 은효의 구두를 벗겼다. 발등과 뒤꿈치 부분에 붉은 자국이 남아있었다. 그가 조심스레 은효의 발을 주물렀다.

"타인의 감정을 안다는 거, 별로 유쾌한 능력은 아니겠지."

은효가 당황해하며 발을 빼려 했지만, 그는 꿈쩍하지 않았다.

"평소엔 혼자 똑똑한 척 다하면서 아깐 왜 그랬어. 도망가고 싶을 만큼 여진의 감정이 참기 힘들었나?"

"그냥 내가 피하는 게 최선인 것 같았어요."

"네가 왜 그래야 하는데."

"온몸으로 나를 경계하면서 윤이 씨를 지키려 하는데, 그럼 내가 어떻게 해야 하죠? 이 남자는 내 거니까 꿈도 꾸지 말라고 같이 싸웠어야 해요? 처음 보는 사람이랑?"

"그렇게 가버리면 나는?"

은효가 얼굴을 돌리며 새침이 입을 내밀었다.

"알 게 뭐야."

"네 거라며. 그럼 본인이 챙겼어야지. 그렇게 팽개치고 도망갈 궁리를 하나? 아무리 불편해도 말이야."

윤이 벗긴 구두를 가지런히 놓고, 그녀의 옆에 앉았다.

"어떻게 해줄까? 은효를 이렇게 화나게 한 사람을."

"뭐, 어떻게 해줄 수 있는데요?"

"말만 해."

"됐어요."

은효가 피식 웃었다.

"알고 있어요. 당신은 계속 우리 사이 말하려 하는데 지훈 씨가 못하게 막은 거. 지훈 씨는 분위기 서먹해질까 봐 그랬다는 것도 이해해요. 그래서 피했어요. 어쨌든 처음 만난 자리고 그런 문제로 서로 얼굴 붉히고 싶지 않았으니까."

"질투는 아니었다? 그런데 왜 나한테 화가 난 거지?"

"쓸데없이 멋있어서 말이야."

은효가 꿍얼거렸다.

"앞으로도 그 불쾌한 감정을 몇 번이나 겪어야 하는 건지, 내 거라고 써 붙여 둘 수도 없고."

"내 옆에 늘 붙어 다니는 방법이 있긴 한데, 어때?"

"사양할게요."

"그럼 내가 당신 옆에 붙어있어야 하는데……."

"그건 더 싫고."

그녀가 잠시 뜸을 들이다 물었다.

"그 친구분은 어디 갔어요?"

윤이 어깨를 으쓱였다.

"글쎄?"

"무슨 대답이 그래요."

"여진이 좋은 친구인 건 맞지만, 선 넘는 걸 두고 볼 생각은 없어. 알아듣지 못하고 또 그런 상황을 만들면 오늘처럼 가만히 있지는 않을 거다."

"그분하고 정말 아무 일도 없었어요? 약간의 썸도?"

"없어."

"많이 좋아하는 눈치던데……."

은효는 말을 하다가 입을 다물었다.

'네가 지금 남의 감정까지 신경 쓸 만큼 여유로운 상황이니?'

그녀는 몸을 숙여 구두를 다시 신었다.

"윤이 씨 말대로 상대방의 감정 같은 거 몰랐으면 좋겠어요. 몰랐으면……."

'무례한 오쿨리파시가 덜 기분 나빴을지도 모르니까.'

은효가 심호흡을 가장한 한숨을 뱉어냈다.

"무슨 일이 있었는지는 몰라도, 그분이 여기 없을 거라는 건 확실히 알겠네요."

"아직은 힘들겠지만, 차츰 그 능력에 적응하는 노력을 해야 할 거야. 앞으로 많은 일이 있을 테고 다양한 사람을 만날 텐데, 모두 너에게 좋은 감정을 갖지는 않을 거거든."

"예전으로 돌아가고 싶어요. 그냥 조금 튼튼하고 조금 똑똑했던 그때로."

"그럼 나는?"

필요 이상으로 심각해진 윤의 표정에 은효는 오히려 웃음이 나왔다.

"네?"

"나까지 거부당하는 기분이야."

"하긴, 제일 감당하기 힘든 부분이긴 해요. 대단한 슈피르들 중에 대장이 되실 분이니."

"어라, 점점?"

"걱정 마요. 내 거는 확실히 지키는 사람이 바로 이 연은효니까."

은효가 자리에서 일어섰다.

"덕분에 좀 쉬었더니 기분이 나아졌어요. 대표님이 찾을 것 같은데, 간단히 인사하고 집에 가서 제대로 쉴래요."

"뭐지? 이 버림받은 것 같은 상황은."

"윤이 씨는 화장실 가서 손부터 씻어요. 발 마사지해 준 건 고맙지만."

윤이 손을 들어 보이며 그녀에게 가까이 다가갔다.

"자기 발이 더러워?"

"깨끗하진 않죠."

"그래서 이대로 가시겠다?"

"그럼, 아쉬운 대로……."

은효가 발꿈치를 들어 재빨리 그에게 입맞춤하고 물러섰다. 못마땅한 얼굴을 한 윤은 아무런 반응이 없었다.

"나 먼저 가요."

여전히 그가 아무 대꾸도 하지 않자, 은효는 샐쭉이 돌아서며 투덜거렸다.

"쳇, 부정 탄다고 덤비지 말랄 땐 언제고……."

은효가 발을 내딛으려는 순간, 갑자기 앞을 막고 선 윤이 그녀의 허리를 감싸 안았다.

"하, 텔레포트도 해요?"

"이대로 그냥 너 데리고 숨어버릴까."

"맘에도 없는 소리. 그리고 내가 싫어. 솔칸을 나 혼자 독점할 순 없죠. 그 원망을 어떻게 감당하라고."

허리를 감싼 윤의 손에 힘이 들어갔다.

후욱—

그의 뜨거운 숨결이 은효의 머리에 내려앉았다.

'당신이 이러면 안 되죠. 정말 붙잡고 싶은 사람은 나란 말이야.'

은효는 마주 안으려 움찔거렸던 손을 뻗어, 그를 밀어냈다. 하지만 떨어지기는커녕, 윤은 더욱더 세게 그녀를 끌어안았다.

"어떻게 하는 게 옳은 걸까?"

"오늘 여기서 소개하면 다 괜찮아질 것처럼 말하더니 그 자신감은 어디로 갔어요? 혹시…… 내가 모르는 무슨 일이라도 생긴 거예요?"

"아니, 그런 거 없어."

"그럼 왜……!"

윤의 얼굴을 보려고 고개를 들었던 은효는 다가온 그의 입술에 다음 말을 잇지 못했다. 강한 척했던 허세가 스르륵 허물어지는 키스였다. 다 버리고 정말 그와 함께 어디든 떠나버리고 싶어졌다. 윤의 입술은 한없이 달콤했고 가슴에 느껴지는 그의 체온은 따뜻했다.

"같이 가. 집에 데려다줄게."

허리를 감싸고 있던 윤의 손이 멀어지자, 표현할 수 없는 불안감이 밀려왔다. 은효는 황급히 그의 얼굴을 잡으며 키스를 퍼부었다.

'솔칸 그거 안 하면 안 돼요? 다른 사람보고 하라고 해요. 무섭단 말이야. 당신이 멀어질 것 같아서……'

눈물이 볼을 타고 흘러내렸다. 이러지 말아야 하는데 또 응석을 부리는 꼴이 되고 말았다. 은효는 얼른 뒤로 물러섰다.

"에이, 화장 고쳐야겠네. 윤이 씨하고 있으면 자꾸 덤비게 되잖아요. 얼른 그 뭐시껭이 끝내고 와요. 맘 놓고 덮쳐버릴 테니까."

"은효야……."

"나 진짜 가요. 집은 대표님하고 갈게요. 우리 당분간 떨어져 있는 게 좋겠어요."

그가 한 번 더 잡으면 정말 붙잡고 매달릴 것 같아, 은효는 서둘러 방에서 나왔다. 떨치지 않는 불안은 그저 기우일 뿐이라 되뇌며 그녀는 화장실로 향했다.

XXIII.
혹시 모를 그 변수에
저를 걸어주세요.

 HK그룹 행사가 있던 날로부터 꽤 여러 날이 흘렀다. 다른 생각은 할 틈도 없이 은효의 스케줄은 빡빡했다. 기초체력 트레이닝과 연기연습, 그리고 계속되는 발성 연습 등으로 아이돌 연습생 버금가는 훈련을 받았다.
 오피스텔에 돌아오면 씻기가 무섭게 잠이 들었다. 살면서 이보다 몸을 혹사한 적이 있었나 싶을 만큼 힘들었지만, 잡생각을 떨치고 시간을 보내기엔 그만한 게 없었다.
 이른 아침, 여느 때와 마찬가지로 늘 듣던 피아노곡이 흘러나왔다. 은효는 손을 뻗어 더듬거리며 스마트폰을 집어 들었다. 알람인 줄 알았는데, 폰 화면에 호윤 두 글자가 보였다.
 "여보세요?"

헛기침이라도 몇 번 하고 받을 것을…… 자다 일어난 목소리는 거칠거칠한 수세미 같았다. 은효가 짧게 혀를 찼다.

―이 시간에 일어난다기에 모닝콜 했는데, 잘 잤어?

밤새 잠잠했던 가슴이 기분 좋게 울렁거렸다. 은효는 스피커폰을 누르고 눈을 감았다. 그녀의 입가에 잔잔한 미소가 번졌다.

―왜 대답이 없어? 잠이 덜 깼나?

은효의 입꼬리가 좀 더 올라갔다.

―여보세요? 자?

목소리를 듣는 것만으로도 맥박이 빨라졌다.

'이 남잔 왜 목소리도 이렇게 좋은 거니.'

잘 버티고 있다고 생각했는데…… 눈물이 흘러내렸다. 윤이 못 견디게 보고 싶었다.

―너무하네. 어떻게 먼저 전화 한 번을 안 해? 나 오늘 떠나는데.

"네? 오늘이라고요?"

가뜩이나 잠긴 목에 갑자기 말을 하니 괴물 같은 소리가 튀어나왔다. 그러거나 말거나 은효는 벌떡 일어나 앉아, 마치 윤이 앞에 있는 것처럼 소리쳤다.

"어제 문자에도 그런 말 없었잖아요. 왜 이제 말해주는 건데!"

―미안하지?

"이보세요 호윤 씨! 내가 누구 때문에 이러는데…… 지금 미안하냐고 물었어요? 나한테?"

―이 목소리, 되게 오랜만에 듣는다. 처음 너 만났을 때 목소리.

윤이 짧게 웃었다.

―내가 미안해서 그러지. 네 얼굴 보면 내가 가기 싫어질까 봐, 그래서 말 안 했어.

"왜? 그냥 말하지 말고 가지. 전화는 왜 했대!"

―잘 갔다 온다고.

그가 길게 숨을 마셨다가 뱉었다.

―걱정하지 말라고.

"걱정 안 할 거거든! 갔다 오든지 말든지!"

―그래. 갔다 올게.

코끝이 찡해지고 눈앞이 금세 흐릿해졌다. 느긋했던 아침, 행복했던 몇 초가 꿈이었나 싶었다. 은효는 휴대폰을 집어 들고 허둥지둥 침대에서 내려갔다.

"어디예요? 집? 회사?"

―오려고?

"어디냐고요!"

―공항이야. 이제 곧 출발해.

화가 머리끝까지 치밀어오르는데 소리칠 기운이 나질 않았다. 장난하냐고 거짓말하지 말라고 뭐라도 말을 해야 하는데⋯⋯ 은효는 그대로 바닥에 주저앉았다.

―은효야.

"왜 갑자기⋯⋯ 내 기억으론 날짜가 더 남은 거로 아는데, 지금 장난하는 거면 진짜 가만히 안 있을 거예요!"

―나 없는 동안, 혹시 무슨 일 생기면 지훈이하고 의논해. 맘대로 행동하지 말고.

"나 금방 나갈 수 있는데, 조금만 기다려주면 안 돼요? 금방 갈게. 얼굴만 보고 온다고!"

오라든가, 아니면 오지 말라든가, 뭔가 대답이라도 해주면 좋을 텐데 윤은 아무 대답도 하지 않았다. 설마 통화가 끊어진 건 아닐까 화면을 확인했다.

"여보세요? 윤이 씨? 전화 끊은 거 아니죠?"

―지금처럼만 생활하고 있어. 잘 참았잖아.

"딴소리하지 말고 기다리라고요! 지금 간다니까!"

―그냥 가려다가 목소리 듣고 싶어서 전화했어. 이제 진짜 가 봐야 해. 다녀올게.

"야! 호윤! 이대로 가기만 해봐! 다신 안 볼 거야! 진짜야!"

길게 뱉어내는 윤의 숨소리가 들렸다. 엉망으로 훌쩍거리며 은효가 다급히 그를 불렀다.

"호윤!"

―당분간 연락 못 할 거야. 걱정하지 말고 잘 지내.

"윤이 씨! 윤이 형님! 여보세요?"

짧은 신호음 뒤로 적막이 흘렀다. 이럴 리 없다고 현실을 부정하며 그의 번호를 눌렀다. 전원이 꺼져있다는 안내 음성이 흘러나왔다. 몇 번이고 걸어봐도 달라지는 건 없었다. 호윤은 정말 그렇게 가버렸다.

사무실 문이 벌컥 열리고 은효가 뛰어 들어왔다. 업무를 보던 지훈은 허겁지겁 그녀를 쫓아온 비서를 눈짓으로 돌려보냈다.

"대표님은 알고 있었죠?"

집에서나 입고 있을 법한 허름한 트레이닝복에 야구모자를 푹 눌러쓴 은효가 책상에 손을 짚으며 위협적으로 물었다.

"나만 모르고 있었던 거죠? 그런 거죠?"

"알면 왜? 공항에 배웅이라도 하게?"

"어젯밤에라도 보러 갔겠죠. 이렇게 허무하게 목소리만 듣고 보내진 않았을 거라고요!"

딱 봐도 세수도 제대로 안 한 얼굴이었다. 울면서 왔는지, 아니면 한참을 울다 왔는지 부은 눈 주변이 붉었다. 지훈은 목을 옆으로 꺾으며 미간을 찌푸렸다.

"잠깐 본다고 뭐 달라져? 별 불만 없이 연습에 매진하길래 마음 정리가 된 줄 알았는데 의외네. 은효 씨가 이렇게 흔들릴까 봐, 일부러 안 만나고 갔을 수도 있어."

"그거 많이 위험한 거라면서요. 죽을 수도 있는 거라며!"

"죽긴 왜 죽어. 역대급 솔칸이야, 호윤은. 그런 걱정하지 마."

"심장에 뭐 박는다면서요!"

"누가 그래? 윤이가 그래?"

동그란 눈에 눈물을 그렁그렁 매달고 있는 은효가 고개를 끄덕였다. 지훈은 속으로 윤을 욕하며 낮게 숨을 내쉬었다.

"할 만 하니까 하는 거겠지. 내가 그걸 하면 위험하겠지만 윤이는 다르잖아. 설령 위험하다고 해도 은효 씨가 얼굴 한 번 더 본다고 나아지나? 아니잖아."

"어떻게 그렇게 말해요? 뭐 나아져야지만 얼굴 봐요?"

"아니 그러니까 내 말은……."

지훈은 하려던 말을 멈추고 의자에서 일어섰다.

'호윤 이놈 돌아오기만 해봐.'

그는 선머슴 같은 차림으로 훌쩍거리고 있는 은효에게 다가갔다. 그녀는 눈물이 범벅이 됐음에도 불구하고 어처구니없을 만큼 사랑스러웠다. 눌러왔던 사심이 다시 고개를 들었다. 이 여자를 어떻게 사랑하지 않을 수 있단 말인가.

"집에 가서 씻고, 좀 더 자. 오늘은 연습하지 말고 쉬어."

"전화도…… 안 돼요? 대표님하고도 연락 안 해요?"

"나도 자세히는 모르지만, 일단 가면 외부와의 접촉은 일체 끊는다고 알고 있어."

"언제 하는데요? 아니, 언제 오는데요?"

더는 아무것도 묻지 못하게 안아주고 싶었다. 지훈은 뒷짐을 지고 있던 손을 꽉 움켜쥐었다.

"아마 며칠간의 준비 기간을 거친 후에 하겠지. 정확한 날짜는 당사자와 연맹만이 알고 있을 테고."

"이러는 거…… 의미 없다는 거 알아요."

울먹이는 은효의 아랫입술이 눈에 띄게 떨렸다.

"아는데…… 미치게 불안해요. 윤이 씨와 통화를 마친 뒤부터 기분이 진정되질 않아요. 뭐라도 하지 않으면 미쳐버릴 것 같아요. 어떡하죠?"

"일시적으로 그럴 수 있어."

지훈이 손을 뻗어 그녀의 양쪽 팔을 잡았다.

"같이 나가자. 아침 안 먹었지? 맛있는 거 사줄게."

은효가 고개를 저었다.

"그럼, 바람 쐬러 갈래? 요즘 강행군했으니, 하루 정도 노는 건 괜찮아."

"죄송해요."

"뭐가."

"대표님하고 상관없는 일인 거 알면서⋯⋯ 무례하게 굴었어요."

그녀가 뒤로 물러섰다. 잡고 있던 지훈의 손이 자연스레 떼어졌다. 알고 있었지만, 은효의 마음속에 그가 비집고 들어갈 공간은 없었다.

"근데, 덕분에 정신이 든 것 같아요. 이래서 자꾸 대표님께 투정 부리게 되나 봐요."

"죄송할 건 없고, 고마우면 같이 밥 먹으러 가자."

"저 선약이 있어요. 오늘 점심에 관장님 뵙기로 했거든요."

"그래? 어디서? 미술관?"

"네."

은효가 소매로 눈 주위를 훔치고는 열없게 웃었다.

"머리는 텅 빈 것처럼 하얘지고, 매달릴 사람은 대표님밖에 안 떠오르고⋯⋯ 어떻게 왔는지도 모르겠어요. 정신 차리고 나니 지금 무지 창피하네요."

"우리 사이에 무슨. 김 대리 불러줄 테니 차 타고 가."
"아뇨. 괜히 번거롭게 그러실 필요 없어요. 택시 타고 갈게요."
"연은효 씨. 데뷔하기 전이라도 지금 차림으로 막 돌아다니면 곤란해."
"아……."

지훈은 자기 책상으로 돌아가 인터폰의 호출 버튼을 눌렀다. 비서의 대답이 들리고, 그는 빠르게 지시사항을 알렸다. 자꾸만 흔들리는 감정이 얼른 은효에게서 멀어지라고 경고했다. 욕심 부리지 마. 결국 다치는 건 너 자신일 테니.

늘 함께 다니던 로드매니저조차도 은효의 차림에 놀라는 눈치였다. 이대로 길거리를 돌아다녔다면, 연예인이 아니더라도 부끄러웠을 게 분명했다. 누가 봐도 자다가 뛰쳐나온 사람의 행색이었으니까.

오피스텔에 도착한 은효는 점심에 데리러 오겠다는 김 대리의 말을 듣고 밴에서 내렸다. 집에 들어오자마자 그녀는 씻지도 않고 침대에 그대로 누워버렸다.

괜찮은 척했지만, 은효의 맥박은 여전히 심하게 빨리 뛰었다. 아무리 진정하려 해도 되질 않았다. 그녀의 의지와는 상관없이 언제부턴가 생긴 또 다른 감각이 불길함을 감지하는 것 같았다. 마치 타인의 감정이 느껴지듯, 알고 싶지 않은 불쾌함이었다.

전날 만나지 않고 간 호윤에 관한 서운함이라고 믿고 싶었다. 무사히 돌아오면 오랫동안 화를 풀지 않겠다고 다짐했다.

오전과는 달리, 정장에 가까운 셔츠와 슬랙스 차림을 한 은효가 미술관에 들어섰다. 창사 기념행사 이후, 미주와는 처음 만나는 자리라 몹시 어색했다. 그녀가 전화했을 때, 바보처럼 거절할 말을 찾지 못하고 우물거린 결과였다.

'굳이 나는 왜? 피차 불편하기는 마찬가지 아닌가?'

 은효는 씁쓸한 표정을 지으며 로비를 지나쳤다. 관장실로 가기 위해 엘리베이터가 있는 쪽으로 걷던 그녀는 본능적인 위험을 감지하고 멈춰 섰다. 제법 떨어진 거리였고 옆모습이었지만, 분명 저번에 봤던 노신사였다. 윤이 승 회장님이라고 불렀던 승대호.

 은효는 얼른 가까운 벽 뒤로 몸을 숨겼다. 불편한 거로 치면 미주보다 더한 사람이었기에 부딪히고 싶지 않았다.

 말소리가 들리지 않아 조심스레 쳐다보니, 승 회장이 누군가와 가까이 서 있는 모습이 보였다. 은효가 승 회장의 맞은편에 선 남자에게로 시선을 옮기는 순간, 신기하게도 남자의 눈에서 오쿨리파시가 느껴졌다.

《솔칸의 감시가 예상보다 치밀합니다. 직접 찾아뵙는 것이 현재로는 제일 안전하게 연락을 취하는 길이라…….》

《개망나니 호태준이 왜 인제 와서 제 새끼 챙기는 시늉을 하는 거지?》

 남자의 눈에 비친 승 회장의 얼굴에서도 오쿨리파시가 느껴졌다. 놀람을 넘어서 온몸에 소름이 돋았다. 분명 남의 오쿨리파시는 볼 수 없다고 들었는데……. 미처 놀란 마음이 진정되기도 전에 둘의 대화는 계속 이어졌다.

《스페인 쪽의 매수는 성공했습니다만, 솔칸이 심어놓은 자를 아직 파악하지 못했습니다.》

《계획대로만 된다면 문제 될 건 없어. 어차피 동굴엔 호윤만 남을 테니 매수한 자에게 단단히 일러두기만 하면 돼.》

《휴대폰, 메일, 모두 솔칸에게 노출된 것 같으니 유의하십시오. 관장님과의 대화도 특별히 조심하시는 게 좋겠습니다.》

《내가 없는 동안, 너는 여기서 경수혁과 이진수의 행적을 놓치지 말고 주시해.》

남자가 자리를 뜨려는 모습이 보였고, 은효는 잽싸게 벽 뒤로 몸을 숨겼다.

'지금 내가 본 대화들은 다 뭐지? 매수, 흔적, 호윤……'

토할 것처럼 속이 울렁거렸다. 미칠 듯이 불안한데 아무 생각도 나질 않았다.

'무슨 일이 벌어지고 있는 거지?'

어떻게 하는 것이 옳은 것인지 쉽게 판단이 서질 않았다. 이대로 돌아가서 지훈에게 도움을 청하는 것이 좋을까? 아니면 경 회장?

아니, 아무도 믿어서는 안 된다. 어찌 됐든 그 두 사람은 승 회장과 인척 관계가 아닌가.

'이진수!'

승 회장이 언급했던 이름. 아마도 이 실장이 아닐까 싶었다. 윤과 함께 가지 않았다면 그를 찾는 게 지금으로선 최선이란 생각이 들었다.

  여전히 다리는 후들거렸지만, 은효는 주먹을 꽉 쥐며 자세를 바로잡았다.

  '침착해. 서두르지 말자.'

  일부러 5분 정도의 기간을 둔 뒤, 그녀는 엘리베이터 쪽으로 걸음을 옮겼다.

  예상했던 대로 관장실엔 승 회장이 먼저 와 있었다. 테이블을 사이에 두고 미주의 건너편에 앉은 모습이 보였다. 미주가 먼저 알은 척을 했고, 은효는 일부러 당황한 표정을 지었다.

  "손님이 계셨네요. 비서분이 따로 알려주질 않아서 그냥 들어왔는데……."

  "아냐. 여긴 우리 아버지. 저번에 서로 인사했다고 들었는데?"

  은효는 그제야 승 회장 쪽으로 시선을 돌렸다.

  "아, 안녕하세요."

  "거기 서 있지 말고 이쪽으로 와 앉지."

  처음 봤을 때와 마찬가지로 무색의 기운을 띤 그가 온화한 미소를 지으며 은효를 바라봤다.

  "그날 너무 금방 헤어진 게 아쉬워서 내가 자리 좀 마련해달라고 부탁했어. 나도 곧 출국해야 하니 오랜 시간을 뺏지는 않을 거다."

  은효는 천천히 걸어가 두 사람과 대각선에 있는 상석 맞은편의 자리에 앉았다.

대화를 나누기 전인데도 숨이 막힐 것 같았다. 승 회장의 실체를 알고 있기에, 주먹 쥔 손바닥엔 식은땀이 고였다.

"미안. 아버지가 만나자 했다고 하면 불편해할까 봐 미리 말 안 했어."

미주가 직접 내린 커피를 가져와 은효의 앞에 놓으며 어색하게 웃었다.

"어찌나 성화이신지 당해낼 수가 있어야지. 은효가 이해해줘."

"이젠 가족인데 자주 봐야 하지 않겠나?"

가족? 누가 가족인데? 은효는 표정이 일그러지는 것을 참으며 커피잔을 들었다. 굳이 대꾸하고 싶지 않아, 대신 커피를 홀짝였다. 쓴맛이 기분 나쁘게 입안에 퍼졌.

"지금이라도 공부를 계속할 마음이 있으면 이 할애비가 지원해 줄 생각이 있는데 어떤가?"

"정식으로 계약하고 준비 중이라 마음대로 그만둘 수가 없어요. 솔직히 그만두고 싶은 생각도 없고요. 말씀만으로도 감사합니다."

"흠…… 안타깝군. 사피로 살아온 세월이 너무 길었어. 좀 더 진즉에 찾았더라면 좋았을 것을."

"저는 늦었다고 생각하지 않아요. 지금도 충분히 좋습니다."

말도 안 되는 소리였지만, 일단 그의 장단에 맞춰줄 생각이었다. 어차피 음흉한 능구렁이 노인네의 속내를 알아보기 위한 자리였으니까.

"제가 그리 달가운 존재는 아니었을 텐데, 이렇게 가족으로 받아주셔서 감사하게 생각해요."

"무슨 소리! 아무 탈 없이 잘 자라준 것만으로도 대견하구만."

"최대한 누가 되지 않도록 조용히 지내겠습니다."

"그런 소리 하지 말게. 자네는 우리 경 회장의 하나밖에 없는 핏줄이고 슈피르의 소중한 일족이야."

슈피르의 소중한 일족. 심사가 뒤틀렸다. 그렇게 일족을 생각하는 자가 뒷구멍으로 그런 짓을 계획해? 그것도 솔칸으로 정해진 사람을?

"은효야."

시선을 내리깔고 있던 은효는 승 회장의 부름에 그를 쳐다보았다. 그와 눈이 마주치는 순간, 곧바로 오쿨리파시가 전해졌다.

※

미술관에서 나온 은효는 택시를 타고 윤의 집으로 향했다. 누군가 미행을 하든 말든 어차피 이판사판이었다.

'네까짓 게 뭘 할 수 있는데?'

비관으로 가득 찬 자아가 빈정거리듯 물었다.

'뭐든지!'

은효는 자문자답하며 초조한 마음에 엄지손톱을 물어뜯었다. 불안할수록 생각을 정리해야 한다. 그녀는 조금 전, 승 회장의 오쿨리파시를 떠올렸다.

《너의 존재는 슈피르 개혁의 시발점이 될 게다.》

《네? 그게 무슨…….》

《대의를 위해 망설일 이유가 없어졌다는 뜻이지. 네가 아비에게 날개를 달아 줄 테니.》

뭔가 위협에 가까운 경고처럼 들렸다. 늙은이의 집요한 눈빛이 족쇄가 되어 그녀를 옥죄었다.

《그리고, 호윤과의 관계는 이른 시일 내에 정리하도록 해라.》

《그 말씀은 월권이십니다.》

《너와 호윤은 함께 갈 수 없는 운명이야.》

《제 운명은 제가 결정합니다.》

승대호의 한쪽 입매가 삐딱하게 올라갔다. 비열함이 그득한 조소였다.

《네게 경 회장의 피가 흐르는 이상, 결정권은 없다.》

은효가 뭐라 대꾸하려 하자, 그가 자리에서 벌떡 일어섰다.

'먼저 일어나마. 귀한 손녀 얼굴 보려고 겨우 시간을 낸 거라서 말이다.'

딴에는 인자해 보이고 싶었겠지만, 그의 미소는 진저리 쳐질 만큼 가증스러웠다.

개혁, 대의라는 단어 뒤로 아비가 따라붙었다. 경수혁. 이 막연한 음모의 흑막이 정말 그일까? 마음을 주진 않았지만, 경수혁에게 고마움을 갖고 있었다. 어찌 됐든 아버지의 마지막을 지키게 해줬고 슈피르라는 사회에 발을 붙일 수 있도록 도와준 사람이 아니던가.

아니, 더 솔직한 마음으론 어쩌면 가족 비슷한 관계를 기대하고 있었는지도 모른다. 매번 그에게 툴툴거리면서도 진심으로 싫었던 적은 없었으니까.

'설마 내 뒷조사를 하고 아버지를 병원에 옮긴 것도 그것 때문이었나?'

단순히 피붙이를 찾아서 반가운 마음에, 뭐 그딴 말도 안 되는 이유가 아니었던 거다.

은효의 입에서 피식 바람 빠지는 소리가 나왔다. 입꼬리는 웃는 것처럼 올라갔지만, 그녀의 눈엔 그렁그렁 눈물이 맺혔다.

'어차피 나는 그에게 없던 존재야. 뭘 기대했니?'

택시는 어느덧 익숙한 동네로 들어섰다. 신세 한탄을 하고 있을 여유가 없었다. 은효는 손끝으로 눈물의 흔적을 대충 지우고 차에서 내릴 준비를 했다.

택시에서 내린 은효는 대문이 열리자마자 전력을 다해 정원을 가로질러 뛰었다. 현관문 앞에서 기다리고 있던 남 집사가 다소 놀란 표정으로 그녀를 바라보았다.

《집사님! 이 실장님 연락처 알고 계세요?》

은효는 인사도 잊어버린 채, 다짜고짜 그에게 오쿨리파시로 물었다.

《한시가 급한 일이라.》

"우선 들어오세요. 은효 양. 잘 지냈죠?"

"아, 네. 죄송해요. 인사부터 드렸어야 했는데."

은효는 얼굴을 붉히며 서둘러 신발을 벗었다.

"그런데 정말 급해서……."

"자, 여기."

남 집사가 휴대폰을 내밀었다. 은효는 그의 폰을 받아, 이진수 이름 옆에 통화 버튼을 눌렀다. 신호음이 두어 번 지나갔다.

—네. 집사님.

"여보세요? 이 실장님? 저 은효에요."

—연은효……씨?

은효가 뭐라 대답도 하기 전에 짧은 한마디가 들려왔다.

—기다리세요. 금방이면 됩니다.

사무적인 그의 말투가 이보다 더 든든할 수는 없었다. 은효는 휴대폰을 집사에게 돌려주고는 소파에 털썩 주저앉았다. 잔뜩 긴장하고 있던 터라 어깨가 뻐근했다.

시원한 물 대신 남 집사는 따뜻한 차를 갖다주었다. 당장 갈증은 해소되지 않았지만, 불안한 마음을 달래는 덴 큰 도움이 되었다.

금방이면 된다고 했던 이 실장의 말은 허언이 아니었다. 홀짝이던 차를 다 마실 즈음, 그가 도착했다.

머리카락 한 올 흐트러짐 없는 헤어스타일에 은테 안경을 쓴 이 실장은 언제 보아도 차가운 이미지였다. 처음보다는 약해졌지만, 그는 여전히 은효에게 우호적이지 못한 기운을 뿜어냈다.

악의는 없어도 분명 좋은 감정은 아니었다.

두 사람은 고개를 가볍게 숙이며 무언의 인사를 나누었다.

《저를 달가워하지 않으신다는 거 알아요. 하지만 제가 지금 믿을 수 있는 분은 이 실장님뿐이라 어쩔 수 없었어요.》

은효의 오쿨리파시에 이 실장의 이마가 미세하게 꿈틀댔다. 그는 옆에 서 있던 남 집사에게 서재를 좀 쓰겠다고 양해를 구한 뒤, 은효를 그곳으로 안내했다.

이 실장과 함께 간 서재는 윤의 침실과 바로 옆에 붙어있었다. 오래전, 홍천의 별장에서 봤던 서재와 비슷한 분위기였다. 두 사람은 원목 테이블을 사이에 두고 마주 보고 앉았다.

《연은효 씨말대로 불편한 제게 굳이 연락하신 이유라면……한 가지 뿐이겠군요.》

은효는 고개를 끄덕였다.

《그 사안이 보안을 필요로 하는 것이겠고.》

《승대호 회장이 호윤 씨를 해치려는 것 같아요.》

가뜩이나 날카로운 그의 인상이 매섭게 굳어졌다.

《연은효 씨는 어떻게 알게 된 겁니까?》

《그러니까…….》

어떻게 설명해야 할지 머뭇거리던 은효는 문득 의아한 생각이 들어 미간을 찌푸렸다.

'놀라는 기색이 아니라 내가 어떻게 알았는지가 궁금해? 이미 알고 있었다는 건가?'

이 실장의 눈매가 가늘어졌다.

"나는 연은효 씨를 믿지 않지만, 대표님은……."

표정에 짜증을 잔뜩 실은 채, 그가 숨을 뱉어냈다.

"내가 여기 있는 이유, 아무것도 묻지 않고 이곳에 온 이유가 그 답이겠죠."

"이 실장님이 저를 믿든 안 믿든……."

은효가 테이블 난간을 꽉 움켜쥐며 그를 노려보았다. 필요하다면 이 실장의 멱살이라도 잡고 싶은 심정이었다.

《호윤 씨가 위험하다고요!》

오쿨리파시로 대화하는 걸 봤다고 말할 수는 없었다. 믿어줄지도 의문이었지만, 이 실장에게 전부 오픈할 필요는 없을 것 같았기 때문이다.

《승 회장님이 미술관으로 불러서 이상한 말을 했어요. 아무래도 호윤 씨의 솔칸 의식을 방해하려는 것 같아요.》

《그런 얘기까지 연은효 씨에게 했다는 겁니까?》

《슈피르니 뭐니, 그 세계가 어떻게 돌아가는지 난 관심 없어요. 지금이라도 당장 호윤 씨에게 알려야 해요. 이대로는 위험하다고요!》

《다 알고 있는 사항입니다. 어떤 물밑 작업이 진행 중인지도 이미 파악된 상태고…… 물론 대표님도 인지하고 계십니다.》

별 시답잖은 걸로 사람을 오라 가라 하냐는 듯한 그의 뚱한 표정에 은효는 울컥 부아가 치밀었다.

"이 실장님은 왜 안 가셨어요?"

"처리할 일이 남아있었습니다."

"그러니까, 늦게라도 가신다는 거죠?"

진수는 대답 대신 고개를 끄덕였다.

《저도 동행하게 해주세요.》

《곤란합니다.》

《제가 분명 도움이 될 거예요.》

《말씀드렸다시피 이미 방비해 둔 상태라 연은효 씨가 걱정하지 않으셔도 됩니다.》

《정말 아무 일도 일어나지 않을 거라 자신하세요?》

그가 눈에 띄게 당황한 표정을 지었다.

《아무에게도 알리지 말고 몰래 데리고 가주세요. 물론 호윤 씨에게도 비밀로 해주시고요.》

《은효 씨가 이러지 않으셔도…….》

《만에 하나! 혹시 모를 그 변수에 저를 걸어주세요.》

스페인 안달루시아에서 가장 큰 종유굴인 쿠에바데 네르하는 1959년에 사피에게 발견되었다. 그 이전까지는 슈피르의 고유 영역이었으며 수호신인 안테파사르를 모신 신전이기도 했다.

하나의 동굴처럼 보이는 그곳은 실상 많은 동굴이 계속 이어진 미로와 같은 구조였다. 현재는 입구에 기념관을 짓고 관람객을 받고 있으나, 여전히 슈피르만의 은밀한 공간은 사피에겐 발견되지 않았다.

솔칸의 의식을 받아야 하는 자는 하루 전부터 신전의 준비된 장소에서 금식하며 대기해야 한다. 약간의 물과 아날로그 벽시계만 있는 작은 방에 윤은 하루를 꼬박 정좌하고 있었다.

이 실장의 정보에 의하면 물밑 공작을 진행 중이던 실체는 승대호라고 했다. 그가 경수혁의 뒤에 있다는 것은 알고 있었지만, 움직임을 노골적으로 드러내는 것은 처음이었다.

윤이 심호흡하며 자세를 바로잡았다. 그의 반듯한 이마에 깊은 주름이 잡혔다.

솔칸의 자리에 대한 승대호의 열망은 진즉에 알고 있었다. 호윤의 조부인 호국이 솔칸이 되기 전, 그 자리는 경수혁의 부친 경재규가 이어받을 예정이었다. 의식을 앞둔 어느 날, 원인 모를 심장마비로 그가 사망하기 전까지는.

'승대호가 경재규의 카루나였으니……'

카루나는 정해진 그 순간부터 솔칸의 자격이 박탈되었기에 자연스레 안테파사르의 부름을 받은 자는 호가(家)의 적장자 호국이 되었다.

승대호는 필사적으로 음모론을 제기했지만, 연맹은 지병에 의한 돌연사로 결론지었다. 그 뒤로는 아무도 호국의 솔칸 추대에 이의를 제기하지 않았다. 적어도 표면적으로는 그러했다.

경수혁이 호태준의 카루나로 지명되었을 때, 페제라의 권한 남용이란 비난을 감수하면서까지 승대호는 필사적으로 반대했다. 일말의 여지가 필요했던 것이리라.

'그때 이미 지금의 큰 그림을 준비하고 있었나.'

불의의 사고로 호국이 사망하고 전혀 준비되어있지 않던 호태준이 솔칸이 되었다. 지금 생각해보면 호국의 사망엔 석연찮은 점이 한둘이 아니었다. 타살이라는 증거를 찾지 못했을 뿐.

신전을 관리하는 스페인 쪽 연맹원 중에 승대호와 접촉한 정황이 포착됐다. 무슨 수작을 어떻게 부리는지는 아직 파악되지 않았지만, 예의 주시 중이었다.

'경수혁의 의지인지, 아니면 승대호의 독단적인 움직임인지 아직 그걸 모르겠단 말이지.'

어찌 됐든 그들이 과감해진 이유가 은효라는 것은 의심할 여지가 없다. 그녀의 존재를 공개한 뒤로 슬슬 수면 위로 모습을 드러내려 하고 있으니까.

'늙은 능구렁이 영감이 은효에게 쓸데없는 짓을 하지 말아야 할 텐데……'

몇 시간 뒤면 정식으로 솔칸이 된다. 지금의 솔칸 호태준처럼 눈치만 보고 있지는 않을 것이다. 피할 수 없는 운명이라면 제대로 부딪쳐 부숴버릴 생각이다. 지켜야 할 것이 생긴 호윤에게 망설임 따윈 없었다.

스페인의 네르하는 해변이 예쁜 도시였다. 6개월간 어학연수를 받으면서도 은효는 네르하에 와 본 적이 없었다. 산토리니를 연상케 하는 바닷가언덕의 하얀 건물들을 바라보며 그녀는 윤을 떠올렸다.

'같이 왔으면 좋았겠다.'

야구모자를 눈썹이 가려질 만큼 푹 눌러쓴 은효는 시무룩이 한숨을 내쉬었다. 조금 전 호텔에서 헤어진 이 실장과의 대화가 가슴 한쪽에 껄끄럽게 걸려있었다. 그의 말대로 정말 헛짓거리를 하는 걸까?

『제가 해줄 수 있는 건 여기까지입니다.』

이 실장은 안테파사르의 신전 위치와 그들이 따로 찾아낸 비밀통로가 그려진 지도를 건네주었다.

『동굴에 들어가면 전자기기는 사용할 수 없을 겁니다.』

『다른 건 상관없지만…… 비상시 이 실장님께 연락할 방법이 없겠군요.』

무표정으로 일관하던 이 실장의 얼굴에 짜증이 스쳤다.

『아무리 생각해도 이건 아닌 것 같습니다.』

순순히 항공권이며 네르하에 호텔까지 잡아줘 놓고 이제와서? 은효는 심드렁히 그에게 되물었다.

『아니면요? 여기까지 와서 유유자적 관광이나 하다 갈까요?』

『차라리 그게 나을 것 같습니다.』

『여전히 제가 쓸데없는 짓을 한다고 생각하시는군요.』

『순간의 판단미스로 제가 헛짓거리를 했다는 생각이 듭니다.』

잘생겼다고 다 호감은 아니라는 것을 또 한 번 깨달았다. 이 실장의 얄미운 입을 확 잡아 뜯어주지 못한 게 못내 후회스러웠다. 은효는 괜히 바닥을 툭 차고는 터덜터덜 버스 타는 곳으로 향했다.

'아오, 진짜. 이번 일 끝나고 나면 확 잘라버리라고 할까 보다.'

렌트를 할까도 잠깐 고민했지만, 흔적 없이 움직이기엔 역시 대중교통만 한 게 없었다. 누구에게도 들켜서는 안 되기 때문이다.

AI 같은 기술이 점점 발전하고 있는 21세기에 이 무슨 미개한 행위인지, 은효는 여전히 솔칸의 계승 의식을 이해할 수 없었다. 더군다나 그들이 명명한 사피보다 지능도 훨씬 뛰어나다면서 왜? 오래된 악습의 굴레에서 벗어나지 못하는 것일까.

『현재의 솔칸도 의식에 참여하지 않는다면, 누가 어떤 식으로 진행하는 건가요?』

『연맹의 대표인 슈피리모가 의식을 이끌고 그 나라의 레아도르가 참관합니다. 준비부터 모든 의식의 시중은 신전을 지키는 신관, 폴레타가 하고 있습니다.』

『레아도르는 뭔가요?』

『슈피리모의 권력을 견제하는 자리입니다.』

『대충 전담팀이 있다는 뜻이군요.』

『아무 일도 일어나지 않을 거란 뜻도 되지요.』

되풀이될 것 같은 잔소리가 예상됐지만, 은효는 질문을 멈추지 않았다.

『그럼 승 회장님을 비롯한 연맹원과 지금의 솔칸은 어디에 있는 건가요? 그들의 역할은 뭐죠?』

『연맹 쪽에서 마련한 호텔에 머물고 있다가 의식이 끝나는 시간에 맞춰 네르하동굴에 모입니다. 다 같이 의식의 결과를 확인하고, 슈피리모의 집도(執導)하에 솔칸 계승이 마무리될 것입니다.』

『도대체 이게 무슨 의미가…….』

중얼거리던 은효는 눈에 띄게 구겨진 이 실장의 인상에 입을 다물었다. 이러니저러니 구시렁대도 어찌 됐건 그녀의 의견을 들어준 사람이 아닌가.

『걱정돼서 그러죠. 걱정이.』

『제가 뭐에 씌었던 게 분명합니다. 무슨 일이 일어날 리도 없거니와…… 나중에 도련님이 아시게 된다면…….』

『절대 호윤 씨가 알게 되는 일은 없을 거예요. 그리고 아무 일도 일어나지 않는다면 저는 조용히 들어갔던 길로 다시 돌아 나올 거니까 걱정 붙들어 매세요.』

『원칙적으로…….』

"후우."

이 실장이 땅이 꺼져라, 한숨을 내쉬었다.

『솔칸의 의식에 그 누구도 개입해선 안 됩니다. 설령 어떤 위험이 계승자에게 닥치더라도 그걸 극복하고 버텨내는 것이 이 의식의 목적이니까요.』

『그 위험에 인재(人災)도 해당이 되는 건가요?』

『몇 번을 말씀드리지만, 그럴 일 없습니다.』

네. 그럴 일 없으면 정말 좋겠어요. 은효는 굳이 하지 않았던 대답을 곱씹으며 버스정류장 의자에 앉았다. 이 실장이 걱정하는 게 뭔지 모르는 것은 아니지만, 이번만큼은 자신의 직감을 확신했다.

미술관 엘리베이터 앞에 서 있는 승대호를 보는 순간 예감했는지도 모른다. 앞뒤 전후 가릴 것 없이 윤에게 가야 한다고.
'호윤을 위해 무얼 해줄 수 있는데?'
답은 없다.
'글쎄…… 뭘 해줄 수 있을까?'
지금은 그냥 본능이 이끄는 대로 움직일 뿐이었다.

XXIV.
신이 머무는 자리.

 멀리 버스가 오는 게 보였다. 은효는 자리에서 일어나 엉덩이를 툭툭 털었다.
 '부디 헛수고였으면 좋겠어. 이 주책맞은 불안이 전부 기우이기를.'
 소리 소문 없이 한국으로 돌아가자. 그리고 아무것도 모르는 얼굴로 윤을 맞이하자. 솔칸이 된 윤을 맘껏 축하해주자.
 기분 나쁜 울렁거림을 애써 떨쳐내며 은효는 네르하동굴 행 버스에 몸을 실었다.

 익숙해진 어둠 너머로 기묘한 동굴의 내부가 보였다. 녹아서 흘러내리는 것처럼 생긴 거대한 몸집의 석주가 동굴의 기둥이 되어 군데군데 자리했다. 천장엔 건드리면 후드득 떨어질 것 같은 종유석이 촘촘히 붙어있었다.

　은효가 손목의 시계를 들여다봤다. 지도를 보고 들어와 자리를 잡고 앉은 지 세 시간 정도가 지나있었다. 딱딱한 돌 위에 아무렇게나 걸친 엉덩이가 쿡쿡 쑤셨다. 이리저리 자세를 바꿔서 고쳐 앉았다. 그다지 좋아진 건 없었다.

　동굴 안에서는 돌가루가 섞인 희미한 물비린내가 났다. 습하고 서늘한 공기가 어둠과 더불어 기분을 눅눅하게 만들었다.

　한 시간 전쯤, 스페인어로 경전 같은 것을 읽는 소리가 들렸다. 아마도 슈피리모라는 사람이 의식을 진행하는 것 같았다. 눈으로 확인할 수 없어 확실하지는 않았지만, 지금은 모두 떠나고 윤만 남은 듯했다.

　이곳에 왔다고 해서 딱히 윤에게 도움이 되는 것은 없었다. 막연히, 무작정 그와 가까운 곳을 찾아 대기하고 있을 뿐이었다.

　은효는 응급 용품과 몇 가지를 챙겨 넣은 배낭을 만지작거렸다. 그저 아무 일 없기를, 이렇게 앉아있다가 그대로 나가게 되길 비는 것 말고는 그녀가 할 수 있는 건 없었다.

　'안테파사르가 인정한 솔칸이라면 박힌 얼음송곳은 사라지고 심장엔 상처 하나 없이 태양을 맞이하게 되지. 그게 의식의 절차야.'

　예전에 윤이 했던 말이 떠올랐다.
　'얼음송곳…….'

아무리 생각해도 미개하기 짝이 없다. 그들만의 세상이 있다고 인정하기엔 이성적으로 이해가 되질 않았다. 심장에 송곳을 찌르다니.

상상만으로도 끔찍해 눈살을 찌푸리던 은효는 문득 든 생각에 실소를 흘렸다.

'하긴……'

슈피르의 존재 자체가 과학을 논하기엔 거리가 있었다. 그녀조차도 처음 오쿨리파시를 경험했을 때 윤을 외계인이라고 믿었었으니까.

'그래도 심장은……'

그들이 사피보다 수명이 조금 길고 상처에 강하긴 해도 생로병사를 피할 수는 없다. 결국 다 같은 인간인 것이다.

윤은 역대급 솔칸이 될 거라고 지훈이 말했다. 그의 말이 입에 발린 소리가 아님을 믿어보기로 했다. 하지만 다짐과는 별개로 그녀의 맥박은 빠른 속도로 불안하게 뛰었다.

석관처럼 보이는 제단은 생각보다 훨씬 최악이었다. 윤은 살아있는 송장이 된 기분이었다.

슈피리모와 신관인 폴레타 세 명, 그리고 한국의 레아도르 이렇게 다섯만이 제단 주변에 자리하고 있었다. 한 나라의 솔칸을 정하는 중차대한 의식치고는 매우 단출했다.

폴레타 중 한 명이 피라미드 모양의 크리스털 함을 슈피리모에게 건넸다. 슈피리모는 자신의 지문을 이용해 잠긴 크리스털 함을 열었다.

슈피리모의 왼쪽 손바닥이 윤의 가슴 위에 얹어졌다. 흰색의 실크 천이 몸을 덮고 있었지만, 정확히 심장의 위치를 찾아 지그시 온기를 전했다.

「안테파사르의 은총이 이옐하와 함께 그대의 심장에 머물지니!」

기도문 같은 짧은 스페인어가 끝나고, 윤은 다른 생각할 겨를도 없이 심장에 송곳이 박히는 것을 느꼈다. 심장을 관통하는 극심한 고통에 비명도 지를 수 없었다. 순간, 숨이 멎었다.

제단을 석관처럼 만든 이유가 이것이었나 싶었다. 안테파사르의 선택받지 못한 자를 그대로 매장하기 수월하도록.

그곳엔 윤만 홀로 남았다. 해가 뜨면, 대기하고 있던 연맹원들과 전임(前任)솔칸 호태준이 윤의 상태를 보러 올 것이다. 죽었는지, 아니면 살아남았는지.

턱턱 숨이 찼던 호흡곤란이 차츰 가라앉았다. 타들어 가는 통증도 견딜 만해졌다. 이제 딱딱한 돌바닥 위에 누워 날이 새기만 기다리면 되는 것이다. 윤은 눈을 감은 채 주먹을 꽉 움켜쥐었다.

'왜 이러지?'

손에 힘이 들어가지 않았다. 주먹은커녕, 들어 올릴 힘도 없었다. 윤은 힘겹게 왼쪽 가슴에 손을 얹었다.

'피? 그럴 리가…….'

안테파사르에 선택받은 솔칸은 얼음송곳인 이옐하가 심장에 박혔을 때 피가 흐르지 않는다고 들었다. 그런데 이게 무슨…….

숨을 내쉴 때마다 피가 새어 나오는 것이 느껴졌다. 이옐하는 사라지고 없었지만 피는 멈추지 않았다.

'아버지는 분명 출혈이 없었다고 했는데…….'

미처 캐치하지 못한 어딘가에 방해 공작이 있었음이 분명했다. 폴레타 중 한 명이 승대호와 접촉했다는 정보는 있었지만, 특별히 수상한 움직임은 없었다. 그렇다면 왜.

의식이 진행되고 나면 제단에서의 이동은 불가했다. 움직이는 순간, 솔칸의 자격이 저절로 박탈되었기 때문이다.

본능적으로 몸을 일으키려 했으나, 꿈쩍도 하질 않았다.

'젠장!'

아픔은 없었지만, 숨이 가빠졌다. 몸이 땅속으로 꺼져 들어가는 것 같았다. 상황을 판단할 이성은 사라지고, 전부 다 놔버리고 싶은 무기력이 찾아들었다.

"은효야."

'네, 윤이 형님.'

그녀의 대답이 들리는 것 같았다. 의식이 사라져가는 순간, 떠오르는 것은 은효의 얼굴뿐이었다.

'이럴 줄 알았으면 오기 전에 얼굴이라도 한 번 더 보고 오는 건데.'

자만했다. 솔칸의 자리는 당연히 자신의 것이라 믿었다. 안테파사르의 선택에 의심 따윈 없었으니까.

'언제든 버릴 수 있는 삶이라 생각했어. 네가 오기 전까지는.'

세상에서 사라져버리는 것보다, 은효가 슬퍼할 것이 더 아팠다. 할 수 있다면 이 실장이 그녀의 기억을 지워줬으면 좋겠다고 생각했다.

"보고……싶다. 은효야."

자신이 중얼거리고 있다는 것도 자각하지 못한 채, 윤은 아슬아슬하게 잡고 있던 의식의 끈을 놓았다.

불안한 예감은 몸서리쳐질 만큼 들어맞았다. 미친 사람처럼 동굴 속을 찾아 헤매다 발견한 희미한 빛, 그것을 따라 달려온 곳엔 죽어가는 윤이 있었다. 가쁜 숨을 고르는 것인지 아니면 치미는 눈물 때문인지, 은효의 어깨가 크게 들썩거렸다.

'은효야.'

어쩌면 깜빡 졸았는지도 모른다. 꿈일지도 모른다 생각했다. 하지만 그의 음성은 진짜가 분명했다. 혹시 몰라 이 실장이 준 지도를 보며 서성이고 있을 때, 두 번째 그의 목소리가 들렸다.

'보고……싶다. 은효야.'

조금 빠르게 뛰던 심장은 금방이라도 터질 듯 요동쳤다.

'안돼, 제발!'

수백만 번을 더 중얼거리며 뛰었다. 제발, 아무 일 없기를 제발. 그러나 빗나간 기도의 현실은 비참했다. 그녀의 눈앞엔 윤의 상체를 적신 검붉은 피가 석관 바닥에 흥건히 고여있었다.

그리고 여전히 그의 가슴에서는 피가 흘러나왔다.

 눈앞이 흐릿해지면서 정신을 잃을 것만 같았다. 은효는 손톱이 손바닥을 찌르도록 세게 주먹을 움켜쥐며 윤에게 가까이 다가갔다.

'정신 똑바로 차려!'

 그를 감싸고 있는 기운을 보아, 위태롭지만 생명을 잡고 있음을 알 수 있었다. 은효는 그의 이름을 부르려고 입술을 떼었다가 그만두었다. 혹시라도 주변에 지키고 있는 누군가가 들으면 낭패이니까.

 윤은 한복처럼 앞섶을 여민 디자인의 상의를 입고 있었다. 피가 멈추지 않아 축축해진 그의 가슴 위에 손을 얹었다. 부들부들 떨리는 오른손을 왼손으로 덮었다. 금세 은효의 손가락 사이로 피가 스며 올랐다. 이대로라면 과다출혈로 사망하는 것은 시간문제였다.

'심장! 심장을 찌른다고 했어.'

 은효는 허겁지겁 그의 가슴을 풀어헤쳤다.

'상처가 없어.'

 가슴이 약하게 들썩일 때마다, 깨끗한 맨살 위로 붉은 피가 솟았다.

'아!'

 슈피르가 아니었다면 알아챌 수 없을 만큼 옅은 흔적이 보였다. 부위에 비해 출혈의 양이 비정상적으로 많았다.

 은효는 윤의 가슴에 손을 얹고 눈을 감았다. 언젠가 말라 죽어가는 꽃을 살렸던 기억을 떠올리며 온 정신을 집중했다.

'안테파사르인지 뭔지, 정말 있다면 이 사람은 살려줘. 대신 내 생명을 줄게. 제발, 제발……'

누가 가르쳐준 것도 아닌데 단전(丹田)에 힘이 실렸다. 곧, 서늘함과 따뜻함이 공존하는 기운이 그녀의 몸을 감쌌다. 은효는 천천히 숨을 들이마시며 모든 감각을 손끝에 모았다. 그리고 본능적으로 그를 치유하기 시작했다.

한 시간 정도 흘렀을까. 은효의 버석하게 마른 입술 사이로 가쁜 숨이 새어 나왔다. 언제 고꾸라져도 이상하지 않을 만큼 그녀에겐 기력이 남아있질 않았다. 은효는 숨을 헐떡이며 누르고 있던 손을 천천히 떼었다.

'멈췄다!'

후들거리는 손으로 그의 가슴을 쓸어보았다. 피는 완벽하게 멈춰졌다. 그런데……

'여전히 그대로야. 피를 너무 많이 쏟아냈어.'

핏기 하나 없는 윤의 얼굴은 죽은 사람 같았다. 이대로라면 생명이 꺼지는 것은 시간문제였다. 해가 뜨고 사람들이 찾아올 때까지 기다릴 수는 없었다.

'생각해 내야 해. 살려낼 방법을!'

응급처치를 익혀두지 않은 것이 더없이 후회스러웠다.

'무슨 배짱으로 이 사람을 지킬 수 있을 거로 생각했니? 아무 준비도 없이……'

알량한 예감 하나만 믿고 무모하게 달려온 자신이 한심했다.

내심 아무 일 없을 거라는 기대도 비참한 결과를 초래하는데 한 몫했던 것 같다.

윤의 손을 잡고 울먹이던 은효는 불현듯 옆에 팽개쳐뒀던 가방을 집어 들었다. 그녀는 한참을 뒤적이다, 혹시 몰라 챙겨온 멀티툴을 꺼냈다.

'말도 안 되는 짓인 거 알지만······.'

은효는 멀티툴에서 나이프를 뺐다. 곧 날카로운 칼끝은 그녀의 왼쪽 손목 위에 닿았다.

'안 되면····· 나도 같이 따라가면 그만이야.'

눈을 질끈 감으며 칼날로 손목을 그었다. 비록 수혈의 작용은 기대할 수 없지만, 인간과는 다른 슈퍼라면······. 은효는 경우의 수에 모든 걸 걸었다.

선혈이 손목을 타고 주르륵 흘러내렸다. 은효는 서둘러 그의 입을 벌리고 자신의 손목을 갖다 댔다. 피는 입속에 머물기만 할 뿐, 의식이 없는 그는 삼키질 못했다. 은효는 그의 입에 피를 흘려 넣은 뒤, 목으로 넘어갈 수 있도록 코를 막았다.

그런 방식으로 여러 차례 윤에게 피를 먹이길 반복하던 중, 드디어 그에게서 변화가 느껴졌다.

'아!'

마네킹 같던 윤의 얼굴에 혈색이 돌기 시작했다. 그를 감싸고 있던 불길한 기운도 서서히 사라져가는 게 보였다. 은효는 급히 남아있는 기를 모아 윤의 심장에 불어넣었다.

'일어나요. 아무 일 없던 것처럼.'

거의 움직임을 보이지 않던 윤의 가슴이 그제야 정상적으로 오르락내리락했다. 파리했던 입술도 붉은 기를 되찾고 있었다. 은효는 그제야 붙이고 있던 윤의 가슴에서 손을 떼었다.

'감사합니다. 안테파사르님.'

존재 자체를 부정했던 주제에 인제 와서 간사하다고 욕을 해도 상관없었다. 기적에 기댈 수밖에 없었던 은효는 세상의 모든 신에게 절이라도 하고 싶은 심정이었으니까.

긴장이 풀리니, 겨우 버티고 있던 다리도 같이 풀려버렸다. 은효는 그 자리에 풀썩 주저앉았다.

반쯤 나가 있던 정신이 돌아오자, 손목이 심하게 욱신거렸다. 꽤 깊게 베인 자리에선 여전히 피가 흐르고 있었다. 은효는 가방에서 손수건을 꺼내어 왼쪽 손목 위를 힘껏 묶었다.

자신이 할 수 있는 일은 여기까지였다. 이젠 최대한 흔적을 남기지 않고 사라지는 일만 남았다.

'신이 머무는 자리니까 기적도 함께 할 거야.'

그냥 갈까 하다가 제단에 고인 피가 너무 많은 게 걸렸다. 은효는 가방에서 휴대용 티슈와 여벌의 옷을 꺼냈다. 티가 나지 않게 피를 닦아서 그대로 가방에 담았다. 이젠 바닥에 묻은 피가 치사량으로는 보이지 않았다.

'당신은 아무것도 몰랐으면 좋겠어요. 이대로 푹 자고 일어나요.'

시체 같았던 윤의 얼굴에 생기가 돌았다. 누가 봐도 자는 모습이었다.

'얼굴 한 번만 만져보고 싶은데…… 안 되겠지.'

혹시라도 깨어날지 몰라, 은효는 뻗었던 손을 천천히 거두며 아쉬움을 삼켰다.

'한국에서 봐요.'

이젠 본인이 산송장 꼴이 된 것도 모른 채, 은효는 주변을 꼼꼼히 살핀 뒤 바삐 그곳을 떠났다.

※

흐릿한 시야에 낯선 천장이 들어왔다. 은효는 잘 떠지지 않는 눈을 몇 차례 깜빡거려 보았다. 딱히 아픈 곳은 없었지만, 몸에 힘이 들어가질 않았다.

"일어나시는 거 못 보고 가는 줄 알았습니다."

불친절하지만 반가운 목소리. 이 실장이었다.

"무슨 일이 있었던 겁니까? 가방 안의 그 피는……."

고개를 돌리는 것조차 버거워, 은효는 천장을 바라본 채 입을 열었다.

"그 가방, 이 실장님이 처리 좀 해주세요. 아무도 모르게 없애 주시면 좋겠어요."

이 실장이 잠깐 뜸을 들이다 물었다.

"도련님은……."

"지금 몇 시예요?"

"이제 곧 다섯 시가 됩니다."

"가 보셔야 하겠네요."

은효가 피식, 숨소리 섞인 웃음을 뱉었다.

"윤이 씨는 아무 일 없을 거예요. 깨어나는 걸 확인하진 못했지만, 걱정하지 않으셔도 돼요. 저기…… 저 좀 일으켜 주실래요? 앉아있고 싶은데."

이 실장이 천천히 그녀를 일으켜 앉히고는 남은 베개를 가져와 등에 받쳐주었다. 자세를 고쳐 앉는 은효의 입에서 저절로 끄응, 앓는 소리가 새어 나왔다.

"동굴 밖에서 이 실장님이 대기하고 계실 줄은 몰랐어요. 어찌나 반가운지 그대로 정신을 놔버렸네요."

"돌아올 대책 없이 버스를 타고 가셨으니……."

그의 표정이 자못 심각했다.

"손목의 상처가 깊던데…… 도대체 무슨 일이 있었던 겁니까?"

"제가 우려한 일이 벌어진 것 같아요. 의식 과정에서 누군가 몹쓸 장난을……."

인상을 쓰고 있던 그가 경악 실색했다.

"있을 수 없는 일입니다. 마지막에 마지막까지 조사했지만, 의심스러운 점은 없었습니다."

"그러게요. 저도 윤이 씨가 부르지 않았으면 그냥 나올 뻔했으니까요. 저, 물 좀 주실래요?"

은효는 그가 건넨 물을 받아 목을 축였다.

"피가 멈추질 않았어요. 상처는 눈에 띄지 않을 만큼 미미했거든요. 아무래도 찌르는 도구에 문제가 있었던 것 같아요."

이 실장은 여전히 굳은 표정을 한 채 말이 없었다.

"승 회장 쪽에서 손을 쓴 게 분명해요. 윤이 씨가 솔칸으로서의 자질이 없다고는 절대 생각하지 않으니까. 그리고……."

은효가 짧게 심호흡을 하고 말을 이었다.

"누군가의 방해가 있었던 것은 윤이 씨도 알아야 할 사항이지만…… 오늘 일은 무슨 일이 있어도 비밀로 해야 해요. 이 실장님과 저 둘만의 비밀이요."

"그건 제가 부탁드려야 하는 부분이라……."

"호윤 씨에 대한 충성심이라고 해야 하나, 이 실장님이 어떤 마음인지 잘 알아요. 하지만, 이 실장님만큼이나 아니, 어쩌면 제가 더 많이 윤이 씨를 생각한다는 거 알아주세요."

"도련님은 어떻게……."

"어떻게 구했는지는 영업비밀이라 알려드릴 수 없어요. 흘린 피는 어찌할 방도가 없어서 보신대로."

은효는 곁눈질로 가방을 가리키며 어깨를 으쓱였다.

"워낙 많은 양을 흘려서 대충 수습했어요. 그 정도면 연맹에서 딴지 걸지 않겠다 싶은 정도? 설마 피를 흘렸다고 뭐라 하진 않겠죠?"

애써 멀쩡한 척했지만, 몸이 계속 가라앉는 기분이었다. 은효가 숨을 길게 뱉어내며 눈을 감았다.

"이제 가보세요. 저는 좀 더 쉬다가 알아서 한국으로 돌아갈 테니까."

"대답을 안 해주시니 더는 묻지 않겠지만, 병원을……."

"저, 자고 싶어요."

그녀는 혼자 눕지도 못해 끙끙거리면서도 이 실장이 다가오자 손을 들어 거부했다.

"저도 슈피르인 거 잊으신 건 아니죠? 금방 회복될 거예요."

은효가 몸을 옆으로 뉘며 이불을 목까지 끌어올렸다.

"나중에 한국에서 봬요."

이 실장은 대답하지 않았다. 대신 그녀의 등 뒤로 뭔가를 챙기는 소리가 드문드문 들렸다. 그리고 곧, 문 쪽으로 걸어가는 발소리가 이어졌다.

"가보겠습니다."

문 열리는 소리가 들리는가 싶더니 잠시 침묵이 흘렀다.

"고맙습니다."

문이 닫혔고, 방안은 조용해졌다. 은효는 이불 밖으로 팔을 빼며 바로 누웠다. 길게 심호흡하는 그녀의 입가에 비로소 잔잔한 미소가 그려졌다.

슈피르의 존재가 그러하듯 그들의 행사는 대부분 은밀하고 조속히 치러졌다. 그렇기에 연맹의 역할이 필요했던 것이고, 그만큼 영향력도 무시할 수 없었다.

호윤이 솔칸이 되는 것에 이의를 제기하는 몇 명의 페제라가 있었다. 꽤 많은 출혈량이 이유였는데, 그것은 슈피리모의 결단으로 해결되었다.

『위기 극복이야말로 완전무결보다 더 위대한 능력입니다. 안테파사르는 호윤을 한국의 솔칸으로 선택하셨습니다.』

강경 입장이던 승대호도 슈피리모의 선언에는 승복할 수밖에 없었다. 호윤은 모두가 보는 앞에서 안테파사르가 인정하는 솔칸이 되었다.

《괜찮은 것이냐?》

네르하동굴에서 장소를 옮겨 호텔 방에 들어서자마자, 호태준이 질문을 던졌다. 윤은 눈을 감고 싶은 것을 꾹 참으며 응수했다.

《네. 보시다시피.》

《감지는 하고 있었는데, 너무 늦게 사태를 파악했다.》

《저희도 손을 쓰고 있다는 것까진 알았는데…… 원인을 알아내셨습니까?》

《크리스털 함의 지문인식 장치에 티파린을 발랐더군.》

오랜만에 봤음에도 호태준은 전혀 변한 게 없는 모습이었다. 여전히 젊어 보였고 감정이 없는 사람의 표정이었다.

윤은 문득 궁금해졌다.

"어떤 이는 그리 갖지 못해 애를 쓰는 이 자리를 뭣 하러 벌써 내려놓으신 겁니까."

"네가 자격이 되는 나이가 될 때만 기다렸는데, 더는 늦출 필요가 없었지."

태준이 소파에 느긋이 등을 기대었다.

"슈피리모의 말대로 위기를 극복해낸 솔칸이니 나보다 잘해

내리라 믿는다."

"아직 충분히 더 하실 수 있는 분이 왜 굳이……."

"대의보다는 내 삶에 더 충실해지고 싶었으니까."

"그래서, 제 의견 따위는 묻지도 않고 일방적으로 떠넘기셨다?"

"예전에도 말했지만, 솔칸의 자리는 주고 싶다고 해서 주는 자리가 아니다. 주어지는 것이지."

"제 삶은 아무래도 상관없다 이 말씀이십니까?"

윤이 흥분을 가라앉히려 숨을 들이마셨다.

"죽을 수도 있었는데요?"

"하지만 넌 살아있잖니? 그 자리는 너를 선택했어."

"그걸 지금 이유라고……."

원래 이런 사람인 걸 알고 있으면서도 마주하면 매번 상처받고 실망하기 일쑤였다. 철저히 자기 자신밖에 모르는, 아버지가 될 준비가 안 되어 있던 사람.

윤이 짜증을 삼키며 화제를 돌렸다.

《티파린은 항응고제 같은 겁니까?》

《공식적으로 알려지지도 않았을 뿐 아니라, 사피보다는 슈피르에 치명적인 약품이라더군. 물론 사피가 아닌 슈피르쪽에서 제조한 것이고.》

무색에 무취일 테고, 소량만으로도 치명적일 수 있는…….

"하—."

윤의 입에서 탄식이 절로 나왔다.

《크리스털 함을 전달했던 폴레타가 그것을 바른 것이겠군요.

철저히 감시했다고 생각했는데.》

《어떻게 전달받아서 감췄던 것인지는 모르지만, 빈 유리 앰플을 폐기물 통에 버리는 것을 포착했다. 이미 의식이 진행된 후였고, 성분을 분석할 시간이 필요했지. 네 말대로 선택받지 못했다면…….》

《이 사실을 슈피리모는 알고 있는 겁니까?》

《크리스털 함을 조사하기 위해선 알릴 수밖에 없었…….》

"커헉, 컥"

태준이 갑자기 마른기침을 했다. 잠깐 하고 말겠지 했던 것과는 달리 쉽게 그치질 않았다. 윤은 실온에 있던 생수를 가져와 뚜껑을 열어 건넸다.

"피곤하신 것 같은데 쉬러 가시죠."

태준은 가까스로 호흡을 정리하고 물을 마셨다. 몇 분 사이, 그의 얼굴에 안 보이던 주름이 보였다. 슈피르라고 세월을 피할 순 없겠지. 윤은 자기도 모르게 미간을 구겼다.

"흐흠, 흠. 한국에 가려고 했는데 일정에 여유가 없었다. 당분간은 미국에 있어야 할 것 같아."

"결혼하신다면서요."

태준의 눈빛이 설핏 흔들리는 것 같았다. 순식간이었기에, 어쩌면 윤의 착각일 수도 있겠지만.

"그것 때문에 서두르신 것 아닙니까?"

"그럴 생각이었는데…… 한 사람에게 정착할 자신이 없어졌달까."

"네?"

"책임과 의무에서 이제야 벗어났는데 굳이 다시 결혼이라는 굴레를 써야 하나, 이런 생각이 들어서 말이다."

잠깐이었지만, 아버지를 안쓰럽게 느꼈던 자신이 한심스러웠다. 저 남자를 믿고 결혼했던 어머니가 새삼 불쌍했다.

'제 뒤를 봐주신 책임과 의무는 솔칸으로서였습니까. 아니면 아버지로서였습니까.'

속마음이 오쿨리파시로 튀어나올 것만 같아, 윤은 눈을 질끈 감았다. 절대 들켜서는 안 되는 감정이었다. 아버지에게 사랑받고 싶어 하던 어린 윤은 이제 없으니까.

"그 멍에는 원하시는 대로 제가 짊어졌으니 마음껏 즐기며 사세요. 저 때문이라면 굳이 한국에 오실 필요 없습니다. 본인의 삶에 충실하세요."

"너 때문은 아니고 은효라는 아이가 궁금해서 가보고는 싶더구나."

태준이 소파에서 일어섰다.

"설마 내가 모르고 있을 거로 생각한 건 아니겠지? 한국에서 경수혁의 숨겨뒀던 딸을 모르는 슈피르는 없다고 들었는데."

"은효를 경 회장과 엮을 생각하지 마십시오."

태준이 앉아있는 윤에게 가까이 다가가며 아들의 눈을 차갑게 응시했다.

《내가 엮지 않더라도 승대호 그 영감탱이 은효를 가만두지 않을 거다.》

"제가 막을 겁니다."

《그렇게 만만한 인물이 아니야. 넌 그 아이를 지키지 못할 수도 있어.》

"언제부터 이렇게 오지랖이 넓으셨습니까? 제 개인적인 일은 제가 알아서 합니다."

발끈하는 윤을 향해 태준이 피식, 조소를 날렸다.

《솔칸은 남에게 쉽게 감정을 들켜선 안 돼. 명심해라.》

윤이 뭐라 대꾸도 하기 전에 태준은 몸을 돌려 문 쪽으로 향했다. 입구에 도착해 문에 손을 뻗던 그가 동작을 멈췄다.

"너의 것은 뭐든…… 반드시 지켜라."

곧 문이 열리고 그가 사라졌다.

XXV.
절대 군주 같은
솔칸이 되어줘.

 독 안에 든 쥐, 정확히 말하면 자진해서 독 안에 들어간 셈이지만 여하튼…… 찌를 것 같은 지훈의 시선을 받는 지금, 은효가 딱 그 신세였다.
 "하루 정도 노는 건 괜찮다고 했지, 며칠 동안 잠수해도 된다는 말은 아니었어."
 지훈의 얼굴은 빠듯한 일정으로 여독이 쌓인 은효보다 더 피곤해 보였다.
 "휴대폰은 왜 꺼놨는데?"
 "그건 기본 아니에요? 숨어있으려고 떠난 건데."
 "데뷔도 안 한 신인이 대표한테 너무 뻔뻔한 거 아닌가?"
 은효는 휴대폰에 찍힌 부재중전화 숫자를 떠올리며 몰래 몸서리를 쳤다. 미안한 건 미안한 거지만 엄청난 숫자에 기가 질렸기 때문이다.

"서 있지 말고 앉아요. 주스 마실래요?"
"내가 지금 주스 마실 기분이겠어?"
"주스를 뭐 기분으로 마시나."

은효가 소파에서 일어서려고 하자, 지훈이 먼저 주방으로 향했다.

"만나지도 못할 거 굳이 스페인에 갈 건 뭐야."
"그러게요."

그가 냉장고 안을 들여다보다 불쑥 물었다.

"호윤하고 연락은 했어?"
"아뇨."
"의식은 끝났지만, 한국엔 아직 안 온 것 같던데."
"잘 끝났대요?"
"어. 은효 씨가 걱정하던 일 없이 잘 끝났대."

지훈이 주스 뚜껑을 열어 은효에게 건네며 옆에 앉았다.

"스페인에 가고 싶었으면."

그가 짧게 숨을 뱉었다.

"나한테 말하지. 같이 갔을 거 아냐."
"그럴까 봐 말 안 했죠."

은효가 픽 웃으며 주스를 들이켰.

"충동적이었던 거 인정해요. 이제 진짜 딴생각 안 할게요."
"뭘 하고 다닌 거야? 얼굴은 왜 이렇게 상했어."

"남 말할 처지가 아니신데? 대표님 그 다크서클 어쩔 거예요?"

"이게 누구 때문인데!"

"데뷔도 안 한 신인에게 너무 잘해주지 마요. 그러니까 더 막 나가잖아."

지훈이 은효 쪽으로 고개를 돌렸다. 그의 시선이 느껴졌지만, 은효는 모른 척 주스 병을 입에 가져갔다.

"나한테 말 안 하는 거야, 못하는 거야?"

순간 당황하여 주스 병으로 윗입술을 세게 쳤다. 은효는 인상을 찌푸리며 그를 쳐다보았다.

"생뚱맞게 갑자기 무슨 말이에요?"

"내가 모른 척, 넘어가 줘야 하는 부분인가?"

"무슨 말씀인지 알아야 대답을 하든 말든 하죠."

"나는 소식을 들어 알고 있다 치더라도, 은효 씨는 하나도 안 궁금해 하는 것 같아서 말이야."

그의 한쪽 눈썹이 슬쩍 올라갔다.

"나한테 씻지도 않고 달려와서 울고불고 난리 치던 사람 아니었나?"

"별일 없을 거라면서요. 의식인지 뭔지 끝나면 알아서 돌아올 거라고 지훈 씨가 그랬잖아요."

"스페인에 가서 해탈하고 오셨다?"

"나 혼자 조바심 내고 안달하는 짓, 이제 안 하려고요."

지훈은 여전히 미심쩍은 눈치였다.

"윤이가 연락한 거 비밀로 하자고 했나?"

"연락 안 했다니까요."

"이제 윤이가 솔칸이 되었으니 이런 상황은 더 자주 올지도 모르는데…… 괜찮겠어?"

"그러니까 앞으로 내 일만 열심히 하겠다고요."

"뭘까? 이 찜찜한 기분은."

"지훈 씨."

은효가 다시 호칭을 바꿔 불렀다.

"대표님."

"왜, 그만 가라고?"

"잘 아시네요. 저 이제 보고도 마쳤으니 그만 가주시겠어요? 피곤해 죽을 것 같아요."

"잔소리하려는 게 아니라 걱정이……."

지훈이 체념하듯 콧숨을 길게 뱉었다.

"아니다. 쉬어."

그가 자리에서 일어서다, 은효의 손목에 시선을 고정했다.

"아까부터 물어보고 싶었는데, 손목 안 좋아? 보호대는 왜 하고 있어?"

"아, 무거운 걸 좀 들었더니 시큰해서요. 신경 쓸 만큼은 아니에요."

"병원 가볼래?"

"괜찮다니까요. 계속 안 좋으면 김 대리님하고 다녀올게요."

"그래, 그럼."

배웅해 주러 현관 앞까지 따라가던 은효가 머뭇머뭇 입을 열었다.

"윤이 씨는 정말 괜찮은 거예요? 어디 다치진 않은 거죠?"

"무사히 잘 승계했다고 들었어."

그녀는 대답 대신 고개를 끄덕였다.

"스케줄은 박 팀장이 알려줄 테니까 내일까지 푹 쉬어."

"미안해요. 제멋대로 행동해서."

"알면 됐어. 회사에서 봐."

지훈이 나가고 현관문이 닫혔다. 은효의 입에선 기다렸다는 듯 긴 한숨이 새어 나왔다. 그제야 긴장으로 굳어있던 몸과 마음이 풀어졌다.

태연한 척하려 했던 것이 오히려 지훈에게 의심을 산 것 같았다. 차라리 호들갑을 떨며 윤의 근황을 물어봤어야 했나. 솔직히 많이 궁금했는데…….

'근데 정말 왜 연락이 없는 거지?'

오늘쯤엔 전화든 문자든 올 거로 생각했는데 아직 아무 소식이 없다. 많이 바쁜 걸까?

'어쨌든 잘 끝나서 다행이야.'

은효는 상처를 가린 손목 보호대를 만지작거리며 침실로 들어갔다.

스마트폰 소리에 눈을 떴다. 지훈이 가고 바로 잠이 든 것 같은데, 시계를 보니 한 시간도 지나지 않았다. 은효는 몽롱한 상태로 울리는 폰을 집어 들었다.

"여보세요."

─자는 걸 깨웠나 보군.

엎드린 채 눈을 감고 있던 은효는 잠이 확 달아났다. 혹시 몰라 화면을 보니 윤이 맞았다. 벌떡 몸을 일으키는 바람에 핑하고 현기증이 일었다.

─아직 데뷔도 안 한 신인이 낮잠 잘 여유가 있나? 지훈이가 너무 풀어주는 거 아냐?

원망도 하고 화도 내고 투정도 부릴 생각이었지만, 은효의 얼굴은 환하게 웃고 있었다. 가슴이 벅차올라 대꾸할 생각은 하지도 못했다. 이 남자를 얼마나 사랑하는지, 새삼 깨달았다.

─은효야.

코끝에 찡하고 신호가 왔다. 주책맞게 눈물이 나려고 했다.

"누구세요?"

수화기 너머로 윤의 웃음소리가 들려왔다. 아, 젠장 웃음소리가 너무 매력적이라 따라 웃을 뻔했다. 은효의 입꼬리는 점점 더 위를 향했다.

"저 아세요?"

─문 좀 열어줄래?

진심 놀라 되물었다.

"네?"

─빨리 안 열어주면 손잡이 부수고 들어갈지도 몰라.

"농담이죠?"

─들어가?

은효는 쏜살같이 거실로 달려가 현관 앞 비디오폰을 켰다. 그리고 어느 순간 그녀는 문을 열고 있었다.

윤은 블랙 트렌치코트 차림이었다. 보기 좋게 흐트러진 머리는 전보다 조금 길어 보였다. 그 뭣 같은 의식 때문에 매우 수척해 보였지만, 반면 더 섹시해진 느낌이었다. 그의 눈동자와 마주하는 순간, 은효는 숨이 멎는 것 같았다.

우당탕거리는 가슴을 진정시키기도 전에 윤이 성큼 안으로 들어섰다. 문이 닫히고, 윤의 나무 향기가 바람에 섞여 들었다.

"어떻게……!"

말이 끝나기도 전에 윤의 입술이 은효의 입술을 덮었다. 그의 손이 은효의 얼굴을 감싸며 몸을 밀착했다. 놀라서 커졌던 그녀의 눈은 긴장이 풀린 두 팔과 함께 스르륵 감겼다.

격정을 그대로 표출한 키스였다. 얼굴을 감싸고 있던 그의 손은 목덜미를 쓸고 등을 어루만지다 허리를 힘껏 끌어안았다.

숨을 쉴 수 없을 만큼 그는 거세게 몰아붙였다. 거칠었지만 달콤한 그의 키스에 은효는 정신을 차릴 수 없었다.

윤의 뒷머리를 감싸며 그에게 매달렸다. 걱정, 그리움, 안도…… 그 모든 감정이 봇물 터지듯 밀려들었다.

그의 입술이 떨어지고, 뜨거운 입김이 은효의 입술에 닿았다. 아쉬움에 천천히 뜬 그녀의 눈으로 여전히 열망을 그득 담은 윤의 눈동자가 들어왔다.

"다녀왔어."

별말도 아닌데 갑자기 울컥해 눈시울이 뜨거워졌다. 맘고생을 한 보상을 받는 것 같아 주륵 눈물이 흘렀다.

"이제 다시는 걱정시키는 일 없을 거야."

윤이 얼굴을 감싼 채 엄지로 눈물을 쓸었다. 따뜻하고 상냥한 손길에 눈물이 더 쏟아졌다.

"이런, 많이 걱정했구나."

"바보예요? 걱정 하나도 안 했다고요."

"근데 왜 울어?"

"열받으니까."

"어떻게 하면 화가 풀리려나?"

은효가 토라진 척 그의 손을 뿌리치고 거실 쪽으로 걸어갔다. 등 뒤로 윤이 따라오는 것이 느껴졌다.

"그거…… 아팠어요?"

바보 같은 질문.

"아니."

예정된 거짓말.

하마터면 걸음을 멈출 뻔했다. 은효는 흐려지는 시야 때문에 눈을 빠르게 깜빡였다.

"어땠는데요?"

"눈 감고 있다가 눈 뜨니 아침."

"별거 아니었구나."

"어."

소파 앞에 다다르자, 윤이 은효의 팔을 잡았다. 그러고는 등진 그녀를 돌려세워 가까이 끌어당겼다.

윤이 고개를 갸웃하며 은효의 얼굴을 감쌌다.

"얼굴이 왜 이렇게 야위었지? 트레이닝이 너무 타이트한 거 아닌가?"

"아니거든요. 누구 없는 동안 신나게 놀아서 그래요."

"네가 원해서 하는 거겠지만, 난 여전히 걱정이 더 앞서."

"바쁘신 솔칸께서 내 걱정할 시간은 있으려나? 앞으로 얼굴 보기도 힘들어지는 거 아니에요?"

"난 달라지는 게 없는데, 네가 그렇게 되지 않을까?"

윤의 입가에 멋쩍은 미소가 번졌다. 하지만 은효는 따라 웃을 수 없었다. 그 자리가 얼마나 위험한지, 이번에 제대로 체험했기 때문이다.

뭐든 해결할 것 같던 이 실장조차도 막지 못했던 사고였다. 만약 그때 승대호의 대화를 그녀가 보지 못했다면…… 그 뒤는 상상도 하기 싫었다.

은효의 굳은 표정이 신경 쓰인 듯, 그가 머리를 조심스레 쓰다듬었다.

"솔직히 말하면 두려웠다. 네가 나 때문에 힘들어질까 봐, 그게 무서웠어."

"거짓말. 목소리만 남기고 가버린 사람이 누군데. 마지막이 될지도 모른다면서 얼굴도 안 보여주고 간 사람이 누군데요!"

"제단에서 내내 네 생각을 했어."

'알아요. 당신이 내 이름 불러줬잖아.'

돌 냄새, 물비린내, 습한 공기, 그리고 더디게 흐르던 시간……. 기억을 더듬다가, 윤을 처음 발견했을 때가 떠올라 눈을 질끈 감았다. 그를 잠식할 것 같던 검붉은 피, 핏기 하나 없는 창백한 얼굴…….

기분을 들킬 것 같아, 그의 소매를 손끝으로 잡으며 고개를 숙였다.

"나…… 보고 싶었어요?"

"입 맞추고 싶어."

"나 보고 싶었냐고요."

"안고 싶어."

"이 사람이 정말……!"

숙인 얼굴 위로 윤의 얼굴이 겹쳐졌다. 그의 입술이 정확히 은효의 입술을 찾았다. 따뜻하고 부드러운 감촉에 끔찍했던 기억이 천천히 잊힌 듯했다.

포개었던 그의 입술은 은효의 코끝에 닿았다가 이마로 이어져 귓불에 머물렀다. 뜨거운 윤의 숨결이 그녀의 목덜미를 야릇하게 덮었다.

"갖고 싶어. 너를…… 전부."

은효가 그의 코트 벨트를 꽉 움켜쥐어 자신에게 끌어당겼다. 그녀는 도발을 가득 품은 눈빛으로 꼼지락꼼지락 벨트를 풀었다.

"내가 가질 거야. 호윤."

벗긴 코트 안으로 짙은 회색 셔츠가 보였다. 단추를 풀고 셔츠 속 가슴 위에 손을 얹었다. 탄탄한 잔근육이 손바닥에 닿는 순간, 끈적하게 손가락 사이로 스며들던 피가 떠올랐다.

은효는 움찔, 주먹을 쥐었다. 오한이 든 것처럼 온몸이 부들부들 떨렸다. 비릿한 피 냄새가 입속에 그득 차올랐다. 헛구역질이 나올 것만 같았다.

'괜찮아. 다 지나간 일이야.'

정신 차려! 아무 일 없었잖아. 은효는 확인하듯 윤을 힘껏 끌어안았다. 그의 등을 움켜쥔 그녀의 손이 식은땀으로 흥건했다.

"은효야?"

그에게 매달리듯 안긴 은효는 심하게 떨고 있었다. 윤의 등에서 느껴지는 그녀의 손길은 매우 불안하고 애처로웠다.

은효가 아이처럼 가슴에 파고들었다. 얼굴을 묻고 색색 숨을 쉬는 그녀는 쉬이 진정하지 못했다.

무슨 일 있냐고 차마 물을 수가 없었다. 말할 수 있는 고민이었다면 은효가 먼저 말해줬을 것이기에.

공식적인 일정보다 하루 먼저 한국에 도착했다. 솔칸의 전용기로는 이 실장이 대신 타고 오기로 합의를 봤다. 뭐라 한바탕 잔소리를 늘어놓을 거란 예상과는 달리 이 실장은 순순히 그러겠다고 했다.

이젠 참아야 할 이유가 없었기에, 만나면 전부 쏟아낼 생각이었다. 바보처럼 참아왔던 감정을 그대로 은효에게 보여주고 싶었다. 그리웠다고, 네가 미치도록 보고 싶었다고.

은효가 뱉어낸 짧은 콧숨에 윤의 상념이 멈췄다.

"참았는데, 잘 참고 있었다고 자신했는데…… 사실 넘 무섭고 겁이 났어요. 윤이 씨가 이대로 돌아오지 못하면 어쩌나, 다시는 못 보면 어쩌나……."

여전히 얼굴을 가슴에 파묻은 채 은효는 물기 가득한 음성으로 말을 이었다.

"사랑이 이렇게 아픈 거였으면 차라리 모르는 게 나을 뻔했어. 내 앞에 이렇게 당신이 있는데 그래서 더 겁이 나. 이게 다 꿈일까 봐. 눈 뜨면 사라질까 봐."

"은효야."

"난 왜 이렇게 잘난 남자를 좋아하게 된 거지? 적당히 평범한 사람이었으면 얼마나 좋아."

"거짓말."

이마를 가슴에 대고 있던 은효가 슬쩍 고개를 들었다. 윤은 때를 놓치지 않고 그녀의 얼굴을 감싸 올렸다.

"내 얼굴 보고 반한 거 아니었나? 잘생긴 남자 좋아하는 거 아니었어?"

"그, 그건……."

"반박 불가지?"

"잘생긴 남자는 주변에 널렸다고요! 지훈 씨도 있고 이 실장님도 있고. 안 잘생긴 슈피르가 있긴 한가요?"

"그래서?"

"얼굴만 보고 좋아한 건 아니란 거죠. 어쩌다 보니 좋아하게 된 남자가 잘생겼을 뿐."

윤은 조잘대는 은효의 입술에 가볍게 입맞춤했다. 그녀의 볼이 잘 익은 복숭아처럼 발그레해졌다.

"아무 데도 안 가. 네가 먼저 놓기 전엔 절대 널 놓는 일은 없어. 약속해."

"다른 것도 약속해 줘요."

"뭘?"

"절대 군주 같은 솔칸이 돼줘요."

"뭐?"

윤이 쿡, 웃음을 터트렸다. 말도 안 되는 소릴 하면서 너무 진지한 은효의 표정에 웃지 않을 수 없었다.

"절대 군주가 뭔지는 알고 하는 소리야?"

"나라의 모든 권력을 장악한 절대적 지배자."

"지금 나보고 폭군이 되라고?"

"아무도 건드릴 수 없는 강한 힘을 가졌으면 좋겠어요. 감히 넘볼 수 없는."

"히야, 인제 보니 이 아가씨 엄청난 야망의 소유자였네."

은효가 그의 허리에 팔을 두르며 가슴에 얼굴을 기대었다.

"아, 몰라. 그냥 내 남자가 위험해지는 게 싫어. 피할 수 없으면 강해지는 수밖에 없잖아."

"은효야."

그녀의 머리를 쓰다듬는 윤의 얼굴엔 많은 생각이 스쳐 지났다.

"솔칸은 왕이 아니야. 누굴 지배하는 자리가 아닌, 지켜주는 자리일 뿐이지. 하지만, 이 자리를 다른 이유로 차지하려는 자가 있을 땐 절대 넘겨주지 않을 거다. 그리고……."

은효를 감싸 안은 그의 팔에 힘이 실렸다.

'불안하게 만들지 않을게. 다시는.'

씩씩한 척했지만, 은효는 이제 스물다섯이었다. 가까운 이를 잃은 상처가 누구보다 큰 사람임을 간과하고 있었다.

윤은 그녀에 대한 배려가 부족했던 것 같아 진심으로 후회했다. 믿는다는 이유로 은효에게 너무 많은 짐을 지웠던 것 같아 스스로에 화가 났다.

"난 그렇게 호락호락하지 않아."

"아는데……."

"하지만, 네게는 내가 미덥지 못했던 거 인정해."

윤이 주머니에서 무언가를 꺼내어 은효의 목에 걸어주었다.

"이건 내가 곁에 없을 때도 너를 지켜줄 애뮬릿이야."

"부적?"

"스페인에서 구한 플루오라이트 원석으로 만들었어. 고대 사람들은 이 보석이 앞으로 닥칠 시련이나 어둠으로부터 멀어질 수 있다고 믿었다더군. 우리 은효는 비싼 보석을 좋아하겠지만, 난 이 작은 원석이 네게 평온을 줄 거로 생각해."

보랏빛과 초록빛이 미묘히 섞인 물방울 모양의 장식품이 달린 펜던트였다. 은효가 목걸이를 내려다보며 해사하게 웃었다.

"난 밤톨만 한 다이아몬드가 더 좋지만, 이건 예쁘니까 접수!"

"진짜 실망한 눈친데?"

"날 뭐로 보고! 정말 너무 예뻐요. 매일매일 이것만 하고 다닐게."

"근데, 오늘은 우리 음란 돌고래가 별로 내키지 않는 모양이야. 난 다 줄 준비를 하고 왔는데."

윤이 고개를 숙여 그녀의 귓가에 은근히 속삭였다.

"공식적인 행사는 내일부터야. 나는 오늘 한국에 없는 사람이거든."

"오늘은 내가 거절!"

"왜?"

은효가 몸을 떼며 새초롬히 대답했다.

"사실…… 대자연의 날이라……."

"응? 뭐?"

"하— 그날이라고요. 한 달에 한 번 오는."

둘러대는 말이라는 걸 알면서도 윤은 모른 척 가볍게 응수했다.

"그래서 멈춘 건가? 음란 돌고래."

"하필 꼭 날을 잡아도."

"가질 거라 덤비던 사람은 어딜 갔나?"

은효가 머뭇거리다 윤의 셔츠 자락을 잡았다.

"저기……."

"응?"

"그래도 자고 갈 거죠?"

방금까지도 피를 달아오르게 했던 여인이 맞나 싶을 만큼 그녀는 어린아이처럼 보였다.

퇴폐미가 느껴지던 부스스한 머리는 자다 일어난 소년으로, 동그랗고 말간 눈은 당돌한 고양이에서 주인만 바라보는 강아지가 되어 있었다.

하지만 여전히, 어색하게 내민 도톰한 입술엔 키스하고 싶은 충동이 끊임없이 일었다.

'후— 요물이 따로 없군.'

윤은 여기저기 뻗친 은효의 짧은 머리를 다정스레 쓰다듬으며 어이없이 웃었다. 잠 못 드는 밤은 그의 몫이 분명했고, 다음 날의 졸음은 예약 확정이었다.

달라지는 게 없을 거라던 윤의 말은 보기 좋게 빗나갔다. 한량처럼 사는 것 같았던 호태준이 이렇게 빡빡한 스케줄을 견디고 있을 줄은 꿈에도 몰랐다. 잠을 자는 시간조차도 아껴야 할 만큼 솔칸은 바쁜 자리였다.

한국에서의 마지막 남은 공식행사를 마치고 온 참이었다. 회사에 와서도 쉴 틈 없이 앞으로의 일정에 관해 설명하던 이 실장은 태블릿을 들여다보며 무심히 덧붙였다.

"계속 지금과 같지는 않을 겁니다. 나라 몇 군데 더 다녀오시고 중요 인사 몇 분 더 만나고 나면 회사를 돌볼 여유가 생기겠지요."

윤은 의자에 몸을 기대고 넥타이를 느슨하게 풀어 내렸다.

"내가 회사 일 못 할까 봐 걱정하는 걸로 보여?"

"그건 아닙니다만, 직접적으로 언급하기 민망해서 돌려 말했습니다."

"요즘 같으면 차여도 할 말이 없을 것 같아. 목소리 들은 지 일주일이 넘었으니."

"그건 걱정 안 하셔도 될 것 같습니다."

윤을 슬쩍 쳐다본 이 실장은 이내 시선을 거뒀다.

"그분도 솔칸 만큼이나 바쁘신 것 같으니까요."

"이 실장은 나 그렇게 부르지 마. 솔칸, 솔칸, 하도 들었더니 귀에 딱지가 앉겠어."

"알겠습니다. 대표님."

이 실장이 돌연 심각해진 표정으로 대화의 주제를 바꿨다.

"크리스털 함에 티파린을 바른 폴레타는 끝까지 배후를 불지 않았습니다. 접선한 동선도 알아내지 못했고…… 결국 티로나에 수감하는 걸로 마무리했습니다. 그리고 티파린 성분을 알아봤는데, 통카빈 농축액을 증류한 것과 고릴라 간에서 추출한 혈액에 알칼리를 추출하여 단백질을 제거한 물질과 섞은 것이었습니다."

"날 죽이려고 아주 용을 썼군."

"죄송합니다. 제가 더 면밀히 감시했어야 했는데…… 그런 불상사가 생길 줄은."

"조사팀조차 밝히지 못한 계획이었어. 우리가 생각하는 것보다 훨씬 더 저쪽에선 오랫동안 준비했다는 거지."

"왜 이렇게까지 호가에 적개심을 품고 있는지 모르겠습니다. 도대체 무엇을 얻으려는 걸까요."

"무엇을 얻으려는 것이 아니야. 그는 파괴가 목적인 거지."

이번 일을 겪고 나서 명확해졌다. 그동안 윤을 괴롭혔던 의문에 관한 실마리를 찾은 것 같았다.

승대호가 왜 이렇게까지 무리수를 두는지, 정말 경수혁을 솔칸으로 추대하기 위한 이유일 뿐인지, 그리고 경수혁의 의도는 무엇인지…….

단순히 카루나로서 이루지 못한 야망을 보상받기 위한 행보로 보기엔 승대호의 악행은 도를 넘어서고 있다. 끝내 원인을 찾을 수 없었던 선대 솔칸 호국의 사고도 분명 그의 짓일 거라는 확신이 들었다.

'지훈이 블뤼가 아닌 것을 감사하는 날이 올 줄이야.'

상상도 하기 싫을 만큼 끔찍했다. 두 사람의 의지와는 상관없이 승대호의 병적인 집착에 놀아났을 걸 생각하면 온몸에 소름이 끼쳤다.

"승대호는 자신이 카루나였을 때 그가 모셔야 했던 솔칸의 죽음이 호가와 관련이 있을 거로 의심했겠지. 사인이 지병 때문이었다는 결과가 나왔어도 집착을 버리지 못한 건 이미 승대호는 심증을 굳혔기 때문이야. 그때부터 그가 키운 마음속 괴물은 이젠 완전히 주인을 잡아 먹어버렸어. 승대호의 목적은 솔칸의 자리가 아닌 호가의 멸문이다."

"그럼 경수혁 회장은……."

"승대호에게 휘둘리고 있거나 아니면 그런 척하는 것이겠지."

경수혁에 대한 의심이 오해였기를, 오래전 그가 자신의 부하에게 보냈던 오쿨리파시 역시, 승대호를 속이기 위한 것이었기를, 윤은 내심 바랐다.

"지훈이 녀석이 은효의 폰까지 관리하는 통에 연락이 힘들어. 누구랑 연락할지 뻔히 알면서 심통만 늘어서는."

"그래서 관리를 하는 걸지도 모르죠."

이 실장이 괜히 헛기침한 뒤 말을 이었다.

"곧 뮤비 촬영 들어간다고 합니다."

"내용은? 알아봤어?"

"주제가 사랑인 발라드니……."

이 실장은 어깨만 으쓱이고 말을 아꼈다. 솔직하기 그지없는 윤의 표정이 위험을 알렸기 때문이다.

XXVI.
덫에 걸리다.

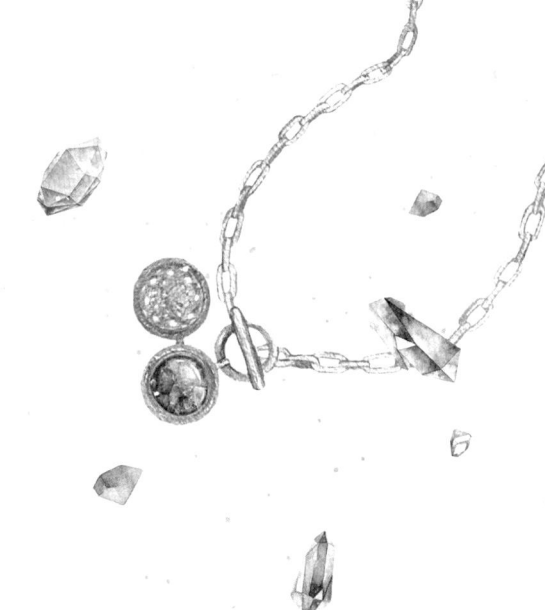

 하신우의 뮤직비디오는 스토리 있는 드라마 형식으로 기획됐다. 은효의 상대역으로 배우를 캐스팅할 줄 알았는데, 예상외로 하신우가 정해졌다.
 촬영 전, 감독과 출연 배우의 사전 미팅을 위해 스튜디오로 향하는 길이었다.
 "하신우 씨 방송 출연도 별로 안 좋아한다고 들었는데, 직접 연기를 하겠다고 해서 깜짝 놀랐어요."
 은효의 뒷자리에 앉아가던 전담 코디 미선이 되레 들떠서 조잘거렸다.
 "하긴, 웬만한 배우들보다 잘생겼으니. 예전부터 드라마를 찍네, 영화를 찍네, 소문은 엄청 무성했거든요."

"방송 출연을 안 하고도 그렇게 인기가 많았구나. 저도 노래 좋아해서 자주 들었어요."

"말 걸어도 대꾸 안 하고 인사도 잘 안 해서 이 바닥 평판은 그리 좋지 못해요. 저도 건너 들은 거긴 하지만."

"이미선!"

마침 달리던 밴이 신호에 걸려 건널목 앞에 섰다. 운전 중이던 로드매니저 김지성이 짧게 뒤를 돌아보았다.

"대표님이 말조심하랬는데 또 저런다. 건너 들은 얘길 왜 옮기고 그래."

"죄송합니다."

미선이 손으로 입을 막는 시늉을 했다. 지성이 백미러를 쳐다보며 말했다.

"아직 만나지도 않은 사람인데 괜히 선입견 만들어서 좋을 거 없잖아. 은효 씨. 신경 쓰지 마요."

"미선 씨는 그냥 저 긴장 풀어주느라 그런 거잖아요."

은효는 미선을 향해 돌아보며 '괜찮아요.'라고 입 모양으로 말하고 웃었다.

잠시 후, 그들이 탄 밴은 약속 장소인 스튜디오에 도착했다.

하신우의 새 앨범 홍보를 위한 뮤직비디오 제작 이야기가 나왔을 때, 제일 처음 나온 의견은 드라마 형식이었다.

아이돌의 칼군무가 대세인 요즘, 발라드 가수의 드라마타이즈 뮤비는 한물간 게 아니냐는 우려의 이야기가 많았다. 인기 여배우를 섭외해 노래와 어우러지는 영상 위주로 찍는 게 어떠냐는 의견이 우세했다.

하신우는 관망하는 태도였다. 정확히는 힐 엔터 소속 신인 여배우의 프로필사진을 보기 전까지는 그랬다.

사실 이번 새 앨범은 여느 때보다 훨씬 만족스러운 작업이었기에, 그는 음악만으로도 자신이 있었다. 뮤비를 어떤 식으로 찍든 그건 소속사에서 할 일이라 생각했다. 출연? 그딴 건 꿈에도 관심이 없었다.

신우가 스튜디오에 도착해, 감독과 간단히 인사를 나누고 촬영 콘티를 살펴보는 중이었다. 유리로 된 자동 출입문이 열리고 사진으로만 본 그녀가 모습을 드러냈다.

연은효. 그녀는 시스루 뱅 스타일의 짧은 머리에 민얼굴처럼 보이는 가벼운 메이크업, 니트셔츠와 슬랙스를 매치한 세미 정장 차림이었다.

"어? 시간 맞춰 왔는데 다들 먼저 와계셨네요."

찌릿한 전기가 심장을 관통하는 느낌이었다. 한 번도 경험해 보지 못한 통증. 기분 좋은 긴장.

싱긋 웃으며 가볍게 인사를 건네는 그녀의 모습에 신우는 소년처럼 설렜다.

서로 인사를 주고받은 뒤, 감독이 몇 가지 카메라 테스트를 하자며 은효를 데리고 갔다. 신우는 무심한 표정의 가면을 쓰고 촬영 중인 은효를 지켜보았다.

세트장에 선 그녀는 감독의 요구에 따라 매번 다른 사람이 되었다.

가끔 인터뷰를 하다 보면 시답잖은 질문을 받을 때가 있다.

'이상형이 어떻게 되세요?'

신우는 대답 대신 인상을 쓰곤 했다. 생각해본 적이 없어서 귀찮았을 뿐인데, 소문은 이상한 쪽으로 번졌다.
「하신우. 스캔들도 없고 이성에 관심도 없다면…… 혹시?」
이런 기사의 헤드라인은 이제 놀랍지도 않은 일이 되었다. 다음 인터뷰 질문은 '커밍아웃은 언제 하실 건가요?'쯤 되려나.

앞으론 이상형 질문에 대답을 할 수 있을 것 같았다. 키 크고 짧은 머리의 청순한 타입이 좋다고.

연은효는 확실히 미인이었다. 작은 얼굴에 균형 잡힌 이목구비, 투명한 피부…… 어디에 세워놔도 눈에 띨 외모는 분명했다. 하지만 신우의 마음을 움직인 건 비단 보이는 것만이 전부는 아니었다.

"열심히 하겠습니다."

카메라 테스트와 회의가 끝나고 은효가 자리에서 일어났다. 데뷔전 신인임에도 불구하고, 그녀는 과하게 잘 보이려고 하는 기색 없이 당찬 모습이었다.

은효가 가보겠다며 문을 향해 몸을 돌리자, 신우는 충동적으로 그녀를 불렀다.

"연은효 씨."

"네?"

은효와 눈이 마주쳤다. 무슨 일이냐고 눈썹을 찡끗 올리는 그녀는 미치게 매력적이었다.

'이런—'

막상 불러놓고 할 말이 떠오르지 않아, 그는 저도 모르게 미간을 구겼다.

"내 노래, 들어는 봤어요?"

이런 머저리 같은 질문이 다 있나.

"이번 신곡 말고 예전 노래들 말이에요."

뭔데 다짜고짜 시빈데? 신우는 함부로 지껄인 자신의 입을 꿰매버리고 싶었다.

퉁명스러운 말투에 인상까지 썼으니…… 분명 자기가 마음에 안 들어서 심술부리고 있다고 생각할 게 뻔했다.

은효가 갸웃거리며 쳐다보더니 씨익 미소를 지었다.

"저 하신우님 팬이에요. 데뷔 앨범부터 쭉 잘 듣고 있습니다. 저 같은 사람을 성덕이라고 한다죠?"

"내 노래 중에 뭐 제일 좋아하는데요?"

"'네가 떠난 겨울'이요."

괜히 불러서 되레 우스운 꼴이 된 것 같아 신우는 몰래 혀를 찼다. 이건 뭐, 자기 자랑하고 싶어 안달이 난 것도 아니고…….

"먼저 말 걸어주셔서 감사해요. 저 서먹해 할까 봐 배려해주시는 거죠? 처음이지만 최선을 다해 열심히 하겠습니다."

"어, 그래요. 내일 봐요."

그녀는 가볍게 인사를 하고 기다리고 있던 코디와 함께 스튜디오를 나갔다.

"설마, 작업? 하신우가 여자한테 먼저 말 거는 거 처음 보네."

어디서 어디까지 봤는지 모르지만, 매니저가 깐족거리며 지나갔다. 신우는 들고 있던 종이를 구겨 그에게 던졌다. 헛소리 말라고 욕을 했지만, 그의 눈은 웃고 있었다.

하신우의 기운은 처음 만났을 때부터 과할 정도로 환하고 따스했다. 신우의 감정이 호의라는 걸 몰랐다면 은효는 그가 불만이 있다고 오해했을지도 모른다. 타인의 감정을 아는 게 불편할 때도 많지만, 오늘은 덕분에 잘 대처한 것 같아 나름 뿌듯했다.

"노래도 안 들어봤을까 봐 저러는 거예요? 촬영하는 동안 계속 불편하게 굴면 어쩌죠?"

지성에게 들리지 않게 작은 소리로 미선이 뒤에서 수군거렸다.

"실제로 본 건 처음인데 생기긴 진짜 잘생겼네요."

'주변에 잘생긴 사람이 많아서 그런지 크게 감흥은 없는데……'

은효가 조용히 웃으며 대꾸했다.

"우리 회사 대표님이 더 잘생기지 않았어요? 취향 차인가?"

"에이, 우리 대표님은 넘사벽이죠."

"내가 그래서 눈이 높아졌나 봐요. 우리 회사 소속 아티스트분들도 다 잘생기고 예쁘고, 덕분에 오늘 미팅이 편했어요."

"본인도 만만찮게 예쁘시거든요."

앞좌석 등받이에 매달려 조잘대던 미선은 자리에 바로 앉으며 입을 삐죽거렸다.

뮤직비디오 내용은 이랬다.

같은 과 여학생을 짝사랑하는 남학생의 시선으로 스토리가 흐르다가 중간중간 그의 상상이 더해졌다. 바라보기만 할 뿐, 표현하지 못했던 그는 결국 다른 남자의 여인이 되는 그녀를 바라보며 후회한다.

뮤직비디오 촬영은 대학 캠퍼스와 스튜디오에서 진행됐다. 스케일이 큰 작품은 아니었기에 변수가 생기지 않는 한 이틀이면 끝난다고 했다. 첫날은 은효 혼자 캠퍼스에서 촬영을 마쳤다. 내일 보자고 했던 하신우는 볼 수 없었다.

차를 대기시켰다는 비서의 콜이 왔다. 지훈은 대형 OTT플랫폼에 오리지널 시리즈로 제작되는 드라마 참여 건으로 관계자를 만나러 가려는 참이었다. 의자에서 일어서려는 찰나, 개인 휴대폰이 울렸다.

─바쁜가?

"바빠도 솔칸의 전화는 받아야지. 출국한 걸로 아는데 무슨 일이야?"

―은효 폰은 언제 돌려주는 건데?

그럼 그렇지. 호윤이 오래 참았다 싶었다.

"그건 월권이야. 내가 관리하는 아티스트에 관여할 생각 마."

―네 말대로 아티스트지 노예가 아니잖아.

"잊었어? 우리 회사 연습생들은 데뷔전까지 일체 개인 생활은 없어. 내가 종종 얘기 했던 것 같은데."

―은효는 연습생이…… 하, 그만두자. 오늘은 다른 일로 전화한 거니까.

뭔가 이긴 것 같아, 지훈의 한쪽 입꼬리가 올라갔다. 약점이 있는 솔칸이라, 재미있군.

"무슨 일인데?"

―은효가 찍는 뮤비 말인데, 네 선에서 수정해 줘야 할 부분이 있어.

"뭐? 그건 또 어떻게 본 거야."

―신인인데 과한 신은 지양하는 게 좋지 않겠어?

이래서 은효를 연애하기 전에 캐스팅했어야 했는데…….

"가벼운 키스 장면 정도를 과하다고 하면 안 되지. 이 무슨 시대착오적인 생각이야."

―뮤비 다 만들고 나서 쓰레기 만들고 싶지 않으면 수정하는 게 좋을 거다.

"호윤! 이건 아니지. 이럴 줄 모르고 은효 허락한 거냐? 언제까지 이럴 건데!"

─부탁이 아니고 경고입니다. 승지훈 대표이사님.

뚜─

제 할 말만 하고 끊어버리다니, 매너 없는 놈.

"치사한 자식."

공과 사도 구분할 줄 모르는 쪼잔한 놈. 지훈은 입 밖으로 뱉고 싶은 오만가지 욕을 꾹꾹 참으며 방을 나섰다.

스튜디오에서는 남자의 상상 신과 마지막으로 여자의 웨딩드레스 신이 예정되어 있었다. 상상 신은 남자와 여자가 주방에서 같이 케이크를 만들고 크림으로 장난을 치는 등의 애정행각이 주 내용이었다.

'키스신이라니.'

처음 콘티를 봤을 때 당황스러웠던 것은 사실이지만, 은효는 일이라 생각하고 쿨하게 넘겼다. '시작부터 이런 걸로 주춤할 수는 없지! 나는 프로니까.'

곧 촬영 시작이라 마무리 메이크업 중이었다. 짧은 머리에 자연스러운 웨이브를 넣으니 훨씬 귀여운 느낌이 살았다. 사랑스러움을 부각하기 위해 볼에는 살굿빛 블러셔로 포인트를 주었다.

"의상 갈아입고 오세요."

미선이 건넨 옷은 매우 단출했다. 은효가 옷걸이를 건네받으며 혹시나 물었다.

"이게 다예요?"

"네. 그것만 주시던데……."

"상의는 그렇다 해도, 하의가…… 이거 속옷 아니에요?"

"속옷처럼 보이지만 돌핀 팬츠죠. 심하게 짧은 게 문제긴 하지만."

'맙소사.'

몇 분 후엔 한 번 만난 남자와 애정신을 찍어야 한다. 그것도 아주 친밀하게. 윤과도 아직 해보지 않은 닭살 돋는 짓을 외간 남자와 해야 하다니…….

'쫄지 말자. 쫄지 마!'

은효는 어깨를 축 늘어뜨리며 탈의실로 향했다.

"안녕하세요."

신우가 감독과 먼저 촬영 동선에 관해 이야기를 나누고 있을 때, 은효가 다가왔다. 무심코 시선을 옮겼던 그는 얼굴이 훅, 달아오르는 걸 느꼈다.

그녀는 오버사이즈의 하얀 와이셔츠 아래로 보일 듯 말 듯 짧은 반바지를 입고 있었다. 치명적인 갈색 눈동자의 주인은 보조개를 만들며 그를 향해 웃었다. 신우는 벌어진 입을 황급히 닫고 헛기침했다.

감독이 은효와 신우를 번갈아 보며 촬영 계획을 설명했다.

"연인이 함께 밤을 보낸 다음 날이라는 콘셉트로 갑니다. 거실과 주방을 배경으로 연인의 꽁냥거림을 보여주시면 됩니다. 그러고 은효 씨 웨딩 신으로 넘어갈 예정입니다."

"따로 대본은 없는 건가요?"

은효가 난처한 표정으로 물었다.

"어제는 혼자 하는 거라 문제가 없었는데……."

"은효 씨, 연애 안 해봤어요? 감독님이 상황 얘기해주면 그때그때 맞춰가면서 하면 돼요."

신우의 말에 그녀가 모호한 표정을 지었다.

'해 봤다는 거야 안 해봤다는 거야.'

은효가 입술을 물었다 놓으며 고개를 까닥거렸다.

"알겠습니다. 부족한 건 많이 도와주세요. 열심히 하겠습니다."

그녀의 대답은 신우를 더욱 갈증 나게 했다.

'알겠지만 부족하니 도와달라?'

연애를 해봤든 안 해봤든 뭐가 중요한가. 지금 연은효는 내 앞에 있는 것을. 오랜만에 도전해보고 싶은 존재가 생겼다. 신우는 그거면 충분했다.

〈케이크 시트에 생크림을 바르는 여자 뒤로 남자가 다가간다. 그는 슬며시 뒤에서 여자를 안으며 함께 크림을 바른다. 여자는 장난기가 발동하여 크림을 손에 찍어 남자의 얼굴에 묻힌다. 남자는 여자를 안아 아일랜드 식탁 위에 앉히고 마주 본다. 서로 얼굴에 크림을 바르다가 키스!〉라고 봤는데…….

"상상 신에 굳이 키스까지는 안 넣어도 될 것 같아서, 두 사람의 얼굴이 서서히 포개지다가 오버랩되면서 웨딩 장면으로 넘어가는 걸로 수정했습니다."

감독의 설명에 신우는 불쑥 열이 올랐다.

'왜? 상상이니까 키스는 더 넣어야 하는 거 아닌가?'

마음 같아선 따지고 싶었지만, 무심한 척 어깨만 한번 슥 올리고 말았다.

신인이 맞나 싶을 만큼 은효의 연기는 자연스러웠다. 비록 대사가 없는 촬영이었지만, 감독의 큐사인이 떨어지면 그녀는 완벽하게 배역에 몰입했다.

소파에서 신우의 다리 위에 앉아 목에 팔을 두르는 은효는 망설임이 없었다. 노래의 가사처럼 그녀는 햇살보다 더 빛나는 별이었다. 그 별이 혜성이 되어 신우의 가슴에 떨어졌다. 그를 전부 태울 만큼 불타올랐다.

"둘이 정말 사귄다고 해도 믿을 만큼 자연스러웠어."

감독의 오케이 사인이 들리자마자 은효는 앉아있던 식탁에서 내려왔다. 신경을 안 쓰려고 해도 짧은 반바지는 촬영 내내 거슬렸다. 하신우와 신체 접촉을 할 때마다 필사적으로 호윤을 떠올렸다.

'이 남자는 윤이다. 호윤이다. 윤이 형님이다.'

하신우의 얼굴이 가까이 다가왔을 때 하마터면 그를 밀어낼 뻔했다. 더는 참을 수 없을 것 같을 때 감독의 컷이 떨어졌다. 은효는 속으로 만세를 부르며 신우에게서 벗어났다.

웨딩드레스를 입은 은효가 카메라를 보며 환하게 웃는다. 레이스가 과하지 않은 머메이드 스타일의 드레스와 목에는 흰색 레이스 초커 목걸이를 한 모습이었다. 은방울꽃 화관이 굽실거리는 짧은 머리를 더욱 사랑스럽게 했다.

촬영이 먼저 끝난 신우는 스텝들 사이에 서서 은효를 바라보았다. 그녀는 하객들에게 인사를 건네는 행복한 신부를 연기하고 있었다.

잠시 후, 감독의 사인에 따라 은효의 표정이 서서히 바뀌었다. 기다리던 신랑을 향한 반가운 얼굴이었다. 그녀는 카메라를 향해, 보는 이로 하여금 빠져들 수밖에 없는 사랑스러운 미소를 지었다.

신우는 미소를 받는 사람이 자신이 되어야겠다고 결심했다.

"연은효 씨"

촬영이 전부 끝나고, 은효가 숙소로 돌아가던 참이었다. 스튜디오 복도를 지나갈 때, 뒤에서 신우가 부르는 소리가 들렸다.

"네?"

종일 어색함을 참느라 힘들었기에, 은효는 그와 단둘이 있는 상황이 불편했다. 하필 미선이 먼저 나가버리는 바람에 그곳엔 은효 혼자였다.

"오늘 고생했다고 인사도 못 했네요. 내 뮤비인데."

"일인걸요. 저야말로 함께 해서 영광이었습니다."

"아직 데뷔 전이라고 들었는데, 연기 전공했어요? NG도 별로 없고 기대 이상이던데요."

"칭찬 감사합니다. 연기 전공이 아니라서 열심히 배우고 있어요."

촬영 내내 사적인 말 한마디 건네지 않던 사람이 왜? 말하는 것도 거의 못 본 것 같은데.

"언제 같이, 저녁 한번 먹어요."

"네?"

아니 왜? 왜 나랑? 신우를 쳐다보는 은효의 표정이 딱 그랬다.

"맛있는 거 사주고 싶어서요."

"제안은 감사한데, 제가 아직 데뷔전이라 회사에서 관리 받고 있어서요. 개인적 시간을 낼 수가 없습니다."

거짓말은 하나도 없었다.

"그럼 혹시 연락은?"

"저 회사 들어가면서 폰도 팀장님께 압수당했어요. 안 계시니 하는 말인데, 좀 심하긴 하죠?"

신우가 황당한 표정을 지었다.

"연습생을 그렇게 관리한다는 말은 들었어도 여배우까지 그런단 말입니까?"

"그러니까요."

덕분에 왜 그렇게 하는지 잘 알게 되었습니다. 은효는 홀가분해진 기분으로 한걸음 물러섰다.

"작품이 잘 나왔으면 좋겠어요. 나중에 감독님이 시사회에서 보자고 하셨는데, 그때 뵐 수 있을까요?"

그가 딱 십 초 정도 물끄러미 은효를 바라보았다.

"그래요, 그럼. 그때 봐요."

신우는 다른 인사 없이 먼저 몸을 돌렸다. 인사할 준비를 하고 있던 은효는 머쓱하게 뒷머리를 손으로 털어냈다.

'나를 거절한 여자는 네가 처음이야! 감히 신인 따위가! 뭐 이런 건가……'

애초부터 하신우에게 조금의 관심도 없었기에 감정 소모도 없었다. 그가 자기도취 강한 사람이라 오히려 다행이란 생각마저 들었다.

하신우 같은 남자를 열 트럭 갖다줘 봐라, 내가 쳐다보나. 세상에서 제일 잘난 남자가 내 남자인데!

'그나저나 폰은 언제 돌려주는 거야?'

은효는 첫 경험이 불발로 끝난 그날을 떠올리며 울상을 지었다.

'바보, 멍청이, 분위기 킬러! 아, 또 뭐가 있지?'

자신에게 화가 나야 하는데 오히려 겁이 났다. 또 그러면 어쩌지 하는 예기불안이 자꾸만 그녀를 덮쳤다. 할 수만 있다면 네르하동굴의 기억을 전부 지워버리고 싶었다.

'호윤은 이제 솔칸이야. 아무도 그를 다치게 할 수 없어!'

쓸데없이 빨라지는 맥박을 진정시키기 위해 길게 심호흡했다.

신우의 말대로 오늘의 연기는 만족스러웠다. 촬영하는 내내 스스로 즐기고 있음을 느꼈다. 어쩌면 이 직업이 꽤 잘 맞을지도 모른다고 그녀는 생각했다.

스캔들 어쩌고 운운했던 게 무색할 만큼 회사에서 지훈의 얼굴을 보기란 쉽지 않았다. 매일 연기연습에 춤 연습에 회사에서 살다시피 했지만, 그의 그림자도 볼 수 없었다. 일부러 찾아가기 전엔 앞으로도 쭉 달라질 것 같진 않았다.

'하긴, 대표이사와 일개 신인이 만날 일이 뭐가 있겠어.'

오디션이나 트레이닝 계획에 대해서는 모두 박현재 팀장이 관리했고, 이동은 김지성 대리와 함께했다.

은효가 연습실에서 발성 연습을 하고 있을 때, 박 팀장이 노크하고 문을 열었다.

"은효 씨, 이번 주에 하신우 뮤비 시사회가 잡혔어. 자몽 뮤직이랑 위튜브에서 생중계될 예정이야. 은효 씨 데뷔무대나 마찬가지니까 준비 잘하자고."

"우와! 생각보다 빠르네요."

"요즘 아이돌 못지않게 인기 있는 발라드 가수는 몇 안 되기 때문에, 하신우 신곡 발표는 주목을 많이 받을 거야. 더구나 이번에 하신우가 직접 출연하는 뮤비라 더 관심이 많아."

"제가 발목 잡는 건 아니겠죠? 갑자기 부담이 팍팍 느껴지네."

"촬영하고 아무 말 없었던 거 보면 저쪽에서도 만족스러웠다는 거지."

은효가 옆에 놓인 생수를 집었다.

"미리 보여줄 줄 알았는데 바로 시사회네요."

"재촬영할 거 아니면 굳이 출연자 부를 필요가 있나. 아, 그리고……."

물을 마시고 뚜껑을 닫던 은효는 '그리고'라는 말에 긴장하며 그를 쳐다봤다.

"대표님이 보자고 하시던데?"

"언제요?"

"지금."

"지금 보자고 하신 걸 무슨 갑자기 생각난 것처럼 알려주세요?"

"은효 씨 얼굴 보니까 시사회부터 알려야 할 것 같아서."

박 팀장이 멋쩍게 웃었다.

"대표님이 전달하실 내용인데 내가 미리 말한 건가?"

"그럴지도 모르죠."

은효도 따라 웃었다. 가끔 저렇게 허당기 있는 모습이 보였지만, 그가 싫지는 않았다.

박 팀장이 나가고, 은효도 지훈을 만나기 위해 연습실을 나섰다.

가벼운 마음으로 대표실 문을 열었던 은효는 소파에 앉아있는 사람을 확인하고 얼굴을 굳혔다. 다신 만나고 싶지 않았던 승대호가 지훈의 맞은편에 앉아있었다.

나가버릴까 하는 충동과 싸우고 있을 때, 지훈이 그녀를 불렀다.

"은효 씨, 어서 와. 이쪽으로 앉아."

잘생긴 지훈의 얼굴이 갑자기 꼴도 보기 싫어졌다. 그냥 한 대 확 쥐어박고 싶을 만큼 그가 원망스러웠다.

생각해보면 지훈과 승대호는 한 핏줄이 아니던가. 그것을 간과하고 있던 자신이 멍청스러워 짜증이 일었다.

어쩔 수 없이 은효는 승대호에게 짧게 묵례하고, 지훈이 손짓하는 그의 옆자리에 앉았다.

"숙조부님이 은효 씨에게 전할 말씀이 있다고 오셨어. 연락할 방법이 없으셨으니……."

"제게 무슨."

궁금하지도, 알고 싶지도 않았다. 뱀보다 더 소름 끼치는 영감탱이와 단 1초도 같이 있고 싶은 맘은 없었다.

"할애비가 손녀한테 긴히 할 이야기가 있는데, 승 대표가 자리 좀 피해 주겠나?"

"아, 네. 그럼요. 대화 나누세요."

지훈이 자리에서 일어서며 슬쩍 은효의 눈치를 봤다. 흔쾌히 그러겠다고 한 것과는 별개로 그는 은효의 어깨를 무겁게 토닥이고는 방에서 나갔다.

지훈이 자리를 비우자, 승대호가 헛기침을 몇 번 하고 은효를 쳐다보았다. 매번 무색의 기운을 띠던 것과는 달리 그는 몹시 분노하고 있었다.

자신의 감정을 은효가 그대로 느끼고 있음을 모른 채, 승대호의 표정은 평온 그 자체였다. 역시나 그는 직접 말하는 대신 오쿨리파시를 보냈다.

《스페인에 다녀갔더구나.》

《네. 바람 쐬러 다녀왔어요.》

그곳에 갔다 왔다는 것은 조금만 조사하면 알 수 있는 사실이기에 은효는 담담히 대답했다.

《네르하에도 갔었느냐?》

《네.》

《호윤을 보러 간 게로군.》

돌직구 질문에 당황했지만, 내색하지 않았다. 은효는 여전히 무심하게 반응했다.

《보고 싶었지만, 해변 구경만 하다 왔어요.》

《그래?》

《뭐가 궁금하신 건데요?》

은효도 둘러 말하지 않았다. 이 사람과는 그런 대화가 소용없다는 것을 알기 때문에.

《네 능력.》

은효가 뜨악한 표정을 지었다.

《무슨 말씀이시죠?》

승대호가 숙조부이긴 하지만, 평소 그의 사상들은 지훈과 맞지 않은 부분이 많았다. 게다가 호윤에게 엄청난 적대감을 품은 양반이란 걸 알고 있기에 될 수 있으면 부딪치지 않는 편이었다.

지훈은 엉겁결에 자기 방을 내주고 회의실에 앉아 스마트폰을 만지작거렸다.

'이걸 윤한테 말해, 말아.'

그가 손끝으로 폰의 액정을 톡톡 쳤다.

'아직 해외에 있을 텐데.'

시계를 보니 얼추 두 사람의 대화가 끝났을 것 같아 자리에서 일어설 참이었다. 지훈이 의자를 뒤로 빼고 있을 때, 문이 열렸다. 누가 봐도 심기가 매우 불편해 보이는 은효가 회의실로 들어섰다.

"대표님, 앞으로는 제게 미리 물어봐 주셨으면 좋겠어요. 저도 만나고 싶은 사람과 그렇지 않은 사람을 선택할 권리가 있으니까요."

금방이라도 울 것처럼 그녀의 눈동자가 젖어 있었다.

"저는 그분과 아무 상관없는 사람인데 이렇게 당연한 듯 얼굴 보는 거 불쾌해요."

"무슨 일…… 있었어?"

"다시는 그분과 만나는 일 없었으면 좋겠어요."

은효의 어깨가 눈에 띄게 들썩였다.

"저, 그리고 죄송한데 며칠 쉴게요. 하신우 씨 뮤비 시사회 때는 차질 없이 참석하도록 하겠습니다."

"은효 씨, 무슨 일인지 나한테 말해 줄 수는 없는 건가?"

그녀가 잠시 숨을 고르고 대답했다.

"호윤 씨에게는 오늘 그분이 저 만나러 온 거 비밀로 해주세요. 안 그래도 바쁜 사람인데, 다른 걱정까지 얹고 싶지 않아요."

"은효 씨."

"미안해요. 걱정하게 만들어서. 아직 데뷔도 안 한 주제에 멋대로 또 쉬겠다고 해서 죄송합니다."

"그런 말 들으려는 게 아니잖아."

"그냥 모른 척해주세요."

승대호가 또 무슨 일을 꾸미고 있는 게 분명했다. 이번엔 은효까지 이용하려는 것 같아, 그는 속이 탔다. 그녀의 말대로 윤에게 말하지 않는 것이 정말 옳은 일일까?

지금은 어떤 말도 은효에게 도움이 될 것 같지 않아 입을 다물었다. 지훈은 그녀가 나가는 모습을 말없이 바라볼 수밖에 없었다.

오피스텔에 도착한 은효는 바로 욕실로 들어갔다. 수압을 최대로 하고 쏟아지는 물줄기 아래 몸을 맡겼다. 물을 맞으면 꿈에서 깨어나길 바랐는데, 변한 건 아무것도 없었다. 현실은 너무 참혹했고, 비참했다.

치욕스러웠던 승대호와의 대화가 떠올라, 은효는 세차게 도리질 쳤다.

《네게 경씨 가문의 피가 흐르고 있다는 것은 참으로 다행스러운 일이야.》

갑자기 찾아와서 뭔 말 같지도 않은 소리야! 은효는 자리를 박차고 나가고 싶은 충동을 억지로 참았다.

《역대 솔칸을 배출한 가문 중에서 경씨 가문이야말로 슈피르의 진정한 명문이지.》

그래서 뭐 어쩌라고요? 은효가 심드렁한 표정을 지었다.

《자네 손 좀 내밀어 보겠나?》

《손은 왜?》

승대호가 고개를 옆으로 까딱이며 얼른 내밀라고 종용했다. 뭔 일 있을까 싶어 은효가 머뭇머뭇 손을 내밀자, 그가 빠르게 몸을 일으켜 그녀의 팔을 잡았다.

눈여겨보지 않아 테이블 위에 못 보던 화분이 있는 것도 모르고 있었다. 그가 은효의 손을 그것 위에 잽싸게 올렸.

시들시들 말랐던 화초가 그녀의 손이 닿자마자 눈에 띄게 생생해졌다. 기겁하며 손을 뿌리쳤지만, 이미 늦은 후였다. 너무 순식간의 일이라 은효는 속수무책으로 그가 놓은 덫에 걸리고 말았다.

《역시, 내 눈은 틀리지 않았어.》

"뭐 하는 짓이에요!"

진심 화가나 입 밖으로 말이 튀어나왔다.

"나이가 많다고 무례한 행동을 해도 되는 건 아닙니다!"

《치유의 능력은 아무나 갖는 게 아니다. 역대 솔칸 중에서도 매우 드물었지. 경 서방도 물려받지 못한 능력을 자네가 받았구먼.》

은효의 분노에도 아랑곳없이 그는 히죽거리며 웃기까지 했다. 무슨 말을 하려는 건지 알 것 같아, 그녀는 몸서리를 쳤다. 네르하에 간 것까지 알아냈다면…… 도대체 어디까지 알고 있는 것일까?

《내가 모시던 경재규 님의 치유 능력은 대단했다. 네 조부님 말이다. 호가 놈들의 손에 그렇게 허망하게 가실 분이 아니었어!》

《무슨 얘기를 하시든 저와는 아무 상관이 없는 일이에요. 이

만 나가보겠습니다.》

은효가 자리에서 일어서려고 하자, 그가 단둘이 있고 난 후 처음으로 입 밖으로 소리를 내었다.

"앉는 게 좋을 거다. 네가 지키고자 하는 놈이 무사하길 바란다면."

승대호의 음성에 소름이 끼쳤다. 좋고 나쁘고의 문제가 아니라, 소리가 품고 있는 기운 자체로도 기분이 더러워졌다.

《호윤을 당장 솔칸의 자리에서 내려오게 할 수는 없겠지. 심증만 있을 뿐 아쉽게도 물증이 없으니. 하지만 연맹에 혼란을 줄 수는 있어. 그리고 무엇보다 자신의 힘으로 솔칸이 됐다고 믿고 있는 호윤은 자긍심에 큰 타격을 입겠지.》

《무슨 말씀을 하시는 건지 하나도 못 알아듣겠어요.》

《내 완벽한 시나리오가 어디서 어긋났을까? 그러다 문득 네가 떠올랐다. 알아보니 역시나, 넌 스페인에 갔었고 네르하에 머물렀어.》

그의 표정이 의기양양했다.

《답이 나왔지.》

《분명히 말씀드리지만, 저는 그냥 놀다 왔을 뿐이에요.》

《증거가 없으니 잡아떼시겠다?》

《역시나 하나도 못 알아들을 말씀만 하시네요.》

《내가 이러는 목적이 뭐라고 생각하나?》

그 질문은 되레 은효가 던지고 싶었다. 도대체 왜 이렇게까지 하는 거냐고. 그녀는 모르쇠로 일관했다.

《뭔가 오해하신 것 같은데, 저는 슈피르니 뭐니 그런 것에 전혀 관심이 없는 사람이에요. 애초에 당신들이 말하는 사피로 살아왔고 앞으로도 그렇게 살 생각이니까요.》

《호윤과 헤어지거라.》

아니 어떻게 방향이 그쪽으로 틀어지는 거지? 저자가 무슨 권리로? 은효가 정색하며 그를 쏘아봤다.

"무슨 말도 안 되는!"

《네가 호윤과 계속 함께한다면 나 또한 자멸을 각오하고서라도 네가 한 짓을 슈피르 연맹과 그자에게 전부 알릴 것이다.》

"도대체 저한테 왜 이러시는 거예요? 무슨 억하심정으로."

《고귀한 피를 이어받은 네가 더러운 호가 놈과 어울리는 꼴을 두고 볼 수는 없다. 내 계획을 네가 망가뜨렸으니 그에 상응하는 대가를 치러야 하지 않겠나?》

미친 게 분명했다. 슈피르는 인간보다 수명이 길다 어쩐다 했지만, 승대호 그 노인네는 망령이 든 게 틀림없었다. 뒤틀린 신념이 이렇게 무서울 수 있다는 걸 새삼 깨달았다.

'내가 이러는 목적이 뭐라고 생각하나?'

지금 생각해보면 그의 질문의 답은 '그냥'이었다. 맹목적!

뭔가 호윤의 집안에 원한이 있었고, 그것 때문에 윤이 솔칸이 되는 것을 막으려 한 것 같았다. 정확히 말하면 죽이려 했지만. 아무튼 그 계획이 수포가 되었으니, 승대호는 말 그대로 눈이 뒤집힌 것이다.

은효는 욕조에 주저앉아 쏟아지는 물을 계속 맞았다. 찬물이 쉴 새 없이 피부를 때렸지만 이젠 감각도 느껴지지 않았다.

아무리 생각해도 그녀에게 선택지는 없었다. 미친놈과의 타협은 불가했고, 윤을 지키기 위해서는 그의 요구에 응해야만 한다.

'다시 그날로 돌아간다고 해도 난 똑같이 윤을 구할 거야. 내 행동에 후회는 없어.'

단지, 윤이 그 사실을 안다면 당장에 솔칸의 자리에서 내려올 게 뻔했다. 그의 잘못이 아닌데…… 왜!

'네가 호윤과 헤어지겠다고 약속한다면 이번 건은 그대로 덮으마. 이 사실은 너와 나 둘만 알고 있는 비밀이 될 게다.'

당신을 어떻게 믿냐는 은효의 질문에 그는 느긋한 표정을 지으며 대답했다. 마치 자신이 매우 관대한 사람인 양.

'우리는 이미 한 가족인데 그 정도의 약속을 못 지켜줄까 봐? 경씨 가문의 소중한 핏줄이니, 앞으론 내가 널 지켜 줄 것이야.'

귓가에 그의 음성이 기분 나쁜 끈끈이 액체처럼 덕지덕지 들러붙었다. 은효는 신경질적으로 귀 주변을 씻어냈다.

XXVII.
이별.

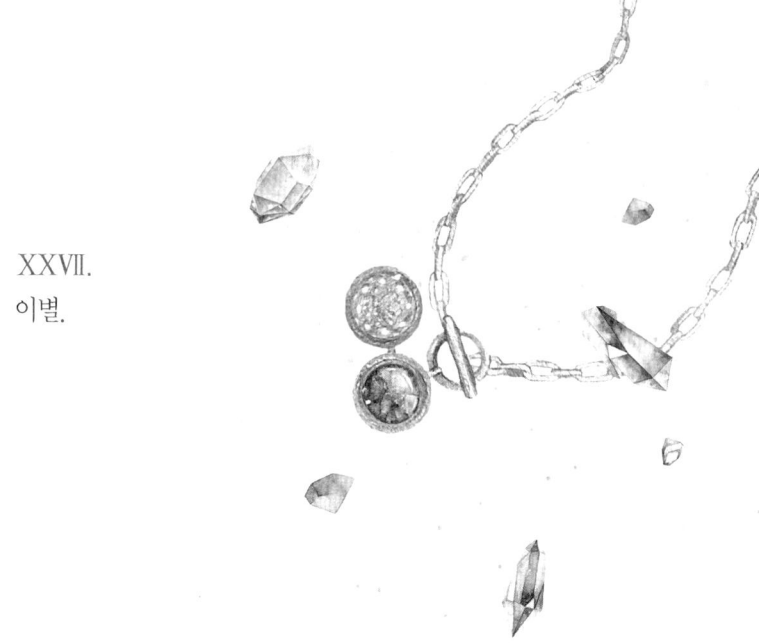

 하신우의 뮤직비디오 시사회가 서울 강남의 영화관 제타박스에서 열렸다. 워낙 두터운 팬층을 자랑하는 뮤지션이기에 그의 새 앨범 발표에 많은 관심이 쏟아졌다.
 미리 공지한 바와 같이 위튜브와 자몽뮤직에 생중계가 예정되어 있었고, 행사 장소엔 VIP로 초청된 연예인들과 인플루언서들이 속속 모습을 드러냈다.
 공식 석상에 은효를 처음 선보이는 자리인지라, 박 팀장이 함께 움직였다. 마음 같아선 지훈이 에스코트하고 싶었지만, 워낙 말이 많은 바닥이라 절충안을 선택했다.
 지훈이 걱정했던 것과는 달리, 은효는 아무 일 없었던 것처럼 행사 준비를 마쳤다. 그녀는 포토존에 선 인기 여자 연예인들보다도 훨씬 눈에 띄는 모습이었다. 코디 미선이 마무리 메이크업 하며 칭찬을 연발한 것이 호들갑이 아니었음을 증명하는 부분이었다.

포토존에 선 은효는 아이보리 블라우스에 짙은 감청색 슬렉스를 입고, 편안해 보이는 로퍼 슈즈를 신고 있었다. 익숙지 않은 자리라 은효가 멋쩍어하며 옆머리를 귀 뒤로 넘겼다. 그녀의 귓불엔 짧은 머리에 어울리는 심플한 디자인의 다이아몬드 귀걸이가 반짝거렸다.

"왔어요?"

갑자기 어디서 나타났는지 하신우가 옆에서 작은 소리로 알은척했다. 기자들의 플래시 세례가 일제히 쏟아졌다. 은효는 잠깐 긴장했지만, 이내 웃음으로 인사를 대신했다.

포토 행사가 끝나고 초대된 내빈들과 기자들은 모두 극장으로 자리를 옮겼다. 순서에 따라 뮤직비디오가 소개되었고, 끝남과 동시에 장내는 열렬한 반응으로 넘쳐났다.

하신우와 뮤직비디오 감독이 무대에 섰다. 앨범 전체를 작사 작곡한 신우는 컴백하는 소감을 간략히 말했다. 감독의 짧은 인사가 끝나고 신우가 다시 마이크를 들었다.

"아까 포토존에서 잠깐 보신 기자분들도 계시겠지만, 정식으로 소개합니다. 이번 제 뮤비의 여주인공, 연은효 씨입니다."

1열에 앉아있던 은효가 무대 위로 올라갔다. 인사와 소개가 끝나고, 기자들의 질문이 이어졌다.

처음엔 하신우의 근황과 앞으로의 활동 계획, 그리고 뮤비에 참여하게 된 계기에 대해 질문했다. 몇 가지 질문이 더 오가고 감독이 신인인 은효를 상대역으로 캐스팅하게 된 이유에 대해 대답한 뒤였다. 한 스포츠신문 기자가 불쑥 질문을 던졌다.

"연은효 씨에게 묻고 싶습니다. 첫 작품이라고 하기엔 하신우 씨와의 애정 연기가 매우 자연스러워 보이던데, 혹시 전부터 알고 지냈던 사이십니까?"

"칭찬 맞죠? 자연스럽다고 해주셔서 감사해요. 하신우 씨와는 작품 때문에 처음 만났고, 오늘 세 번째 뵙습니다."

"그럼, 연기를 하시면서 가까워지셨나 봐요? 포토존에서도 하신우 씨가 꽤 챙기시던데."

무대 옆에서 지켜보던 박 팀장이 기자를 쳐다보며 못마땅한 표정을 지었다.

"제가 은효 씨와 친해 보려고 노력 중입니다만, 그런 사적인 질문은 실례 아닌가요? 특히 축하해주러 온 자리에서."

삐딱하게 웃는 입과는 달리 신우의 눈빛은 당장이라도 기자를 죽일 것같이 매서웠다.

이번엔 박 팀장의 시선이 하신우에게로 옮겨졌다. 아니 저놈은 또 왜 저래? 그의 표정은 아까보다 훨씬 더 구겨졌다.

"질문은 여기까지 받는 걸로 하고, 메이킹필름과 NG 모음을 담은 에필로그를 보시도록 하겠습니다."

감독이 부랴부랴 상황을 정리했고, 스크린엔 영상이 시작되었다.

호윤은 해외 일정을 1차로 마치고 입국하자마자 바로 회사로 가는 중이었다. 오후 늦은 시각이니 집으로 모시겠다는 이 실장의 제안은 단칼에 거절당했다.

세단 뒷자리에 앉아 태블릿 PC를 보는 윤의 표정이 심상치 않았다. 부랴부랴 귀국할 때 알아봤어야 했는데, 그는 내내 뮤직비디오가 신경 쓰였던 것이다.

조수석에 앉은 이 실장은 볼륨을 끈 채 라이브로 송출되는 하신우의 뮤직비디오를 들여다보았다.

하의를 입은 건지 아닌지 알 수 없는 은효가 하신우와 짝 달라붙은 채 소파에서 시시덕거리고 있었다.

이 실장은 온몸에 소름이 돋는 것을 느꼈다. 영상 자체가 문제가 아니었다. 뒤에 앉은 윤의 반응이 예상되었기 때문이다.

장면이 바뀌고, 하신우가 케이크를 만드는 은효를 백허그하는 장면이 나왔다.

—빠드드드득!

역시나, 태블릿이 반으로 구겨지는 소리가 들렸다. 그리고…….

"저 장소로 차 돌려."

차분해서 더 긴장되는 윤의 지시가 이어졌다.

시사회는 계속 진행 중이었다. 에필로그가 끝나고 하신우의 라이브 공연이 이어졌다. 신우가 즉석에서 은효와 듀엣을 제안했다. 누구나 아는 그의 히트곡이었기에 은효는 흔쾌히 승낙했다.

노래가 끝나고, 신우가 상기된 표정으로 은효에게 물었다.

"노래해 볼 생각은 없어요?"

"있어요. 기회가 된다면요."

"우리 회사 사장님은 뭐하셨나? 이런 인재를 못 알아보다니."

은효가 쿡, 웃음소리를 냈다.

"꼭꼭 숨어있었거든요."

"아쉽네. 진심."

주변에 들리지 않게 두 사람은 서로의 귓가에 대고 대화를 나누었다. 그 모습이 꽤 친밀해 보였고, 기자들은 그 순간을 놓치지 않았다.

신우의 소속사인 '아메트린'의 사장이 무대 위로 올라왔다.

"우리 하신우 씨 응원하러 왔습니다. 이번 타이틀곡 '고백했다면 우린 사랑했을까.' 많은 관심 부탁드립니다. 처음 들었을 때 느낌이 팍 왔던 곡이라 기대가 큽니다."

그가 인사하고 내려갈 때 은효도 따라 내려가려던 참이었다. 옆에 있던 신우가 그녀의 팔을 잡았다.

"한 곡 더 같이 불러요."

"그건 하신우 씨 팬들이 별로 안 좋아할 것 같은데요."

"그럼, 가지 말고 기다려줄래요?"

신우는 여전히 은효의 팔을 잡은 채였다. 객석에선 플래시 소리가 멈추질 않았다.

은효가 거절하기 위해 시선을 옮기던 찰나, 멀리 어둠 속에 서 있는 윤과 눈이 마주쳤다.

"그럴게요."

그녀는 일부러 신우에게 다가가 귀엣말을 하고 무대 아래로 내려갔다.

못 본 척 외면했지만, 윤이 몹시 화가 났다는 것은 알 수 있었다. 일반적인 분노와는 다른 어지러운 감정이 그를 에워쌌다.

보통 때였다면 그의 마음을 어떻게 풀어줄까 궁리했겠지. 오랫동안 보지 못한 그리움에 달려가 안겼을 터였다. 하지만, 지금 은효는 그에게 어떤 식으로 이별을 말해야 할지 고민 중이었다.

곧, 행사가 끝나고 초대되었던 내빈들이 하나둘 자리를 떴다. 윤이 언제 올지 몰라 긴장하고 있던 은효는 슬쩍 주변을 둘러보았다. 그의 모습은 보이지 않았다.

'잘못 봤을 리가 없는데…….'

은효가 소심하게 두리번거리며 자리에서 일어서는데 박 팀장이 다가왔다.

"은효 씨, 언제 그렇게 하신우 씨와 친해졌어? 데뷔도 하기 전에 스캔들부터 나고 싶어?"

"에이, 무슨. 그냥 대화 몇 마디 나눈 게 단데요."

"아냐. 아무래도 조심하는 게 좋겠어. 더 엮이지 말고 얼른 가자고."

그의 채근에 은효가 네네, 라고 건성으로 대답하며 뒤를 따랐다.

"은효 씨!"

거의 입구에 다다랐을 즈음, 뒤에서 신우가 부르는 소리가 들렸다.

'아, 이런.'

호윤 때문에 얼떨결에 승낙을 해버렸던 게 생각나, 은효는 얼굴을 찌푸렸다. 앞서 걷다 돌아본 박 팀장이 눈으로 엄청난 잔소리를 쏟아댔다.

"먼저 차에 가 계세요. 금방 갈게요."

은효가 고개를 숙여 박 팀장에게 양해를 구하고는 신우 쪽으로 돌아섰다. 그가 가볍게 손을 들어 보였다.

"기다리겠다고 해놓고 이렇게 가버리는 게 어딨어요?"

'그러게, 말입니다. 제가 왜 그랬을까요?'

그녀는 속으로 혀를 차며 다가오는 그를 바라보았다.

"내가 아까 얼마나 설렜는데."

'아이쿠, 이건 또 무슨 소리야.'

은효는 어떻게 반응해야 할지 몰라 당황스러웠다.

"저기, 오늘 같은 날은 회사에서 뒤풀이 안 하시나요? 사장님도 오셨던데."

"그래서 도망을 가시겠다?"

"도망이 아니라……."

뭐라 더 말해봐야 의미 없는 핑계만 될 것 같아, 그녀는 솔직해지기로 했다.

"하신우 씨, 미안해요. 제가 경솔했어요. 지키지 못할 약속은 하는 게 아닌데."

"지키면 되잖아요."

"저희 팀장님이 차에서 기다리고 계세요. 그리고…… 괜한 오해를 사서 하신우 씨 컴백에 피해를 줄까 봐 걱정도 되고요."
"내가 괜찮다고 하면 같이 갈래요?"
 아니 무슨 이런 꼴통이 다 있나. 이 정도로 말했으면 거절이구나 알아들어야 하는 거 아니야? 은효는 돌려 말하는 것을 포기했다.
"하신우 씨 저는……."
"당신 귀 안 들려? 여성분이 싫다고 하잖아!"
 찾아도 보이지 않던 윤이 뒤에서 나타났다.
"말로 하면 알아들어야지. 꺼지라고."
"그쪽이 생각하는 그런 거 아니니까, 가던 길 가지?"
"내가 생각하는 게 뭔데?"
 윤에게서 한 번도 들어본 적 없는 껄렁한 말투였다.
"내가 무슨 생각을 하는데?"
"연예인이라고 그냥 참고만 있을 거라 착각하지 마. 괜한 시비 걸지 말고 그쪽이야말로 꺼져."
 신우는 얼굴에 화를 참는 기색이 역력했다.
"은효 씨, 가죠."
 신우가 손을 뻗어 은효의 팔을 잡으려는 찰나였다. 윤의 손이 먼저, 신우의 팔목을 움켜잡아 낚아챘다. 신우가 팔목이 뒤로 꺾인 채, 윤에게 거의 매달린 상태로 신음을 흘렸다.
"으윽— 뭐 하는 짓이야!"
"아까부터 이 손모가지를 부러뜨리고 싶었는데, 어떻게 해줄까?"

한 손에 잡혔음에도 꼼짝도 할 수 없는 강한 악력에 신우는 슬슬 공포심마저 들었다.

"이 손 못 놔? 너 뭐 하는 새끼야? 왜 상관도 없는 일에 끼어들어!"

"그 손 놔요."

결국 은효가 나섰다.

윤은 그대로 신우의 팔목을 잡은 채, 은효에게 시선을 돌렸다.

"뭐?"

"그 손 놓으시라고요. 다치면 어떡해요."

"지금 이 자의 편을 드는 건가?"

"오지랖이에요. 못 본 척하고 그냥 가주세요."

은효의 말이 끝나기도 전에 신우가 비명을 질렀다.

"으아아악!"

"그 손 놓으라고!"

은효가 고함을 질렀고, 윤의 안색은 창백해졌다. 핏줄이 불거졌던 윤의 팔목이 원래대로 돌아갔다. 잡혔던 신우의 팔이 툭, 떨어졌다.

"으으윽, 저거 괴물이야 뭐야."

부러지진 않았지만, 신우의 팔목은 상태가 좋질 못했다. 은효가 다가가 신우의 팔목을 잡고 살피는 시늉을 했다.

"다행히 크게 다친 것 같지는 않은데, 많이 아팠죠?"

"으으— 인대가 늘어난 것 같은데……."

"괜찮은 것 같아요. 설마 한 손으로 잡았는데 인대까지 늘어났으려고요."

은효가 잡았던 손을 놓자, 신우가 손목을 움직여보았다. 그녀의 말대로 움직이는 데 전혀 문제가 없었다. 신음이 나올 만큼 아팠던 게 거짓말처럼.

"미안해요, 신우 씨. 저희 사장님 지인분이시라 뭔가 오해가 있었던 것 같아요. 오늘은 신우 씨 기분도 별로일 테니까, 제가 다음에 연락할게요."

"이번엔 꼭 약속 지켜요."

"네. 꼭 지킬게요."

호윤 쪽으론 시선도 주지 않고, 신우는 팔목을 감싸 쥔 채 돌아섰다. 그가 멀어지는 것을 바라보는 동안 두 사람은 아무 말도 하지 않았다.

"팀장님이 기다리고 있어서 먼저 가 볼게요."

영문도 모르고 상처받을 윤을 생각하면 가슴이 미어졌다. 그와 헤어질 이유가 없다면 미워하게 만드는 수밖에…… 다른 방법은 생각나질 않았다.

은효가 곁을 지나쳐 가려 할 때, 윤이 팔을 잡았다.

"왜 이러는 건데?"

"호윤 씨야말로 잘 안 들려요? 팀장님이 기다려서 가야 한다고 했잖아요."

"그걸 묻는 게 아니잖아."

그녀가 잡힌 팔을 내려다보며 싸늘히 물었다.

"왜요? 내 팔도 꺾으시려고?"

"뭐?"

"솔칸이 되시더니 힘이 주체가 안 되시나 본데……."

내렸던 시선을 윤에게 옮겼다.

"야만스러워."

순간, 잡혔던 팔이 자유로워졌다. 그의 손은 여전히 은효의 팔 근처에 멈춰있었다.

"이렇게 촌스러운 짓 할 거면 처음부터 말렸어야죠. 호윤 씨 무서워서 어디 사람이나 만나겠어요?"

"장난치는 거면 이러지 마."

"하, 장난이요?"

은효가 콧방귀를 뀌며 윤의 눈을 쳐다보았다. 그리고 이내 후회했다. 누가 봐도 상처받은 눈빛. 까만 눈동자가 물기를 가득 머금고 있었다.

너무 보고 싶어서 심술 좀 부려봤다고…… 그를 안아주면서 사과하고 싶었다. 하마터면 모든 게 무너질 뻔했다.

"뒷골목 건달인 줄 알았어요. 이렇게 경솔한 사람인 줄은 몰랐고요. 저분이 혹시 잘못되기라도 하면 어쩌려고 그러셨어요?"

"너…… 무슨 일 있어?"

화를 내도 모자랄 판에 윤은 진심으로 걱정하는 얼굴이었다. 더 길게 있으면 정말 포기하고 싶어질 것 같았다.

"끝까지 본인 잘못은 인정 안 하시네요. 아무 일 없어요. 됐죠?"

"말이 안 되잖아, 말이!"

윤의 음성이 커졌다.

"솔직히 말해. 무슨 일 있는 거지?"

"호윤 씨가 지금 일을 만들고 있잖아요. 아무 일도 아닌 일에 혼자 흥분해서는."

"너 지금 완전 다른 사람 같아."

"아뇨. 난 달라진 거 없어요. 당신이 이렇게 감정조절 안 되고 공과 사도 구분 못 하는 사람이었다는 게 당황스러울 뿐이에요."

은효는 최대한 정떨어질 것 같은 말을 떠올려 그대로 뱉어냈다.

"방금 호윤 씨, 무서웠다고요. 같이 있고 싶지 않을 만큼."

"너……."

윤의 감정이 온전히 은효에게 이어졌다. 숨이 턱 막히면서 눈앞이 흐릿해졌다.

'미안해요. 정말…… 미안해요.'

윤을 사랑하는 만큼 그가 느끼는 당혹감, 불안함, 그리고 절망이 날카로운 파편이 되어 그녀의 심장에 박혔다. 은효는 혹여 잡힐세라 빠른 걸음으로 그에게서 멀어졌.

밴에 탈 때까지도 윤은 쫓아오지 않았다. 다행이라 생각하면서도 서글펐다. 그만큼 그가 받은 상처가 컸음을 의미했으니까.

앞 좌석의 박 팀장이 쉬지 않고 늘어놓는 잔소리가 하나도 들리지 않았다. 그냥 그 자리에서 흔적 없이 증발해버리고 싶었다.

현관 벨이 울렸다. 은효가 오피스텔에 도착해 샤워를 마치고 나오는 참이었다. 윤일 것 같았지만 그가 아니길 바랐다. 그녀는 벽에 기댄 채 소리가 멈추기를 기다렸다. 그러나, 짧지 않은 간격으로 벨은 계속 울렸다.

이로써 문밖에 누가 있는지는 자명해졌다. 은효는 결국 비디오폰의 확인 버튼을 눌렀다. 역시나, 화면 속엔 윤이 있었다.

"돌아가요. 오늘 더 보고 싶지 않아요."

문 너머에서 윤의 음성이 들렸다.

"문 열어."

"보고 싶지 않다고 했잖아요."

'그냥 가요 제발.'

은효는 금방이라도 울 것 같은 얼굴이 되었다.

"여기서 말하고 싶지 않아. 들어가게 해줘."

"싫어요. 그냥 가세요."

"은효야."

"문 부순다고 하기만 해봐. 신고할 테니까."

"너 지금, 이상한 건 알지?"

은효가 문에 등을 기대고 섰다. 문을 열고, 그를 안고, 미안하다고 다 말해버릴 것 같은 자신이 두려웠다. 지금까지의 행동이 어설픈 촌극이 되게 할 수는 없었다.

'누가 봐도 뜬금없다는 건 잘 알고 있죠. 이때다, 하고 억지 부리고 있는 거니까.'

상상조차 해본 적 없는 미래였다. 윤과 이렇게 타인에 의해 헤어지게 될 줄은…… 꿈에도 생각지 못했다.

"갑작스러운 것 같지만 그동안 고민 많이 했어요. 솔직히 말하면, 호윤 씨와 함께 할 자신이 없어요. 당신의 세계와 내가 사는 세계는 너무 다르니까. 나는…… 솔칸의 연인이란 자리가 부담스러워요."

"내가 어떻게 해줄까? 네가 원하면 난 다 그만둘 수 있어."

"그것도 싫다고요! 왜 나 때문에 당신이 그만둬야 해요?"

죽을뻔하면서 얻은 자리잖아요. 은효는 주먹을 꽉 움켜쥐었다.

"나 때문에 그만두면 내가 행복할 수 있을까요? 아뇨, 절대요. 난 계속 미안해할 거고, 당신은 언젠가 후회하게 될 거예요."

"그렇지 않아. 네가 정말 부담스럽다면 난 언제든……."

"그만하시라고 했죠!"

윤의 말이 끝나기도 전에 은효가 말을 끊었다.

"더 솔직하게 말할까요? 내가 호윤 씨를 정말 좋아하는지…… 그것도 잘 모르겠어요. 어릴 때 뭣 모르고 설렜던 그 감정을 사랑이라고 착각했던 건 아닐까, 힘들었을 때 곁에 있어 준 사람이니까 그냥 당연히."

별말도 안 했는데 숨이 찼다. 모진 말만 골라서 하려니 기운이 다 빠져버렸다. 은효는 마른 입술을 달싹이며 숨을 골랐다.

"시작한 지 얼마 안 됐지만, 이 일…… 재밌어요. 집중하고 싶어요."

"진짜 이유가…… 그거야?"

"네."

"그런데 왜 오늘이야? 며칠 전만 해도 이러지 않았잖아."

얼굴을 보지 않고 이대로 질질 끄는 건 시간 낭비였다. 그는 쉽게 납득하지 않을 것이고 계속 의문을 품을 게 뻔했다.

평생 품고 갈 미련임을 알고 있다. 잊은 채 살아온 시간이 많았지만, 윤은 은효에게 첫사랑이었고 마지막 사랑일 것이었다.

은효가 숨을 깊게 들이마셨다. 그리고 독한 각오로 문을 열었다.

윤과 대면하자마자, 결심이 무색할 만큼 눈시울이 후끈해졌다. 항상 밝았던 그의 오라는 빛을 잃은 잿빛이었다. 영문도 모른 채 그는 오물을 뒤집어썼고, 가해자는 너무도 뻔뻔하게 그의 눈을 마주했다.

《호윤 씨가 스페인으로 떠났을 때 깨달았어요. 아, 이 사람 옆에 있으면 계속 이런 기분이겠구나, 기다리고 참고 또 기다리고…… 덕분에 나를 돌아봤죠. 정리…… 되더라고요. 그리고 그날, 펑계를 대면서 당신을 거절했던 것도 그 때문이었고요.》

《순간적인 감정이 아니다, 이 말인가?》

《네.》

《내가 솔칸이든 아니든, 상관없이?》

《네.》

윤의 흰자위가 붉어졌다.

《타인의 감정을 알 수 있는 네 능력이 불편할지도 모른다고 생각했어. 그 능력이 필요하게 될 거라고는 상상도 못 했거든. 지금처럼 내가 무능력해지기도 처음인 것 같다. 너는 분명 거짓말을 하고 있는데, 확인할 방법이 없으니.》

《미안하지만, 거짓말이 아니에요. 그 어느 때보다 솔직해요.》

윤이 한 걸음 다가오자, 은효는 손짓으로 그를 막았다.

《여기까지 해요.》

《이렇게 말 몇 마디로 끝낼 사이었나? 우리 감정이 그렇게 가벼운 것이었어?》

《각자 일이 바빠지고 자주 볼 수 없게 되면 서서히 멀어질 줄 알았어요. 나중엔 자연히 시들해질 테고…… 호윤 씨도…….》

"하…… 호윤 씨! 호윤 씨! 언제부터 네가 날 그렇게 불렀어?"

"이젠 굳이 친근한 호칭이 필요 없으니까요."

잿빛의 오라는 먹색으로 바뀌었다. 윤의 얼굴은 누가 보아도 상처받은 모습이었다.

윤의 말대로 남의 감정 같은 거 알고 싶지 않았다. 너무 아팠다. 그가 아파하는 만큼, 아니 그 이상으로.

윤이 어깨를 한번 들썩이고는 숨을 길게 내쉬었다.

"후회하지 않을 자신 있어?"

'아뇨.'

"네."

거짓말…….

"지금 날 잡지 않으면 나도 다시는 너 잡지 않아. 그래도?"

'후회하겠죠. 매 순간을.'

"잡을 거였으면 그만두자고도 안 했을 거예요."

뱉어내는 말 한마디 한마디가 독이 되어 돌아왔다. 그를 상처주기 위한 칼날이 고스란히 은효의 심장을 아프게 도려냈다.

은효에게 만큼은 늘 따뜻했던 까만 눈동자가 얼음처럼 차가워졌다. 그에게 얼마나 사랑받고 있었는지 새삼 깨닫는 순간이었다.

《그래. 알았어.》

윤이 돌아섰다. 은효는 문을 닫았다.

그렇게 두 사람은 이별했다.

윤의 호출을 받은 이진수는 호텔의 객실 앞에 섰다. 은효가 있던 행사장에 내려주고 먼저 가라는 지시를 받았었다. 차를 윤에게 주고 진수는 회사에서 밀린 업무를 보던 중이었다.

'느낌이 안 좋은데······.'

진수는 반으로 접힌 태블릿을 떠올리며 도어벨을 눌렀다. 앞에서 대기하고 있던 것처럼 윤이 곧바로 문을 열었다.

"이동속도가 더 빨라진 것 같습니다. 알면서도 가끔 놀랍네요."

"한잔하고 있었는데, 이 실장도 같이할래?"

윤은 어느새 소파에 앉아 술잔을 들고 있었다.

"아뇨. 일이 남아있어서."

진수가 안경 위치를 고치며 윤의 앞에 섰다.

"집에 가실 줄 알았는데 왜 호텔에 계십니까? 내일은 바쁜 일정도 없는데."

"편하게 마시고 싶어서. 집에선 남 집사님이 걱정하시잖아."

"무슨 일, 있으십니까?"

연은효와 다퉜냐고 물어보려다 입을 다물었다. 오지랖은 좋지 않다.

"같이 안 마셔도 좋으니까 서 있지 말고 앉아. 목 아프니까."
"술도 잘 못 마시는 분이 얼음도 없이……."
"얼음 가져오지 마."
윤이 뭐라 하든 말든 진수는 얼음을 가져와 술잔에 넣었다.
"카루나가 뭐 이래? 솔칸 말도 안 듣고."
"이러라고 제가 있는 겁니다."
진수가 아이스 버킷에 집게를 넣어 테이블 위에 올렸다.
"식사는 하셨습니까?"
"아니. 생각 없어."
먹을 걸 가져와 봐야 소용없다는 걸 알기에 진수는 짧게 한숨만 내쉬었다.
"은효가 스페인에 다녀갔지?"
갑자기 훅 치고 들어오는 질문에 진수는 바짝 긴장했다.
"네."
"남 집사 말로는 나 출국했을 때 은효가 이 실장을 찾았다고 하던데."
"네. 스페인에 가고 싶다고."
"장소가 네르하라는 것은 내가 알려줬으니……."
윤이 노란 액체를 벌컥 들이켰다.
"근데 이 실장은 왜 내게 보고하지 않았지?"
"연은효 씨에게 직접 들으실 줄 알았습니다. 말씀 안 하시던가요?"
"아니."

오너의 표정에선 아무것도 읽을 수가 없었다. 초조할 틈도 없이 혼잣말 같은 윤의 질문이 이어졌다.

"은효는 거길 왜 간 걸까?"

"저에겐 그냥 생각 좀 하다 가시겠다고 했습니다."

"생각이라······."

은효의 행적을 숨기기에는 시간이 너무 빠듯했던 것이 문제였다. 어설프게 감추느니 차라리 오픈하는 것이 낫겠다고 결정한 것은 오판이었던 걸까. 진수의 머릿속에 빠른 계산이 오갔다.

"스페인에 가봐야 대표님 그림자도 볼 수 없을 거라고 말렸지만, 소용이 없었습니다. 그날은 정말 막무가내셨거든요. 저 아니라도 누군가에게 도움을 요청할 것 같아, 비행기와 숙소를 마련해드렸습니다."

"알아보려고만 한다면······ 누구든 알 수 있다, 이 말도 되겠지?"

"네?"

윤이 술잔을 내려놓았다.

"누가 그러더라. 나보고 절대 군주 같은 솔칸이 되라고."

"네?"

진수는 되묻기밖에 할 수 없었다.

"모든 권력을 장악한 절대적 지배자가 되라더군."

윤이 피식 웃었다. 입매는 웃는 것처럼 보였지만, 그의 눈빛은 어느 때보다 어둡고 서늘했다.

"잘난척하면서 도덕책 같은 대답을 했었어. 지배하는 자리가 아니라 지켜주는 자리라고. 생각해보니 그것만큼 거들먹거린 대답도 없는 것 같다. 웃기고 있네. 지키긴 누가 누굴 지켜!"

감정이 격앙된 듯 보여, 진수는 슬며시 윤의 손에 쥐어진 술잔을 빼앗았다. 취하면 자주 제어가 안 되는 오너를 여러 번 봤기에.

"정작 지켜야 할 사람에겐 버거운 짐만 지게 하고 상처만 줬어."

결국 물어볼 수밖에 없었다.

"연은효 씨에게 무슨 일이라도?"

"아직 몰라. 하지만 분명 뭔가 있어."

"어쩌실 생각이십니까?"

"절대 군주가 돼야지."

서늘했던 윤의 눈빛에 광기가 서렸다. 그의 기운에 압도되어 진수는 저도 모르게 위축됨을 느꼈다.

XXVIII.
씩씩한 척하지
않아도 돼.

「'고우사' 뮤직비디오의 혜성처럼 등장한 신예는 누구?」

너는 햇살보다 더 빛나는 별.
그 별은 혜성처럼 내 가슴에 떨어졌어.

 노래의 가사처럼 임펙트 있게 나타난 신인 여배우 연은효.
 하신우의 새 앨범 '고백했다면 우린 사랑했을까' 뮤직비디오의 여주인공이 바로 그녀이다.
 자연미인에 175cm의 큰 키, 스타일리시한 매력이 돋보이는 연은효는 뮤비가 송출되자마자 시청자들의 눈길을 사로잡았다.
 소속사 힐 엔터테인먼트 측은 "러브콜이 쏟아지는 상황이라

차기작은 더욱 신중하게 선택할 예정"이라며 "완성도 있는 연기로 찾아뵐 수 있도록 노력하겠다."라고 연은효의 포부도 함께 전했다.」

 박 팀장이 포털사이트에 올라온 기사를 살피고는 은효 쪽으로 시선을 돌렸다. 오디션을 준비하느라 대본을 읽던 그녀는 따갑다 못해 뜨거움을 견디지 못하고 고개를 들었다.
 "알았다고요. 스캔들 조심하겠다고요."
 은효가 기운 빠진다는 얼굴로 그를 쳐다봤다.
 "기사 막아주셔서 정말정말 감사합니다. 박 팀장님."
 "내가 가까이하지 말랬지! 아오, 진짜."
 "혹시 알아요? 노이즈마케팅으로 제가 더 떴을지도?"
 "너! 그 입을 어떻게 해줄까?"
 은효가 킬킬거리고 웃었다. 요 며칠, 좀비처럼 먹지도, 자지도 못했던 그녀에게 유일한 돌파구 같은 존재였다. 박 팀장의 파마머리는 숱 없는 머리를 조금이라도 풍성해 보이려 한 것이었지만, 덕분에 꼭 아줌마처럼 보였다. 그래서 더 쉽게 편해진 건지도 몰랐다.
 "근데, 은효 씨 얼굴이 왜 이리 상했어? 요즘 식사 잘 못 해? 체중 관리 빡세게 안 해도 되는 몸매야. 일부러 뺄 생각 하지 마."
 "오디션 준비하느라 신경을 좀 써서 그래요. 근데, 박 팀장님은 무슨 용건으로 오신 거예요? 설마, 기사 막았다고 생색내러 오신 건 아닐 테고."

"아, 맞다! 대표님이 좀 보자고 하시던데? 난 왜 은효 씨 얼굴만 보면 잊어버리니."

"저, 팀장님 믿고 일해도 되는 거 맞죠?"

은효가 펼쳤던 대본을 접어 가방에 넣었다.

"농담이에요. 팀장님 덕분에 늘 기운이 나요."

"대표님이 얼마나 성환 줄 알아? 은효 씨 못 띄우면 내가 쫓겨나게 생겼다고. 그러니까 우리 열심히 하자."

은효가 고개를 절레절레 흔들며 연습실 문을 열었다. 지훈이 어떻게 했을지는 안 봐도 뻔했기에, 새삼 박 팀장이 안쓰러워졌다.

대표실 문을 열자, 고기 냄새가 코를 확 찔렀다. 은효는 괜히 주변을 한번 둘러보고 안으로 들어섰다.

접대용 테이블 위에는 스테이크와 샐러드, 그리고 몇 가지 디저트류가 보기 좋게 세팅되어 있었다.

"오늘 업무 안 보십니까? 승 대표님."

"앉아."

"저, 주려고 차리신 거예요?"

"알면서 뭘 물어."

은효가 겸연쩍어하며 소파에 앉았다.

"시사회 때도 안 보이시더니."

"나 찾았어?"

"하신우 씨 쪽 대표님은 나와서 인사도 하고……."

"몰랐네. 은효 씨가 날 기다렸을 줄은."

은효가 씁쓸한 표정으로 포크를 집었다.

'지훈 씨가 왔더라면 윤이 씨와 조금은 다르게 끝낼 수 있지 않았을까 해서요.'

한입 크기의 구운 큐브 스테이크를 한꺼번에 두 개 찍어서 입에 넣었다.

"맛있다."

"많이 먹어."

"대표님도 같이 드세요."

"뇌물인데 같이 먹으면 안 되지."

"저 대표님한테 화 안 났어요."

은효가 포크에 고기를 쿡쿡 찍어 모으며 말했다.

"오히려 제가 사과해야죠. 대표님은 몰랐을 텐데 괜히 짜증 내서 죄송했어요."

"무슨 일 있었는지는 안 묻는 게 좋겠지?"

"네. 그리고 앞으로도 쭉 호윤 씨에게는 비밀로 해주셨으면 좋겠어요."

"왜?"

은효가 포크에 찍은 고기를 지훈의 입에 밀어 넣었다.

"그것도 묻지 마시고요."

"내가 말해버리면?"

"대표님하고 손절할 거예요."

지훈이 고기를 씹다 말고 피식 웃었다.

"다음 작품은 잘 준비하고 있어?"

"네."

"순수 오디션으로 정하는 거라 은효 씨의 능력을 검증할 좋은 기회가 될 거야. 난 믿고 있으니까, 잘해봐."

"대사 외우는 것 하나는 자신 있으니까요!"

"뮤비 보니 감정표현도 나쁘지 않던데?"

"저 깜짝 놀랐어요."

"왜?"

은효가 고기를 우물거리다가 해죽 웃었다.

"화면 속 제가 너무 예뻐 보여서요."

"은효 씨 원래 예뻐."

지훈의 음성에 윤의 음성이 오버랩되어 들렸다.

'원래도 예뻐.'

처음 카메라 테스트를 받던 날, 윤이 했던 말이었다. 울컥하고 감정이 복받쳐 올라, 눈물이 주르륵 흘러내렸다.

"나 참, 아직도 이러네. 대표님 칭찬에 익숙해질 때도 됐는데 말이에요."

"내 칭찬이 그렇게 감동적이었을 리는 없고…… 뭔 일 또 있구나?"

은효는 말없이 고개만 저었다.

"우리 은효 씨가 일이 힘들다고 울 캐릭터는 아니고, 혼자 뭔가 끌어안고 있는데 나한테 말하기는 싫고."

"대표님이 사준 고기가 너무 맛있어서 그래요."

"폰 돌려줄까? 윤이 보고 싶어서 그래?"

"아뇨. 그런 건 아니지만…… 언제 돌려주세요? 불편하긴 한데."

지훈이 피식 웃었다.

"박 팀장이 아직은 안 된다고 하긴 하더라. 하신우와 분위기가 심상치 않다고 하던데, 그 녀석이 치근덕대는 건가?"

"팬이었을 때가 좋았어요. 직접 보니 영……."

"그럼, 은효 씨 눈이 얼마나 높은데. 회사 대표부터가 이렇게 잘생겼으니."

"인정!"

은효는 손도 안 댄 샐러드를 지훈의 앞에 스윽 밀었다.

"잘 먹었습니다. 몸에 더 좋은 풀떼기는 대표님 드세요."

"은효 씨."

"네?"

그녀가 싱긋 웃었다. 속눈썹엔 여전히 물기가 남아있는 채로.

"내 앞에선 씩씩한 척하지 않아도 돼. 난 어떤 상황에서든 은효 씨 편이니까. 애인 흉도 다 받아줄 수 있어."

겨우 참았던 눈물에 다시 시동이 걸렸다. 은효가 벌떡 일어섰다.

"에잇, 아무 일 없다니까 그러시네. 얼른 가서 운동이나 해야겠어요."

"그래. 가봐."

지훈과 눈이 마주칠 새라, 그녀는 허겁지겁 밖으로 나갔다.

"아무 일 없기는. 거짓말쟁이 같으니."

그는 혼잣말하며 은효가 사라진 문을 멍하니 바라보았다.
'마음을 접을 수 없으면 그냥 다 주는 수밖에. 네가 웃어야 내가 행복하니까.'

지훈은 포크를 집어 그녀가 남긴 샐러드를 먹기 시작했다.

봄이 두 번 지나가고 여름이 왔다. 언제나 그렇듯, 세상은 그대로인 것처럼 보이면서도 많이 변해있었다.

은효는 첫 영화에서 주연보다 돋보이는 조연으로 주목받았고, 곧바로 OTT 플랫폼인 '헌드리온'의 오리지널 드라마에 주연으로 발탁되었다.

청순하면서도 지적으로 보이는 이미지 덕분에 광고 쪽에서도 섭외가 끊이질 않았다. 최근엔 글로벌 화장품 기업에서 찍은 광고물이 버스정류장과 지하철역에 설치되었다.

"은효 씨 진짜 궁금해서 그러는데요, 피부관리 어떻게 하는 거예요? 요즘 드라마 때문에 밤샘도 많았는데 어떻게 트러블 하나 안 생기지?"

모처럼 촬영도 일찍 끝났고, 지훈의 호출로 회사에 가던 중이었다. 그동안 부쩍 친해진 미선이 뒤에서 조잘댔다.

"샵에서 관리받아도 피곤엔 장사 없다고, 피부가 아주 난리가 나는 경우를 종종 봤거든요."

"타고났다니깐. 거짓말 아니에요. 나 정말 타고났어."

"그렇게 말하면 사람들이 은효 씨 재수 없다고 한단 말이야. 저기, 차라리 CF 찍은 화장품 덕분이라고 해요."

"아, 뭐야. 미선 씨 지금 나 재수 없다고 대놓고 디스하는 거야?"

"나한테는 괜찮은데, 인터뷰할 때 그렇게 대답하지 마요. 난리 난다 정말."

은효가 킬킬거리고 웃었다.

"진실을 말해도 욕먹는 세상이라니."

"어우, 진짜 재수 없어."

미선이 오만상을 찌푸리며 뒤로 물러났다. 둘이 실없는 대화를 주고받는 사이 밴은 회사 지하 주차장에 도착했다.

"대표님, 어제 커피차 진짜 감동이었어요. 그렇지 않아도 인사하러 오려던 참이었는데."

아이보리색 반소매 크롭 니트에 짧은 데님바지를 입은 은효가 대표실로 들어왔다. 자리에서 기다리고 있던 지훈이 일어서며 그녀를 맞이했다.

"하필 이 더운 날씨에 야외촬영 하느라, 우리 배우님 까매지겠네."

"그 드라마 대본 갖다준 분이 누구시더라?"

"아, 작품 진짜 좋지? 웹툰 때부터 내가 눈여겨보던 작품이라, 드라마 판권사고 바로 제작 기획하면서 여주인공역은 딱 우리 은효 씨 거다! 했거든."

은효가 소파에 앉으며 얼굴에 손부채질했다.

"네네. 보는 건 좋죠. 근데 온종일 산속을 헤매고 뛰어다니고, 구르고 한번 해보세요. 그것도 이 한여름에."

그녀가 밉지 않게 지훈을 흘겨보다가 씩 웃었다.

"힘들지만 재미있어요. 대표님 말씀처럼 작품이 좋아서 고생하는 보람도 있고요."

"스케일이 워낙 크다 보니 처음엔 우려도 컸어. 여주인공이 신인이라는 리스크도 있고."

"류언준 배우님 섭외하느라 힘들었단 이야기 들었어요. 저 오케이 해준 감독님 발목 잡지 않기 위해서라도 열심히 해야죠."

"그래서 말인데, 오늘 저녁에 드라마관계자들 초대해서 응원차 파티를 할 예정이야."

"오늘 촬영을 일찍 접은 이유가 있었구나?"

지훈이 잠깐 눈치를 살피다가 입을 열었다.

"음, 근데 말이야 은효 씨."

"네?"

"저기, 그러니까, 아! 목마르지? 시원한 거 마실래?"

"하, 저 계속 물 마셔서 괜찮아요. 뭔데 뜸을 들여요?"

"그게…… 우리 회사 대주주이기도 하고, 이번 드라마 최대 투자자인 사람도 오기로 했거든."

"그런데요?"

은효가 고개를 갸웃하고 쳐다보다가 이내 안색이 변했다.

"저는 오늘 빠질래요."

"이럴까 봐 말 안 하려고 했는데, 그러면 더 화낼 것 같아서 미리 부른 거야. 최대한 안 마주치면 되잖아."

"투자자가 돈만 벌면 되지, 그런 행사에 왜 나오는 건데요?"

지훈이 손가락으로 턱을 긁적였다.

'이 자리를 만든 사람이 윤이라는 걸 알면 날 잡아먹으려고 하겠군.'

은효가 일어서려고 하자, 지훈이 손목을 잡았다.

"뭐야? 은효 씨가 헤어지자고 했다면서 아직 정리가 안 됐어? 일 년 반이면 감정이 증발하고도 남을 시간 아닌가? 젊은 사람이 왜 쿨하지 못해?"

"네, 저 쿨한 사람 아니에요. 그러니까 저는 안 갈 거예요."

"다른 사람 생각도 해줘야지. 메인 배우가 빠지면 다들 뭐라고 생각하겠어. 대 선배인 류언준 배우도 참석하는데 새파란 신인이 빠지겠다고?"

그녀가 잡힌 손목을 빼며 뿌루퉁한 표정을 지었다.

"어제 커피차 보낸 것도 오늘 모임 때문인 거죠?"

"아냐, 그런 거."

뜨끔한 지훈이 도리질도 모자라 손사래까지 쳤다.

'윤이가 보냈다고는 죽어도 말 못 하지.'

은효가 체념의 한숨을 내쉬고는 자리에서 일어났다.

"씻고 샵에 가서 머리하고 있을 테니 데리러 와요. 의상도 갖춰야 하는 장소인가요?"

"어, 윤이네 호……텔."

지훈은 얼떨결에 뱉어낸 이름에 자기가 식겁해서 말을 흐렸다.

"지인 할인이 되잖아."

"끝날 때까지 대표님이 옆에 있어 줄 거죠?"

"그럼, 당연하지."

"알았어요. 이따 봐요."

활기차게 들어왔을 때와는 달리, 그녀는 어깨를 축 늘어뜨리며 밖으로 나갔다. 지훈은 뒷머리를 쓸어내리며 소파에 등을 기대었다.

'윤이 녀석, 어쩌려는 건지……'

지금 촬영 중인 드라마 '고양이, 사자가 되어라!'는 스케일도 컸지만, 소재 자체도 마이너라 투자자를 찾기가 쉽지 않았다.

제작 무산이 확정될 무렵, 윤이 선뜻 제작비를 대겠다고 나섰다. 그때까지만 해도 작품 볼 줄 안다며 윤의 큰 배포와 안목을 칭찬했지만…….

'무서운 놈.'

회사와 작품을 이용해 은효를 자기 손아귀에 넣으려는 녀석의 큰 그림이었다는 것을 지훈은 나중에 깨닫게 되었다.

'위대한 솔칸과 연적이 될 꿈을 꾸다니…… 아서라, 승지훈.'

생각은 그리하면서도 몸은, 마음은 그대로 은효를 단념하지 못했다.

오른손을 폈다 쥐었다 반복해보았다. 은효의 손목을 잡았던 감촉이 손바닥에 그대로 남아있었다. 지훈은 쓸쓸한 미소를 지으며 주먹을 꽉 움켜쥐었다.

U.E호텔 스카이 가든의 전경은 잘 가꿔진 식물원을 방불케 했다. 바닥엔 잔디와 현대적인 유리타일 바닥을 적절히 배치했고, 나무들 사이사이엔 고급스러운 조명등이 장소의 분위기를 부드럽게 살렸다.

가든의 중앙 쪽으로 제법 큰 수영장이 보였다. 그 주변엔 흰 천으로 덮은 스텐딩 테이블이 비치되어 있었고, 양쪽 옆으로는 뷔페식으로 음식이 갖춰져 있었다.

무대처럼 꾸며진 곳에서 피아니스트의 연주가 흘러나왔다. 그랜드피아노의 열린 덮개에 가려져 연주자의 얼굴은 보이지 않았지만, 매우 듣기 좋은 음색이었다.

은효는 함께 온, 지훈의 팔에 손을 끼웠다. 든든한 방패를 잡고 전쟁터를 향하는 기분이었다.

파티장 입구에 서자, 이미 모여서 대화를 나누던 사람들의 시선이 두 사람에게로 향했다. 몇몇은 눈짓으로 인사를 보냈고, 다른 이들은 자기들끼리 뭔가를 수군거렸다.

"힐 엔터 대표랑 저런 사이였어?"

"생초짜가 이런 드라마에 그냥 쉽게 주연 자리 차지할 리가 없지."

"소속사에 처음 들어올 때부터 대우가 완전 남달랐다더니 사실이 맞나보네."

타고난 돌고래 귀 덕분에 은효는 원치 않아도 본인의 뒷담화를 고스란히 들을 수밖에 없었다. 은효가 옆으로 몸을 기대며 지훈에게 귀엣말을 했다.

"틀린 말들은 아니라서 화도 못 내겠고, 이거 어쩔 거예요?"

"오늘 은효 씨가 너무 예뻐서 부러워서들 그래."

"하긴, 내가 좀 눈에 띄긴 하지. 예쁜 내가 참아야겠다."

지훈과 마주 보며 키득거리고 있을 때, 누군가 다가왔다. 은효와 함께 촬영 중인 남자 주연배우 류언준이었다.

그는 모델 출신다운 큰 키에 이목구비가 뚜렷한 전형적 미남형 얼굴이었다. 시원해 보이는 베이지색 슈트 차림의 그가 알은척했다.

"못 알아볼 뻔했네요. 매일 흙칠하고 땀범벅일 때만 봐서."

"앗, 선배님이셨군요? 저도 목소리 아니었으면 못 알아볼 뻔."

은효가 반갑게 응수했다.

"저희 드라마, 머드팩 광고 노리는 건 아니죠? 흙칠 그만하고 싶어요."

"농담이었고, 은효 씨는 흙칠해도 예뻐요."

"어, 선배님은 지금이 훨씬 멋있으세요."

오고 가는 덕담 사이로 지훈이 끼어들었다.

"두 사람, 보기 좋네. 사이가 좋아야 케미도 살지. 요즘 오리지널 드라마들이 반응이 좋아 기대가 더 커졌어요. 앞으로도 잘 부탁합니다."

"사전제작이라 부담이 덜하긴 하네요. 대표님께서 수고 많이 하셨다고 들었습니다."

"류 배우님이 합류해주신 덕분이죠. 우리 회사 신인 여배우 좀, 잘 이끌어주세요."

"은효 씨가 성격이 밝아서 촬영장에 분위기 메이커 노릇을 톡톡히 해주고 있어요. 털털해서 편하고."

가든 입구 쪽이 웅성거려서 보니 감독이 온 듯했다. 지훈이 감독과 손 인사를 주고받고는 두 사람을 번갈아 보며 말했다.

"두 배우님 대화 나눠요. 난 잠깐 감독님 좀."

은효가 황당해하며 지훈의 옷깃을 잡았다.

"대표님!"

"따로 할 얘기가 있어서 그래. 금방 올게."

옆에 계속 있어 주겠다던 약속은 깃털보다 가벼웠던 것인가. 은효는 멀어지는 지훈의 뒷모습을 허망하게 쳐다보았다.

"승 대표랑 사이가 좋은가 봐요?"

언준이 흥미롭다는 얼굴로 물었다.

"회사 대표와 신인 여배우의 관계 이상인 것은 확실한데……."

"제가 학생일 때부터 친분이 있었어요. 그 인연으로 계약까지 하게 된 거고."

"아하, 어쩐지 두 분 다 되게 편해 보여서."

"제가 까불어도 귀엽게 봐주시는 좋은 오빠 같은 분이에요."

"드라마 촬영 전부터 승 대표가 하도 칭찬을 많이 해서 궁금했는데, 같이 일 해보니 은효 씨는 충분히 그럴만한 사람이더라고. 매력 있어요, 은효 씨."

은효가 붉힌 얼굴을 두 손으로 감쌌다.

"대 배우님께 칭찬을 들으니 몸 둘 바를 모르겠어요."

"내가 아는 두 사람이 여기 같이 있네?"

갑자기 뒤에서 익숙한 음성이 들려왔다.

"형, 오랜만이에요."

"네가 OST 참여했단 얘긴 들었다. 이런 자릴 다 오고, 소문대로 은효 씨 쫓아다니는 거냐?"

"열심히 쫓아다니기는 하는데 눈길 한번 안 주네."

방금까지 지훈이 서 있던 자리에 하신우가 자릴 잡았다. 앞머리가 긴 애쉬브라운색 웨이브 단발이 한결같이 눈에 띄는 모습이었다.

은효는 대꾸 없이, 근처에 대기 중이던 스텝의 트레이에서 와인 잔을 집어 들었다. 시큰둥해하는 은효를 보며 언준이 바람 빠지는 소리를 내며 웃었다.

"푸하, 신우 너, 좀 힘들 것 같은데?"

"저런 시크함이 은효 씨 매력이지."

"시크하다고? 오히려 꽤 발랄한 스타일 아닌가?"

눈 밑을 찡그리며 못마땅해하던 신우가 문득 은효의 목에 시선을 두었다.

"어? 은효 씨 그 목걸이! 미카엘 리미티드 에디션 맞지?"

언준이 맞장구쳤다.

"그러네? 신우가 한 것과 같은 목걸이네. 줄은 좀 다르지만, 로켓이 같은 모양이구나."

"이런 스타일 좋아하는 줄 알았으면 내 거 살 때 같이 사는 건데."

은효가 로켓을 손으로 가리며 질색했다.

"제가 왜 신우 씨가 준 목걸이를 받아요?"

"못 받을 건 또 뭐야."

더는 응수할 가치가 없었기에, 은효는 들고만 있던 와인 잔을 입에 가져갔다.

두 남자의 지루한 대화에 하품이 나려던 찰나, 신우가 불쑥 인상을 찌푸리며 목소리를 낮췄다.

"아까 무대에서 피아노 치던 남자가 투자자라며?"

순간 은효의 표정이 굳어졌고, 신우는 계속해서 불만을 토로했다.

"투자자가 이 자리엔 왜 와? 돈 썼다고 생색이라도 내고 싶은 건가?"

"연주실력이 수준급이던데, 투자자였군. 우리 드라마 투자자가 아마 UE컴퍼니 대표일걸? 이 호텔 주인."

"하, 난 그 남자 영 껄끄러운데."

대화 내용이 듣기 불편해진 은효는 시선을 다른 곳으로 돌렸다. 그때 마침, 수영장 근처에 서 있던 윤과 눈이 정통으로 마주쳤다. 당황한 그녀와는 달리, 그는 미동도 없는 모습이었다. 마치 쭉 이쪽을 쳐다보고 있었던 것처럼.

은효는 얼른 고개를 돌렸다.

"은효 씨, 이번 OST 참여할 생각 없어?"

언제부턴가 그녀에게 말을 놓고 있는 신우가 친한 척 옆으로 붙었다. 여느 때 같았으면 질색하고 피했겠지만, 이번엔 그대로 있었다.

"형, 우리 은효 씨 노래 못 들어봤지? 음반 내도 될 실력이야."

"언제부터 우리 은효 씨가 됐는지는 모르지만 궁금하긴 하네."

"아뇨, 신우 씨가 과하게 칭찬하는 거예요."

"어어, 은효 씨 겸손이 지나치잖아. 잘 부르면서."

신우가 무슨 좋은 생각이라도 난 듯 눈을 번뜩였다.

"투자자도 피아노 연주를 해줬으니 우리도 노래 한 곡 할까? 드라마 대박을 기원하며."

"아니 무슨 말도 안 되는……."

은효가 짜증을 내려던 찰나, 호윤이 그들 쪽으로 걸어오는 모습이 보였다. 그녀는 얼른 신우에게 팔짱을 끼며 무대 쪽으로 몸을 틀었다.

"……건 아니죠. 좋아요. 말 나온 김에 얼른 가서 부를까요?"

"은효 씨가…… 웬일이야?"

기대하지 않았던 은효의 호응에 신우는 얼떨떨한 표정으로 그녀를 따라나섰다. 언준이 피식 웃으며 혼잣말했다.

"하신우, 신났네."

곧바로 두 사람은 무대 위로 올라갔고, 파티장 여기저기에서 환성과 휘파람 소리가 들렸다.

어깨와 등이 드러나는 홀터넥 스타일의 짧은 원피스를 입은 은효가 하신우와 무대 위로 도망쳤다. 윤의 입장에서는 도망이었다.

윤이 연주를 마치고 내려왔을 때, 은효는 류언준과 대화를 나누고 있었다. 잠시 후, 하신우가 그들과 합류했고, 윤의 이야기를 꺼냈다. 그 무렵 은효와 눈이 마주쳤다.

그녀가 왜 무대 위로 도망을 쳤는지 알 것 같지만, 실상 윤은 지훈에게로 가던 중이었다.

윤은 걸음을 멈추고 무대에 시선을 고정했다.

'저 자식부터 치워야겠는데…….'

은효 옆에 바짝 들러붙어서 헤벌쭉거리는 하신우가 계속 눈엣가시였다. 한때 연은효의 연관검색어가 하신우였을 만큼 그의 은효사랑은 유명했다.

"하신우가 쫓아다닌다고 하더니, 연은효도 싫지 않은 것 같은데?"

옆에 함께 있던 여진이 비아냥거렸다.

"이러다 조만간 연애 기사 뜨겠네."

여진은 이번 드라마에 의상 협찬을 맡고 있었다. 따로 연락하지 않았는데 온 걸 보면 지훈이 부른 게 분명했다.

"그런 루머 따위엔 관심 없어."

"루머 아닌 거 같은데? 저거 봐, 둘이 아주 난리가 났네. 커플 목걸이까지 하고서."

윤은 더 대꾸하지 않고 지훈이 있는 곳으로 걸어갔다.

XXIX.
즐겁지 않기를
바랐으니까.

 본의 아니게 노래를 부르고 내려온 은효는 사람이 비교적 적은 수영장 근처로 걸음을 옮겼다. 마침 몇몇 여자들이 다가와 신우에게 말을 건 덕분에 수월하게 그와 떨어질 수 있었다. 은효는 와인을 홀짝거리며 눈으로는 빠르게 지훈을 찾았다.
 '이 배신자! 오기만 해봐.'
 옆에 있어 주겠다더니, 어딜 갔는지 보이지도 않았다.
 그러고 보니……
 '윤이 씨도 안 보이네.'
 그는 아무렇지 않게 파티를 즐기고 있었을 뿐이었는데, 지레 오버하고 피했던 걸지도 모른다. 지금까지도 그가 특별한 마음을 품고 있을 거로 혼자 착각했던 거였다.

윤과 헤어진 지 2년이 되어가지만, 그를 향한 감정은 그대로였다. 시간이 흐르면 자연히 잊힐 거라 기대했건만…… 오산이었다.

은효는 문득 목걸이에 손을 댔다. 펜던트를 만지작거리던 그녀가 짧게 한숨을 쉬며 눈살을 찌푸렸다.

'왜 하필 하신우야.'

크기도 적당하고, 마침 로켓 타입의 펜던트를 구하던 참이라, 이거다! 하며 샀는데…… 왜!

은효는 목걸이를 앞으로 들어 로켓을 열었다. 톡—하고 열린 로켓 안쪽에 플루오라이트가 투명하게 빛나고 있었다. 오래전 윤이 주었던 물방울 모양의 보석이었다.

'난 이 작은 원석이 네게 평온을 줄 거로 생각해.'

윤이 했던 말이 떠올랐다. 평온까지는 몰라도 그와 함께 있다는 위안은 충분히 받고 있었다. 예쁜 색깔의 돌멩이일 뿐이지만, 그녀에겐 다이아몬드보다 소중한 보물이었다.

혹여라도 그에게 들키지 않기 위해 플루오라이트만 따로 로켓 안에 부착했다. 그렇게 줄곧 윤이 준 펜던트는 은효의 애뮬릿이었다.

'잘 지내고 있는 거죠?'

은효가 쓸쓸한 미소를 띠며 로켓을 닫을 때, 앞쪽으로 그림자가 드리워졌다.

"혼자 있을 때도 만지고 있을 만큼 소중한 목걸인가 보군."

윤을 생각하고 있어서 환청이 들렸다고 하기엔 너무 생생했다. 은효는 목걸이에서 손을 떼고 고개를 들었다. 심해를 닮은 검은 눈동자가 그녀의 눈앞에 있었다.

"즐겁게 지내고 있어서 다행이란 말은 안 해. 즐겁지 않기를 바랐으니까."

윤은 여전히, 아니 전보다 훨씬 더 근사했다. 미소년 같았던 잘생긴 얼굴은 노련미까지 더해져 어른스러움이 묻어났다. 슬림핏의 짙은 남색 슈트 차림의 그는 파티장의 그 어떤 배우보다도 눈에 띄는 비주얼이었다.

"못 본 사이 심사가 꼬이셨군요."

"누구 덕분에."

"피차 반가운 사이는 아니니, 가던 길 가세요."

"기다리는 사람이라도 있나? 하신우?"

"대답할 이유 없는 것 같은데요."

은효가 고개를 돌리며 그의 시선을 피했다. 내친김에 반대쪽으로 몸을 트는 순간, 윤이 그녀의 양쪽 팔을 잡아 세웠다.

"이러려고 헤어지자고 한 건가? 고작 그런 녀석 때문에?"

"고작 그런 녀석이라뇨? 사람 함부로 평가하지 마세요. 그리고, 잡지 않겠다고 하지 않으셨나요? 갑자기 왜 이러시는 건데요."

"생각이 바뀌었어. 너를 다른 놈한테 주고 싶지 않아졌거든."

"내가 언제부터 당신 거였는데?"

윤에게 잡힌 팔이 욱신거렸다. 아마도 그는 자신이 힘을 주고 있다는 자각을 하지 못하는 것 같았다.

"괜히 오해받고 싶지 않으니, 이 손 놔요."

"오해? 누구한테? 그 가수 나부랭이?"

은효가 어쩔 새도 없이 윤의 손에 목걸이가 쥐어졌다. 떼어간 느낌조차 들지 않을 만큼 순식간에 벌어진 일이었다.

"뭐 하는 짓이에요! 돌려줘요."

"연은효. 꿈도 꾸지 마. 내가 죽지 않는 한, 다른 남자와 어떻게 해볼 생각은 안 하는 게 좋아."

"황당하네. 호윤 씨야말로 나를 마음대로 할 수 있다고 착각하지 마요."

"그래? 그럼 어디 한번 버텨봐. 네가 해준 조언대로 난 폭군이 될 테니까."

은효가 그의 손에 들린 목걸이를 뺏으려 손을 뻗었다.

"폭군이 되든 뭐가 되든 내 알 바 아니니까, 그거나 얼른 줘요!"

"네가 그랬잖아. 힘을 가지라고."

"그 힘을 왜 나한테 쓰는 건데!"

"순순히 올 것 같지 않으니까?"

윤이 수영장 쪽으로 손의 위치를 옮기며 더 높이 들었다. 그의 손끝에서 펜던트가 포물선을 그리며 흔들렸다. 금방이라도 물속으로 던져버릴 것만 같아, 은효는 필사적으로 목걸이를 빼앗으려 몸을 움직였다.

"어어— 아앗!"

은효가 균형을 잃고 수영장 쪽으로 비스듬히 기울어졌다. 물속으로 빠지려는 찰나, 윤의 손이 먼저 그녀를 잡았다.

"이게 그렇게 소중해? 몸을 날릴 만큼?"

은효는 놀란 가슴을 진정시킬 새도 없이 윤의 분노와 마주했다. 잡힌 팔에서 그의 떨림이 느껴졌다.

"아셨으면 얼른 줘요. 유치하게 굴지 말고."

"유치?"

윤의 가지런한 눈썹이 이지러졌다.

"그래. 유치하게 굴어주지."

—퐁

짧은 반짝임을 끝으로 목걸이가 물속으로 떨어졌다. 은효의 얼굴에 경악이 스쳤다.

"왜? 들어가서 건지기라도 하게?"

"이 손 놔요."

"뭐?"

"호윤! 당신 미쳤어!"

은효가 정색하며 고함을 질렀다. 부릅뜨고 노려보는 그녀의 두 눈엔 물기가 그득했다.

빈정거리던 윤의 눈빛은 순간 당황으로 바뀌었고, 그녀의 팔을 잡고 있던 그의 손에 힘이 풀렸다.

—풍덩.

목걸이가 떨어질 때와는 비교도 안 되는 큰소리를 내며 은효가 물속으로 뛰어들었다. 수영장 주변에 있던 사람들이 소리를 듣고 하나둘 몰려들었다.

은효가 물속에 들어가고 얼마 후, 수면 위로 모습을 드러냈다. 윤은 그대로 얼어붙은 듯 그 자리에 있었고, 어딘가에 있던 지훈이 소식을 듣고 부랴부랴 달려왔다.

"이게 무슨 일이야!"

지훈이 서둘러 슈트 상의를 벗어 물 밖으로 나온 은효의 어깨에 걸쳐주었다. 앞머리에서 물이 뚝뚝 떨어지는 그녀는 뭔가를 꾹 움켜쥐고 있었다.

지훈이 빠르게 두 사람의 분위기를 살폈다. 불편하면서도 야릇한 기운이 위험을 알렸다. 그의 본능이 얼른 은효를 데리고 그곳에서 사라지라고 경고했다.

'윤이 녀석, 도대체 무슨 짓을 한 거야.'

수군대는 소리가 많아졌다. 구경꾼이 더 몰리기 전에 서둘러야 했다. 지훈이 은효를 에스코트하기 위해 팔로 감싸려는 찰나, 윤이 그보다 빠르게 다가와 그녀를 들어 안았다.

"뭐, 뭐 하는 거예요!"

"이 방법이 제일 빠르거든."

짧은 치마 탓에 버둥거리지도 못하고, 은효는 그의 가슴을 손으로 밀어내며 저항했다.

"내려줘! 당신하고 같이 있기 싫단 말이야."

"내려 줄 거면 안지도 않았어."

윤이 그녀를 안은 채 빠르게 그곳에서 걸어 나갔다. 그 모습을 발견한 신우가 그들을 쫓아가려고 하자, 언준이 그를 막았다.

"네가 낄 분위기가 아닌 것 같다."

"저 작자, 대체 뭐야!"

신우가 분한 얼굴로 와인을 벌컥벌컥 들이켰다. 언준은 멀어지는 두 사람의 뒷모습을 바라보며 재미있다는 표정을 지었다.

"저 둘, 헤어졌다고 하지 않았어?"

독기를 품은 여진의 눈빛은 레이저라도 뿜을 기세였다. 윤이 바닥에 떨구고 간 자신의 슈트를 집어 들며 지훈은 피식 실소를 흘렸다.

"남의 연애사에 관심 없어."

"회사 연예인 관리 좀 제대로 해. 왜 여기저기 감정을 흘리고 다니는 건데?"

"흘려? 듣기 좀 그렇다."

《내가 틀린 말 했어? 방금까지도 하신우와……!》

여진이 짜증 섞인 콧바람을 뿜었다.

"종종 네가 블뤼가 아니란 걸 잊어버린다니까. 암튼, 다른 남자하고 염문을 뿌리고 다니면서 지금 저건 무슨 시츄에이션인데?"

"말조심해. 염문이라니. 너 지금 선 넘었어."

"헤어지기로 했으면 처신을 똑바로 해야 할 것 아냐."

"나야말로 너를 여기에 부르는 게 아니었는데, 제대로 실수했다. 먼저 간다."

지훈의 차가운 반응에 여진은 더 약이 올라 언성을 높였다.

"너도 그렇고 윤이도 그렇고, 도대체 연은효 저 여자가 뭔데 이래? 너희들 예전엔 나한테 이러지 않았어."

"예전에도 귀엽진 않았지만, 지금처럼 무례하진 않았거든. 네가 야망이 있는 애라는 건 알고 있어. 하지만 사람의 마음은 억지로 가질 수 있는 게 아니야."

"뭐?"

"친구로서 충고하는데 두 사람 방해하지 마. 다치는 건 너일 테니까."

지훈은 얼굴 한 번 쳐다보지 않고 단호히 자리를 떴다. 졸지에 혼자 남은 여진은 파티장 입구를 노려보며 이를 갈았다.

'차라리 지훈이랑 엮이든가, 왜 하필!'

어릴 적 호윤을 처음 봤던 그때 이미 결심했었다. 그에게 걸맞은 여자가 되어 언젠가는 솔칸의 신부가 되겠다고.

예정된 미래였지만 윤은 솔칸이 되었고, 여진은 누구보다 열심히 커리어를 쌓았다. 어디서 굴러먹었는지 알 수 없는 사생아 따위와는 비교도 할 수 없는 위치에 있다고 자부했다.

'딴따라가 되기로 했으면 그 세계에서 놀아. 감히 누굴 넘봐.'

더는 있을 필요가 없어진 그곳에 1초도 있고 싶지 않았다. 여진은 서둘러 파티장을 떠났다.

스카이 가든에서 한층 내려와 복도를 따라 이동 중이었다. 윤의 힘을 알기에 은효는 반항을 멈추고 순순히 그에게 안겨있었다. 버둥거려봐야 꿈쩍도 하지 않을 테니까.

"어디 가는 거예요?"

"내가 묵는 스위트룸."

"지훈 씨 불러줘요."

"그럴 생각 없다는 거, 알 텐데?"

애초에 파티에 오는 게 아니었다.

"매니저 부르면 되니까 이러실 필요 없다고요."

"씻고 가."

"싫다니까요."

"나하고 있는 게 그렇게 싫은가?"

"좋진 않아요."

유난히 빨리 뛰는 심장 소리가 그에게 들릴 것 같아 조마조마했다.

"유감이군."

역시나 윤은 내려줄 생각이 없어 보였다.

문 앞에 도착해 내려진 은효는 룸에 들어와 응접실로 이동할 때까지 윤의 팔에 잡혀있었다.

"언제까지 제 허리를 잡고 계실 생각인지?"

"네가 고분고분해질 때까지."

"저한테 힘자랑하지 마시라니까요."

"샤워하고 나와. 갈아입을 옷 준비해 놓을 테니까."

"원래 이렇게 자기 멋대로 하는 사람, 아니었잖아요."

윤이 감싸고 있던 팔을 풀며 삐딱하게 웃었다.

"아닌데."

그가 양손으로 은효의 어깨를 잡아 마주 보았다.

"나 원래 이런 사람 맞아."

"당신이 이러는 거 본 적 없어요."

"너였으니까."

순간 말문이 막혀버렸다.

"너에겐 좋은 모습만 보여주고 싶었으니까."

여전히 아무 대꾸도 할 수 없었다.

"왜? 지금도 내게 그런 대우를 받고 싶은 건가?"

그의 반응은 어쩌면 당연하였는데, 서운함이 윤척없이 밀려왔다.

"억측하지 말아요."

잡힌 어깨를 뿌리치려 했지만 소용없었다.

"지금 이러는 거, 내가 어떻게 받아들여야 해요? 설마 솔칸께서 치사하게 심술을 부리는 건 아니실 테고."

"맞아. 심술."

윤의 깊은 눈동자가 위험한 빛을 뿜었다.

"내가 씻겨주길 바라지 않는다면 얼른 가서 샤워부터 하는 게 어때?"

"너무 무례하다고 생각지 않으세요? 내가 싫다는데 왜 이러는 거예요?"

"정중하면 심술이 아니지."

"그러니까 왜 나한테 심술이냐고요!"

"아까 말했잖아. 네가 즐겁지 않길 바랐다고. 근데 너무 행복해 보여서 말이야."

더 이상의 대화는 소용없다는 걸 깨달았다.

"욕실은 어느 쪽이죠?"

윤이 기다렸다는 듯, 바로 몸을 돌려 앞장섰다. 그의 뒷모습을 바라보는 은효의 심경은 여러모로 착잡했다.

샤워가운을 입고 욕실에서 나온 은효는 침대 위에 놓인 상자를 발견했다. 안에는 속옷과 단정한 디자인의 원피스가 들어있었다.

'하, 이걸 어쩐다.'

차라리 젖은 채 그대로였다면 모를까, 샤워한 뒤에 입었던 속옷을 다시 입는 것은 무리였다. 그렇기에 윤이 준비해 준 속옷은 반갑기도 했고 당혹스럽기도 했다.

'승지훈을 믿는 게 아니었는데, 이 무책임한 인간! 만나기만 해봐.'

아랫입술을 물었다 놨다 하며 잠시 고민하던 은효는 상자째 집어 들고 욕실로 들어갔다.

오피스텔에 돌아온 은효는 잠옷으로 갈아입고 침대에 올랐다. 등에 베개를 받히고 기대앉아 이불을 가슴까지 끌어올렸다.

파란만장했던 오후였다. 불과 반나절의 짧은 시간이 반년처럼 느껴졌으니까.

은효가 옷을 갈아입고 응접실로 나왔을 때 기다리고 있던 사람은 코디 미선이었다. 긴장은 사라졌지만, 인정하고 싶지 않은 감정이 불편하게 남았다. 미련을 담은 아쉬움이었다.

'대표님이 연락하셔서 왔더니, 호텔직원이 대기하고 있다가 문을 열어 줬어요.'

미선이 눈치를 살피다 물었다.

'무슨 일…… 있으셨어요?'
'실수로 수영장에 빠졌거든요. 망신살 제대로 뻗쳤죠.'
'헐, 어쩌다가.'
'그러게요. 어쩌다가…….'

은효는 질문으로 가득했던 미선의 눈빛을 떠올리며 인상을 찌푸렸다. 이미 어딘가에서 파티장의 해프닝을 들었을 게 분명했다. 미선에겐 미안했지만, 오피스텔로 오는 내내 그녀의 호기심을 충족시켜줄 만한 말은 단 한마디도 하지 않았다.
'양심이 있으면 무슨 변명이라도 해야 할 거 아니야. 이게 다 누구 때문인데.'
지훈에게 전화가 올 줄 알았는데 오지 않았다. 보는 눈 때문에 미선을 보낸 건 그렇다 하더라도 앞뒤 전후 사정은 말해줘야 하는 거 아닌가.
'켕기는 게 있는 거지. 분명!'
엄한 휴대폰을 노려보며 지훈을 욕하고 있을 때, 공교롭게도 벨이 울렸다.
"참 빨리도 하셨네요. 대표님."

―잘 들어갔지?

"네. 덕분에 아주 자알 왔습니다."

―윤이하고 무슨 일이야?

은효가 짧게 혀를 찼다.

"질문보다 사과가 먼저 아닌가요? 옆에 있어 준다면서 도대체 어딜 가셨던 거예요? 저 내일 촬영장엔 어떻게 가요? 누가 사진이라도 찍었으면 어쩔 거냐고요!"

―류언준 씨가 있어서 괜찮을 줄 알았지. 감독이랑 말이 길어져서 중간에 빠질 수가 없었어. 그리고, 사진이 올라가는 일은 없을 거야. 그건 걱정하지 않아도 돼.

"촬영장 분위기는요? 하신우에 회사 대표도 모자라서 투자자한테까지 집적대는 대형 어장녀가 된 상황일 텐데."

휴대폰 너머로 큭큭대는 소리가 들렸다. 지금 웃음이 나올 상황인가?

―아, 미안. 은효 씨 표현이 웃겨서.

"네네. 퍽도 우스우시겠어요."

―촬영장도 신경 쓰지 마. 다들 입도 벙긋하지 못하게 조치했으니까.

"그게 지금 방안인 거예요?"

―그것보다 무슨 일인지는 말 안 해줄 건가?

잘난 친구분에게 직접 물어보시죠, 라고 말하고 싶은 것을 꾹 참으며 뚱하게 대답했다.

"안 본 사이 성격이 매우 괴팍해졌더라고요. 솔칸이란 자리가 사람을 그렇게 삭막하게 만들 줄은 몰랐어요. 제가 행복해 보여서 화가 난대요."

―그거랑 은효 씨가 물에 빠진 게 무슨 상관인데? 설마 윤이 밀었을 리는 없고.

"제 목걸이를 뜯어서 수영장에 던져버렸어요."

―뭐?

"하―."

은효가 짧게 한숨을 쉬었다. 대답하려고 보니 다시 생각해도 어처구니가 없었다.

―왜? 뭔데?

"하필이면 제 펜던트가 하신우 씨 것과 같은 거였거든요."

―그럴만했네.

"네?"

―아냐.

잠시 대화가 중단됐다. 사실 진짜 묻고 싶은 게 있었는데 쉽게 입이 떨어지질 않았다. 어쩌면 혼자만의 망상일지도 몰라 조심스러웠다. 굳이 속마음을 지훈에게 들킬 필요는 없었으니까.

―이건 내 생각인데 말이야, 은효 씨.

"네?"

―윤이는 일방적으로 이별을 통보받은 입장이야. 시간이 얼마가 흘렀든 마음을 접지 못했을 수도 있어. 나조차도 은효 씨가 왜 이별을 택했는지 모르겠으니까.

"오늘 보니 제 선택이 옳았던 거 같아요. 막무가내에 유치하고 자기밖에 모르는 사람인지 처음 알았거든요. 그러니까 대표님. 다시는 호윤 씨와 저를 엮을 생각 하지 마세요. 이번엔 그냥 넘어가지만, 또 그러시면 회사 옮겨버릴 거예요."

─와, 은효 씨 많이 컸다. 이제 대표를 막 협박하네.

결국 묻지 못했다. 오늘 행사를 주최한 사람이 호윤이냐고, 그 이유가 은효 자신과 만나기 위함이었냐고 물어볼 수 없었다. 그것이 사실이든 아니든 질문하는 자체가 지훈에겐 미련이 남았음을 알리는 셈이었으니.

"이번 드라마 열심히 하고 싶어요. 앞으로 어떤 행사도 잡지 말아주세요."

─이제 촬영 끝날 때까진 시간 내고 싶어도 못 내. 오늘 이래저래 놀랐을 테니 얼른 쉬어.

"저 아직 대표님한테 화난 거, 다 안 풀렸거든요? 얼렁뚱땅 넘어갈 생각 하지 마세요. 촬영 끝나고 제대로 사과받을 테니까."

지훈의 웃음을 끝으로 통화를 마쳤다.

하루라도 윤을 잊은 적이 없다. 아침에 눈을 떴을 때, 밥을 먹을 때, 촬영 중간 짧은 휴식 중에도 그는 은효와 늘 함께했다.

'같은 하늘 아래에 어딘가 그가 살아있다는 것만으로도 만족해.'

예전에 봤던 오픈 엔딩 드라마 여주인공의 마지막 대사가 떠올랐다. 그때 같이 보던 춘영과 무슨 말도 안 되는 궤변이냐며 투덜거렸었는데.

만나고 싶지 않다는 말, 다 거짓말이다. 그렇게 말도 안 되는 이유로 상처를 줬으면서도 미움받고 싶지 않았다. 전과 같이 윤의 마음속에 연은효란 이름이 설렘으로 남아있길 바랐다. 터무니없는 욕심이라는 걸 알면서도.

'생각이 바뀌었어. 너를 다른 놈한테 주고 싶지 않아졌거든.'

 아이러니하게도 그의 말에 가슴이 뛰었다. 다 말해버리고 솔칸 같은 거 하지 말라고 떼쓰고 싶었다. 다 같은 인간인데 슈피르니 사피니 그게 무슨 상관이라고.
'이래서 얼굴 보면 안 되는 건데. 잘 참고 있었으면서 이게 뭐람.'
 훨씬 멋있어진 윤의 모습이 지워지질 않았다. 더 깊어진 그의 음성이 귓가에 계속 맴돌았다.

'너에겐 좋은 모습만 보여주고 싶었으니까.'

 기대었던 몸을 아래로 내려, 침대에 바로 누웠다. 이불을 머리 위까지 덮고 비스듬히 몸을 웅크렸다. 이리 뒤척 저리 뒤척, 한참 자세를 바꾸었지만 잠이 오질 않았다.
 윤이 사무치게 보고 싶은 밤이었다.

지훈의 말대로 촬영장의 분위기는 여느 때와 다를 게 없었다. 속으로야 어떻든 간에 적어도 겉으로는 그랬다.

딱 한 사람만 빼고.

"드라마보다 더 흥미진진하던데요?"

은효가 점심 식사를 마칠 즈음, 언준이 아이스 아메리카노를 건네며 그녀의 옆 의자에 앉았다.

"힐 엔터 대표님이 아니라 투자자 쪽이 진짜 같던데, 제 촉이 맞습니까?"

"틀리셨어요."

은효가 커피를 받아들며 가볍게 응수했다.

"다들 어제 일, 함구하기로 합의 본 거 아니었어요? 선배님은 뭐가 그리 궁금하실까요?"

"그러게요. 원래 남의 일에 관심 없는 편인데."

"쭉 관심을 접어주시면 안 될까요?"

"UE컴퍼니 대표면 우리나라 굴지의 자산가 아닌가? 그런 사람과 언성을 높이고 싸우는 걸로도 모자라, 안겨서 사라진 여배우. 어떻게 안 궁금할 수가 있지?"

"궁금하다고 다 이렇게 직접적으로 찾아와 묻지는 않죠."

그녀는 별 언짢은 기색 없이 그가 준 커피를 입에 가져갔다.

"커피 맛있네요."

"이거 봐. 내가 이러니 관심을 접을 수가 있나."

언준은 진심 호기심 충만한 얼굴로 그녀를 바라봤다.

"대체로 이런 상황이면 나한테 화를 낸다거나 짜증을 내는 게 보편적이지 않을까? 솔직히 지금 내 행동, 무례하지 않았어요?"

"아시는 분이 왜 이러실까요?"

"아, 진짜 궁금하네. 연은효라는 사람이."

언준의 감정이 순수한 호감이란 것을 알기에, 은효는 딱히 그의 관심이 불편하지 않았다. 괜히 과한 거부감을 줘서 촬영 내내 껄끄러워질 필요는 없으니까.

"어제 일은 그냥 단순 사고였어요. 투자자님은…… 노코멘트 합니다. 제가 궁금하신 거면 앞으로 알아가면 되겠지요. 어쨌든 작품 안에선 우리, 찐하게 사랑해야 하는 사이잖아요."

"역시, 은효 씨 보러오길 잘했단 생각이 드네."

"네?"

"다른 출연자나 스텝들을 몰라도 난 은효 씨하고 좀 더 편하게 작업하고 싶었거든요."

언준의 입꼬리가 시원스럽게 위를 향했다.

"아닌척해도 다들 뒤에선 수군거릴 게 분명하고, 궁금하면서도 아무 일 없었던 것처럼 조용한 이런 분위기…… 평온한 것 같지만, 미묘하게 불편하죠."

이번엔 은효가 피식 웃음소리를 냈다.

"은효 씨말대로 우린 연인으로서 쭉 호흡을 맞춰야 하는데, 서로 눈치 보는 것보다 이렇게 터놓고 대화하는 쪽이 훨씬 편하잖아요?"

"선배님 작품들이 왜 다 좋았는지 알 것 같아요. 상대 배우에 대한 배려가 깊으시군요."

"가끔은 작업 거는 걸로 오해받긴 하지만, 뭐 그건 그거대로."

언준이 짓궂은 표정을 지으며 어깨를 으쓱였다.

"이번 상대 여배우님은 이미 인기가 넘쳐서 그런 오해는 안 할 것 같지만."

"아마도?"

밀폐된 공간 속에서 바람을 만난 기분이었다. 편안함을 가장한 숨 막힘이 사라지고 있었다. 언준이 일어서서 돌아가려 할 때 은효가 그를 불렀다.

"선배님."

"응?"

"커피 정말 잘 마셨어요."

"다음엔 밥도 같이 먹죠."

멀어지는 언준의 뒷모습을 바라보며 은효는 문득 깨달았다. 가볍게 시작한 지금의 일이 점점 더 재미있어진다는 것을. 그리고 더 잘하고 싶은 욕심이 커지고 있음을.

드라마 촬영이 거의 막바지에 이르렀다. 야외촬영이 주였던 초반부와 달리, 중반부 이후부터는 세트장이나 건물 내부에서의 촬영이 많아졌다.

은효와 언준은 자연스레 말도 편하게 주고받는 사이가 되었다. 그는 처음 보여줬던 느낌 그대로 은효에게 좋은 연기 상대였다. 때론 부족한 점을 조언하거나 캐릭터 분석을 도와주는 등, 멘토 역할도 서슴지 않았다.

스토리는 클라이맥스에 다다라, 여주가 성공한 남주의 반대파에 의해 납치당하고 감금되는 신을 찍을 차례였다.

은효는 밧줄로 팔과 다리가 묶이고 입엔 청테이프가 붙여진 채 승합차에 실렸다. 외곽의 으슥한 길을 달리던 차는 방치된 폐공장에 멈췄다.

실제 공장이었던 건물을 세트장으로 만든 곳이라 여기저기 낡고 부서진 곳이 눈에 띄었다. 드라마 촬영 내내 이보다 더한 곳도 많았기에 은효는 크게 신경 쓰지 않았다.

분장을 마치고 촬영이 재개되었다. 여주를 구하러 온 남주가 사주를 받은 건달들과 몸싸움하는 장면이었다. 여러 차례 액션 감독과 동선을 맞췄던지라 언준은 NG 없이 장면을 소화해 냈다.

언준이 건달들을 다 때려눕히고 묶인 은효를 풀어주러 다가갔다. 대본대로라면 다친 척하고 있던 건달 한 놈이 언준의 머리를 각목으로 내리칠 순서였다.

"으어엇!"

순간 연기자가 발을 헛디뎌 넘어지면서 근처 엉성하게 세워진 사다리 모양의 철제구조물을 건드렸다. 그리고, 그것은 눈 깜짝할 사이 주인공들을 덮쳤다.

퍽- 쿵!

둔탁한 타격음 뒤로 구조물이 바닥으로 떨어지는 소리가 이어졌다. 여기저기 비명이 들렸고, 사색이 된 감독과 스텝들이 허겁지겁 사고지점으로 달려갔다.

침대 위의 은효를 바라보는 지훈의 표정은 심란하기 그지없었다. 한바탕 소란이 지나간 이신 병원의 VIP실은 고요했다. 흡사 기분 나쁜 태풍 전야처럼.

 감독이 더 있겠다던 류언준을 거의 반강제로 끌고 나간 뒤, 경수혁이 찾아왔다. 잠든 은효의 곁에서 잠시 앉아있던 그는 내일 다시 오겠다는 말을 남기고 자리를 떴다.

 경수혁이 나가기 전, 지훈을 바라보던 눈빛은 마치 '지금은 은효가 자고 있으니 잔소리는 내일 하는 걸로 하지.'라고 말하는 것 같았다. 순간, 오쿨리파시를 쓸 수 있게 되었나 하는 착각이 들 정도로 강렬했다.

 사실 그런 잔소리는 걱정 축에도 들지 않았다. 문제는 이제 곧 들이닥칠 반 미쳐있을 친구 놈, 아니 솔칸이었다.

 이 상황을 숨길 수 없음을 알기에 지훈은 바로 사고 소식을 이 실장에게 알렸다. 시간을 벌 수 있게 하늘이 도와주었는지, 윤은 일본 출장 중이라고 했다.

 '헤엄쳐서라도 올 놈이니 열 일 제쳐두고 오겠군.'

 촬영 현장에서 연락받자마자, 곧바로 이신병원에 준비시켰다. 모두 언준이 다쳤을 거로 예상했던 것과는 달리, 의식을 잃고 쓰러져있는 사람은 은효였다.

 응급처치 후, 정신이 잠깐 들었던 은효는 극심한 통증을 호소하여 안정제를 주사했다. 그 와중에도 속없이 언준의 안부를 묻고는 해죽 웃다가 잠이 들었다.

'하, 이 오지랖이 태평양 수준인 아가씨를 어쩐다.'

사고상황을 설명한 스텝에 따르면 은효가 언준을 몸으로 덮은 채 쓰러져 있었다고 했다.

'자기가 무슨 슈퍼 히어로도 아니고…….'

검사 결과, 머리에는 이상이 없었으나 근위 상완골이 골절되어 수술이 불가피하다고 했다. 일단 환자의 안정이 중요하니 수술은 내일 하는 걸로 하고 병실로 옮겨졌다.

스마트폰을 보던 지훈은 손바닥으로 관자놀이를 문질렀다. 막 노라고 했으나, 사고 기사가 스멀스멀 올라오고 있었다.

「드라마 촬영 中 안전불감증 다시 도마 위로.」

이런 불미스러운 일로 시작도 하지 않은 작품에 안 좋은 선입견을 남기고 싶지 않았다. 지훈은 기사를 쓴 기자와 신문사를 확인하며 인상을 찌푸렸다.

그가 합당한 조치를 궁리하고 있을 때, 불현듯 등골에 오싹한 소름이 돋았다. 그리고 곧바로 병실 문이 열렸다.

문이 열리는가 싶더니 어느새 윤이 침대 옆에 서 있었다. 볼 때마다 이동속도가 빨라지는 것 같아, 다른 이유로 몸이 떨렸다.

은효를 바라본 채, 지훈을 등지고 선 윤이 입을 열었다.

"지금 바로 건웅 병원으로 이송한다."

"뭐? 환자는 지금 안정이 최우선이야."

솔칸이고 뭐고, 지훈이 분연하여 항의했다.

"오면서 들었겠지만, 어깨뼈가 골절된 상태라 이동하는 건 은효에게 좋지 않아."

"문제없어."

"이신 병원도 최고의 의료진으로 은효를 치료할 수 있어. 굳이 병원을 옮길 필요가 있을까?"

정지화면 같았던 윤이 고개를 슬쩍 돌렸다. 여전히 그의 얼굴은 보이지 않았다.

"의견을 묻는 걸로 보여?"

윤의 말이 끝남과 동시에 병실 문이 열렸다. 이 실장이 들어서고, 곧바로 의료복을 입은 사람들이 뒤를 따랐다.

지훈은 그들이 일사천리로 완벽히 은효를 옮겨 입원실 밖으로 나가는 모습을 멍하니 지켜볼 수밖에 없었다.

XXX.
헤어진 적 없어.

　이신 병원이 한국의 톱클래스 안에 드는 종합병원이었지만, 역시 건웅 병원의 규모와는 비교가 되지 않았다. 전 솔칸인 호태준이 UE컴퍼니 산하로 인수하면서 사피와 차별된 질병 연구도 건웅 병원을 중심으로 이뤄지고 있었다.
　장소가 옮겨졌지만, 지훈은 그저 윤의 눈치만 살필 뿐이었다. 의료진과 이 실장이 VIP실에서 나간 뒤, 불편한 침묵이 지훈의 목을 조였다.
　'사신이 따로 없네. 왜 하필 저런 시커먼 옷을 입고 있어서는.'
　위아래 블랙 슈트를 입은 윤은 눈도 한번 깜빡이지 않은 채 은효를 바라보고 있었다. 그곳에 더 있다간 숨이 막혀 죽을 것 같아, 지훈이 먼저 입을 열었다.

"저쪽 소파에 가서 얘기 좀 해."

은효에게 고정되었던 윤의 시선이 지훈에게로 향했다. 반 장난처럼 했던 생각이 현실이 되는 순간이었다. 살기마저 느껴지는 윤의 눈빛에 지훈은 저도 모르게 몸을 움츠렸다.

"은효의 책임자는 나야. 엄밀히 따지면 이건 월권이라고. 알아?"

윤이 대꾸 없이 응접실로 이동했다. 침대와 꽤 떨어진 공간이라 환자의 안정에 방해되지 않는 선에서 대화를 나눌 수 있을 것 같았다.

두 사람은 테이블을 사이에 두고 각자 맞은 편에 앉았다.

윤이 어금니를 꽉 문 채 깊은숨을 내쉬었다.

"책임자? 회사 배우를 그런 열악한 환경에 노출 시키고도 그런 말이 나와? 내가 이러라고 그 드라마에 돈을 쏟아부은 줄 아냐고!"

언성을 높이지는 않았지만, 음절 하나하나에 분노가 느껴졌다.

"드라마고 뭐고 투자 철회하고 밀어버리고 싶은 거 참고 있으니까, 나 도발할 생각 하지 마."

"두 사람 헤어진 거 아니었어? 게다가 은효 씨는 너와 엮이는 거 불편해 해. 병원 옮긴 거 알면 퇴원한다고 할지도 몰라."

"헤어진 적 없어. 앞으로도 없을 거고."

눈을 질끈 감은 윤의 미간에 깊은 주름이 잡혔다. 더 건드리면 정말 폭발할지도 모른다고 지훈의 본능이 경고했다.

"너니까, 믿고 은효를 그대로 뒀을 뿐이야. 모두를 위한 시간이 필요했고, 이제 마무리만 남았어. 그런데…….”

한 번도 본 적 없는 윤의 차가운 눈빛이 둘의 위치를 새삼 상기시켰다. 블뤼도 뭣도 아닌 슈피르와 솔칸의 갭은 엄청난 것이었으니까.

"머리가 찢어지고 어깨뼈가 부러졌어. 거기 있던 것들 전부 똑같이 해주고 싶은 거 꾸역꾸역 참는 중인데, 뭐? 월권?"

"은효가 자진해서 상대 배우를 구하려다 벌어진 일이야."

"애초에 그런 위험 요소를 없앴어야지. 지금 그걸 이유라고 대는 건가?"

안전 점검에 소홀했던 것은 사실이기에 더는 응수할 수가 없었다. 지훈은 체념의 한숨을 뱉으며 소파에 등을 기대었다.

"그래서 어쩔 생각인데? 이렇게 막무가내로 병원도 옮겼으니 그다음엔 또 뭘 할 거냐고."

"은효가 머리에 상처 없이, 어깨에 후유증 없이 잘 낫기를 기도하는 게 좋을 거다. 털끝 하나라도 이상이 생기면 진짜 다 엎어버릴 테니까."

"은효 씨 입장에서는 이신 병원이 편할 거야. 은효 씨 생각도 들어봐야 하는 거 아닌가?"

"그건 내가 알아서 해."

윤이 자리에서 일어섰다.

"완치될 때까지 내가 돌 볼 테니 넌 그쪽일 수습이나 신경 써. 일단 은효가 여기 있는 건 너만 아는 거다. 그리고 너도 다시 올 필요 없어."

"뭐?"

"여기저기 알려져서 좋은 거 없다는 소리다. 알아도 어찌하지 못하겠지만, 일부러 알릴 이유도 없으니까."

마지막 말을 할 때는 윤의 눈빛이 유독 어두워졌다. 승 회장을 염두에 둔 말이리라.

지훈은 찜찜하게 남아있던 의문에 관하여 질문을 던졌다.

"마무리만 남았다는 건 무슨 말이야?"

"너에겐 유감없다는 말 외엔 해줄 말이 없다."

쭉 냉랭하게 굳어있던 윤의 얼굴에 설핏 미안함이 스쳤다. 그리고 이내 그는 돌아서서 은효가 있는 침대 쪽으로 걸어갔다.

원래 살가운 성격은 아니었지만 솔칸이 된 후, 아니 정확히는 은효와 헤어진 뒤로 윤은 다른 사람처럼 변해갔다. 재력에는 크게 관심을 보이지 않던 그가 사업을 확장하는데 열을 올렸고, 정계에까지 손을 뻗쳤다는 소문은 기정사실로 되었다.

관심이 없어 자세히는 모르지만, 연맹에 대대적인 개편이 있을 거란 얘기도 돌았다. 그 역시 윤의 입김이 들어갈 것은 불을 보듯 뻔했다.

낯설어진 친구의 뒷모습을 바라보던 지훈은 씁쓸함을 털어내며 천천히 일어섰다.

부옇게 흐린 시야에 윤의 얼굴이 들어왔다.

'윤?'

은효는 잠이 덜 깬 것 같아 눈을 여러 차례 깜빡였다. 덕분에 윤의 얼굴이 더 선명하게 보였다. 꿈이 아니었던 거다.

머리가 띵하면서 울렁거렸다. 토할 정도는 아니었지만, 기분이 몹시 불쾌했다.

"으음―"

은효가 눈을 감으며 짧게 앓는 소리를 냈다.

"많이 안 좋아? 의사 부를까?"

걱정이 뚝뚝 떨어지는 윤의 음성이 귓가에 내려앉았다. 아프지만 안심이 되었고, 따져 물어야 하는데 그러고 싶지 않았다.

"머리는 검사 결과 찰과상 외엔 이상이 없다고 했는데……."

아프니까 응석을 부리고 싶어졌다. 당신이 왜 여기 있냐고 묻는 건 조금 미뤄도 되지 않을까?

'아픈 건 난데 왜 당신이 울 것 같은 목소리에요.'

은효가 눈을 감은 채 나직이 말문을 열었다.

"저희 대표님은요?"

"내가 보냈어."

"놀라셨을 텐데…… 괜찮다고 말도 못 했네."

"괜찮다고? 머리가 찢어지고 어깨뼈가 부러졌는데?"

"저는 슈퍼울트라 캡숑 초합금 몸이니까요."

은효가 피식 웃으면서 눈을 떴다.

"호윤 씨도 그만 가요. 나 혼자 있어도 괜찮으니까."

"나한테는 왜 안 물어봐."

"네?"

"놀라지 않았느냐고 왜 안 물어."

"안 물어봐도 아니까요."

그녀가 겸연쩍은 미소를 지었다.

"호윤 씨 표정이 그대로 말해주고 있잖아요."

"뭐라고 말하는데."

"화났다고. 아주 많이."

"그렇게 잘 알면서 왜 그런 무모한 짓을 한 건데."

이래도 되나 하는 생각이 들었다. 막무가내로 상처를 줄 땐 언제고, 아무 일 없었던 것처럼 이렇게…… 윤을 잡고 있어도 되는 걸까 하는 생각이.

"동체시력이 좋다 보니 나도 모르게 몸이 먼저 움직였어요. 반쪽이지만 그래도 사피보다는 내가 튼튼할 테니까요."

"착각하지 마. 우리도 똑같은 인간이야."

"하긴……."

내색하지 않으려 했지만, 다친 어깨가 심하게 욱신거렸다. 은효가 은연중에 코를 찡그렸다.

"이렇게 아픈데 슈퍼울트라는 무슨."

"그러게 왜!"

윤의 어깨가 크게 들썩였다.

"본인 몸 소중한 줄 몰라! 그까짓 놈이 뭐라고."

"호윤 씨야말로 왜 이렇게 열을 내요. 내가 뭐라고."

"그동안 내가, 정말 너와 헤어져서 그대로 됐다고 생각해? 네가 나한테 어떤 존재인지는 네가 더 잘 알잖아. 너를 절대 놓지 않을 거란 것도…….”

"무슨 말 하는지 모르겠어요."

"몰라도 돼. 아니, 모른척해도 돼. 하지만 이건 알아둬야 할 거야. 네가 잘못되기라도 하면 내가 무슨 짓을 할지 나도 모른다는 걸."

변함없이 멋있었지만 까칠해진 얼굴, 피곤해 보이는 눈동자, 사그라들 줄 모르는 분노의 오라……. 이 남자의 마음을 어떻게 모를 수 있을까. 다친 어깨보다 심장이 더 아프게 쿡쿡 쑤셨다. 은효는 그와 마주하고 있던 시선을 아래로 피했다.

"잘못되지 않은 거 확인하셨으니 이제 가세요. 내일 수술은 간단하다니까 걱정 안 하셔도 되고, 회사에서 매니저도 곧 보내줄 거예요. 대표님도 오실 테고."

"아무도 안 올 거야."

피했던 시선이 다시 윤을 향했다.

"무슨 소리예요?"

"말 그대로야. 네가 여기 입원한 건 지훈이만 알아."

"여기……라뇨?"

"여기 건웅병원이다."

놀란 얼굴로 상체를 일으키던 은효는 이내 악 소리를 뱉으며 제자리로 쓰러졌다.

"말도 안 돼."

"움직일 생각하지 마. 너 뼈가 부러졌어."

"무슨 짓이에요! 왜 맘대로 병원을 옮겨요? 호윤 씨가 무슨 권리로!"

"소중한 슈피르를 보호해야 하는 솔칸의 권리로."

은효의 황당한 표정과는 달리 윤은 얄미울 만큼 태연했다.

"헤어졌으니 아무 사이도 아니라는 말은 할 생각도 마. 아까 지훈에게도 말했지만, 난 너와 헤어질 마음 추호도 없으니까."

"그때 분명히 당신도 동의했잖아요."

"아니."

윤이 입고 있던 슈트 상의를 벗어 팔에 걸며 말했다.

"그때 내가 돌아섰던 건 시간이 필요하다고 판단했기 때문이야. 설마 너의 그 어설픈 말도 안 되는 이유를 내가 믿었을 거로 생각하는 건 아니겠지?"

"그런 억지가 어디 있어요! 내 휴대폰 줘요. 지훈 씨랑 통화해야겠어요."

"없어. 말 그대로 몸만 옮겨왔으니까."

"그럼 호윤 씨 폰이라도 줘요."

"줄 수는 있어."

그가 스마트폰을 은효에게 내밀었다.

"근데 네가 여길 나가는 순간, 드라마 투자철회는 물론이고 감독에게 이번 사고의 책임까지 물게 할 테니까 알아서 결정해."

가뜩이나 아파서 짜증나는데, 이 남자는 왜 나타나서 날 괴롭히냐고! 은효가 눈에 힘을 주어 그를 째려보았다. 윤은 천연덕스럽게 내밀었던 폰을 거두었다.

"네가 다 나을 때까지 나도 여기서 지낼 계획이다. 회사 업무 때문에 이 실장이 드나들긴 하겠지만 너와 마주칠 일은 없을 거야."

"아무리 이래도 난 호윤 씨와 다시 시작할 생각 없어요. 우린 같은 배를 탈 수 없는 사람들이라고요."

"왜?"

"그, 그거야 내가 호윤 씨를 사랑하지……!"

윤의 입술이 은효의 말문을 막아 버렸다. 다가오는 낌새를 전혀 알아채지 못할 만큼 순식간에 벌어진 일이었다. 그의 두 손이 은효의 얼굴을 부드럽게 감쌌다. 따뜻한 입술만큼이나 열띤 숨결이 느껴졌다. 놀라서 커졌던 그녀의 눈이 서서히 감겼다.

"거짓말쟁이."

나른한 윤의 음성에 눈이 번쩍 떠졌다.

'미쳤어! 키스도 아니고 뽀뽀에 정신을 놓다니.'

얼굴이 화끈거리는데 피할 수도 없었다. 윤의 손이 여전히 얼굴을 감싸고 있었기에.

"연은효의 매력은 솔직함 아닌가?"

"호윤 씨가 좋아서가 아니라 내가 밝히는 여자라 그래요. 음란 돌고래라면서요."

윤이 피식 웃음소리를 냈다.

"그 음란함이 나에게만 한정인 거 알고 있어."

"아니거든요!"

"이제 그만해도 돼."

그가 손을 거두고 숙였던 몸을 세웠다. 얼굴에 머물던 온기가 사라지자, 은효는 괜히 서운해졌다. 이래서 같이 있으면 안 되는 건데…….

"원래는 드라마 촬영이 끝날 때까지 기다리려고 했는데, 조금 앞당겨진 셈 치지."

"뭘 그만 해요? 그리고 뭐가 앞당겨졌는데요. 알아듣게 말해 줘요."

서운함을 감추기 위해 부러 퉁명스럽게 물었다.

"환자의 약점이나 이용하고 말이야."

"배고프지? 내일 수술이라 밤 12시 이후엔 물도 마시지 말라고 했어. 얼른 밥 먹자."

"하던 말이나 계속해 봐요. 왜 말을 돌리는데."

"어깨 수술 잘 받으면 말해줄게."

"사람 궁금하게 해놓고, 지금 밥이……."

문제냐고 말하려는데 마침 배에서 꼬르륵 소리가 들렸다. 그러고 보니 꽤 오랫동안 아무것도 먹질 못했다. 아픈 건 아픈 거고 정직한 위장은 뭐라도 달라고 아우성이다.

"여기 vip실 밥도 괜찮긴 한데 먹고 싶은 거 있으면 말해. 사오라고 할 테니까."

"아무거나…… 아니, 근데 아까 말하던 거나 마저 하시라고요."

"식사 가져오라고 할게."

윤이 인터폰 쪽으로 걸어가다가 잠시 멈췄다.

"네가 뭘 걱정하는지 알아. 그럴 필요 없었지만 왜 그랬는지도 이해해."

그가 돌아보며 보일 듯 말 듯 한 미소를 지었다.

"이제 다 왔어."

여전히 알아들을 수 없는 말을 하고 윤은 가던 길로 걸음을 옮겼다.

은효가 고른 숨을 내쉬며 자고 있다.

다행히 식욕은 좋아, 반찬까지 그릇을 다 비웠다. 아프다고 꿍얼거리더니 약을 먹고 양치를 하고는 바로 잠이 들었다.

윤은 침대 옆에 앉아 한 손으로 턱을 괸 채 은효를 바라보고 있었다. 그의 표정엔 만감이 교차했다.

'내가 무엇 때문에 어쭙잖은 계략에 놀아나는 척 시간을 소비했는데……'

은효의 사고 소식을 듣는 순간 숨이 멎는 기분이었다. 눈앞이 깜깜해진다는 게 뭔지 처음으로 경험했다. 일본에서 한국으로 날아오는 동안, 더디게 흐르는 시간 때문에 미쳐버릴 것만 같았다. 심각한 상태가 아니라는 보고를 받았을 때도 놀란 가슴은 쉬이 진정되질 못했다.

'솔칸은 누구든 가질 수 있는 자리지만, 은효 넌 아무에게도 줄 수 없어. 나는…… 너 아니면 안 되니까.'

은효와 헤어진 기간 동안 윤은 치밀하게 준비했다. 승대호의 약점을 찾아내고 그의 악행들을 빠짐없이 조사시켰다. 솔칸의 권력이 예전엔 결코 손댈 수 없었던 영역까지도 가능케 했다.

'은효에게 마음고생시킨 것까지 전부 갚아 줄 거다. 슈피르의

감옥인 티로나에서 남은 평생을 썩게 해주지. 수명이 긴 슈피르로 태어난 것을 원망하면서 말이야.'

승대호의 숙청을 계기로 슈피르 내부의 개편도 대대적으로 행할 예정이다. 케케묵은 관행부터 줄이고 현재와 미래를 위한 정책을 수립하는 것이 윤의 최종 목표였다.

'그런 건 나중에 생각해도 돼. 일단은 네가 완치되는 게 우선이야.'

은효의 얼굴로 손을 뻗었다. 건드리면 사라지는 허상일까 봐, 윤은 바보처럼 겁이 났다. 그의 손끝이 아슬아슬하게 그녀의 얼굴 위에 머물렀다. 볼록한 이마에서 오뚝한 코를 지나 도톰한 입술로 천천히 선을 그렸다.

'너는 당연히 해야 할 일을 했을 뿐이라고 생각하겠지만, 도움을 받은 그 녀석은 네게 마음을 뺏기게 될 거다. 그건 정말 불가항력이라 마음대로 되는 게 아니거든.'

껌딱지처럼 들러붙는 하신우도 성가신데 설상가상으로 류언준까지 합류하게 된다면…… 생각만으로도 머리가 지끈거렸다.

'대표님한테 제 목걸이 있는지 좀 물어봐 주세요. 검사하느라 뺀 것 같은데.'

하신우 그놈과 정말 비밀연애라도 하냐는 말이 목구멍까지 치고 올라왔지만 참았다.

'구질구질하게 질투하는 꼴을 보일 수야 없지.'

그깟 목걸이 때문에…… 라고 하기엔 심기가 매우 거슬렸다.

'역시 그때, 지훈이와의 계약을 말렸어야 했나.'

인제 와서 후회해봐야 아무 소용 없다는 걸 알기에 윤은 씁쓸하게 웃었다. 은효가 이 일에 진심이라는 것은 누구보다 잘 알고 있었으니까.

'하, 주변의 놈팡이들을 어떻게 처리한다…….'

승대호를 처내는 것보다 더 힘든 작업이 예상됐다. 윤의 이러한 사정을 알 리 없는 은효는 약 기운 덕분인지, 세상 편안한 얼굴로 잠들어있었다.

'어디다 감춰둘 수도 없고…….'

은효가 잠결에 입술을 달싹였다. 윤은 충동적으로 그녀의 입술 위에 자신의 입술을 포개었다. 따뜻하고 몰랑한 감촉이 더없이 유혹적이었다.

아쉬움만큼이나 윤은 느릿하게 얼굴을 들었다. 그동안 어떻게 참았나 싶을 만큼 눈앞에 여인을 사랑하고 싶었다.

'미쳤구나. 다친 사람을 두고.'

훅하고 치미는 자괴감에 미간을 찌푸렸다. 윤은 괜히 한 번 이불을 끌어 올려주고는 보호자용 침실로 걸음을 옮겼다.

다음날, 수술은 성공적이었다.

진통제 덕에 아프지는 않았지만, 머리가 어지러웠다. 마취회

복실에서 입원실로 옮겨진 은효는 환자보다 더 인상을 쓰고 있는 윤을 보니 헛웃음이 나왔다.

"대표님은 언제 오세요?"

그녀의 질문에 윤의 얼굴이 훨씬 더 구겨졌다.

'도대체 뭐가 불만이냐고.'

돌아오지 않는 대답에 뻘쭘해진 은효는 시선을 옆으로 돌렸다. 필요 이상으로 넓고 화려한 vip실이 새삼 을씨년스럽게 느껴졌다. 아이러니하게도.

"아프진 않아?"

표정만큼이나 그의 음성은 퉁명스러웠다.

"그 가녀린 뼈에 철심을 박다니……."

"골절 수술은 거의 그렇게 한다던데요. 저 그리고 가녀리지 않아요."

"그러니까 왜 위험하게…… 넌 충분히 피할 수 있었잖아."

"나 혼자 살자고? 정말 내가 그렇게 했길 바라는 건 아니죠?"

윤은 대답하지 않았고, 은효는 피식 웃었다.

"저 진짜 걱정돼서 쉬지도 못하겠어요. 대표님 좀 오시라고 해주세요."

"왜? 목걸이 때문에?"

"아, 그것도 있구나. 그것보다 드라마 촬영은 어떻게 되고 있는지 이것저것 물어볼 게 많단 말이에요."

"안전 점검 제대로 못 한 제작진 잘못이야. 설령 지연이 된다 해도 네 탓은 아니니까 회복에나 신경 써."

"누구 때문에 갑자기 제가 증발해버려서 다들 놀라셨을 거라고요!"

윤이 대꾸 없이 돌아섰다.

'뭐지? 저 똥매너는!'

이번엔 은효가 인상을 찌푸렸다.

"도망갈 생각 말고, 어깨 수술 끝나면 해준다고 했던 얘기도 얼른 해줘요. 동의 없이 납치해왔으면 납득할 만한 이유를 대야 할 거 아니에요!"

"오늘은 다른 말 말고 푹 쉬어. 지훈인 내일 오라고 할게. 그리고······."

그리고? 왜 말을 하다 말아. 채근하려고 입술을 떼는데 그가 입을 열었다.

"궁금한 것은 내일 뉴스를 보면 조금 해소될 거야. 아무튼, 드라마 무사히 잘 끝내고 싶으면 내가 시키는 대로 하는 게 좋을 거다."

"깡패예요? 말끝마다 협박이 입에 붙었어."

화가 나 보이는 뒤통수가 대답했다.

"좀 이따 회의가 있을 거야. 혹시 불편하면 말해."

"VIP실이라 그런 것도 가능하구나. 불편할 게 뭐 있어요. 잠만 잘 건데. 신경 쓰지 마요."

"쉬어."

잘생긴 뒤통수가 멀어졌다.

전신마취의 후유증으로 종일 잠만 자다 보니 하루가 지나갔다. 닫힌 미닫이문 너머로 웅성웅성 회의하는 소리를 잠결에 들었던 것 같다.

오후 늦게 일어나 저녁으로 먹은 죽 한 그릇이 전부였던 은효는 다음날 깨자마자 극심한 허기를 느꼈다.

은효가 낑낑거리며 몸을 일으키고 있을 때, 윤이 문을 열고 모습을 드러냈다. 꾀죄죄한 환자 모습을 한 누구와는 심하게 비교되는 멀끔한 모습이었다.

"아직 함부로 움직이면 안 돼. 나를 부르지, 그랬어."

군청색 브이넥 반 팔 티셔츠를 입은 그는 새삼 매력적이었다. 잠잠하던 심장이 벌렁거리는 게 짜증 나, 은효는 괜히 불퉁하게 대답했다.

"어깨 말고는 멀쩡한데 뭐 하러요."

"뭐가 멀쩡한데? 어깨랑 팔에 보호대를 걸고서 그런 말이 나와?"

"양치 정도는 혼자 할 수 있다고요. 세수도 뭐 대충……!"

은효의 말이 끝나기도 전에, 윤이 그녀를 냉큼 안아 올렸다.

"아니, 저기……."

"이도 닦아주고 세수도 시켜줄 테니까 얌전히 말 들어. 구시렁거리면 지훈이 못 오게 할 테니까 그리 알아."

"혼자 할 수 있다니까!"

"지훈이는 그럼 퇴원 하고 보든가."

윤이 내려놓으려고 하자, 은효가 얼른 멀쩡한 손으로 그의 팔을 잡았다.

"아, 아니에요. 씻으러 가요."

"머리는 상처가 아직 덜 아물었으니, 내일 감겨줄게."

은효는 대답 대신 고개를 끄덕였다. 무거울까 봐 드는 죄책감은 없었지만, 며칠간 씻지 못해 찝찝한 몸이 신경 쓰였다.

'나도 감추고 싶은 프라이버시가 있다고요.'

윤에게 안겨 욕실로 향하는 그녀는 진심 먼지가 되고 싶었다.

"우리 배우님 진짜 환자가 다 됐네."

지훈이 반가운 얼굴로 입원실을 찾았다. 윤이 하라는 대로 고분고분 씻김을 당한 보상이었다. 은효는 꿀맛 같은 아침 식사를 마치고 응접실 소파에 윤과 어색하게 앉아있던 참이었다.

"어깨 보호대가 거창해서 되게 아파 보이죠? 근데 진짜 아파요."

그녀가 장난스럽게 입을 삐죽거렸다.

"뼈에 철심 박았단 말이에요."

"고생했어. 어제 와보고 싶었는데 유난 떠는 투자자 때문에 꿈도 못 꿨다."

"알아요."

"감독님과 류 배우가 걱정 많이 했어. 언론에 병원이 노출되어서 부득이하게 옮기게 되었다고 대충 둘러댔다."

지훈이 슬쩍 사선 쪽에 앉은 윤의 눈치를 살피며 말을 이었다.

"류언준 씨가 특히 얼마나 노심초사했는지 입술이 다 부르텄더라."

"에고, 그럴 필요 없는데······."

"무슨 소리야. 생명의 은인이나 마찬가진데."

"푸하하, 그건 너무 거창하잖아요."

"거창하긴. 그 상황에서 은효 씨처럼 행동하는 거, 쉽지 않아. 특히 여배우가."

굳어있던 윤의 표정은 지훈의 입에서 튀어나온 한 이름으로 인해 훨씬 더 험악하게 구겨졌다.

"아, 하신우가 어떻게 알았는지 병원 알려달라고 난리를 쳐서 귀찮아 혼났다. 과로로 쉬는 중이라고 아무리 말해도 막무가내야. 그 친구는 진짜 어쩌냐."

"대외적으로는 제가 과로인 거군요?"

"응. 새어 나갔던 기사는 다 내렸고, 일단 은효 씨 일정은 빼고 촬영 중이니까 부담 갖지 말고 회복에나 신경 써."

은효가 천천히 고개를 끄덕이다가 뭐가 생각난 듯 동작을 멈췄다.

"참, 저 목걸이 갖고 계시죠?"

"저기 화난 얼굴을 한 투자자님이 버리라는 거 챙겨왔지."

지훈이 바지 주머니에서 작은 벨벳 파우치를 꺼냈다.

"미선 씨가 주면서 자기가 간호해야 하는데 얼굴도 못 본다고 많이 아쉬워했어."

"마음 여린 우리 미선 씨, 나중에 맛있는 거 사줘야지."

은효가 배시시 웃으며 눈짓으로 파우치를 가리켰다.

"지훈 씨가 꺼내서 제 목에 걸어주세요."

"무슨 목걸인데 이렇게 챙기시나?"

윤이 씨가 준.

"부적이요."

"뭐?"

"그거 하고 있으면 금방 나을 것 같아서요."

"오호, 은효 씨한테 특별한 물건이구나."

하신우의 것과 같은 모양인 것을 모르는 지훈은 천진한 얼굴로 목걸이를 꺼내 들었다.

"로켓이네? 안에 뭐 들어있어? 사진? 봐도 되나?"

"어어! 열면 바로 손절!"

은효가 황급히 손을 휘저으며 지훈을 저지했다. 팔짱을 낀 채 뒤로 기대앉아 있던 윤이 동시에 몸을 일으켰다.

이번엔 그녀가 윤을 흘겨보며 으름장을 놨다.

"또 뺏어가기만 해봐!"

목걸이를 들고 장난을 치려던 지훈은 동작을 멈추고 둘을 번갈아 쳐다봤다. 뭐지? 이 분위기는? 지훈이 슬그머니 목걸이를 손안에 감췄다.

"이게 뭔데 그래?"

"그냥 목걸이죠 뭐."

"근데 투자자님은 왜 저러시는데?"

"몰라요. 저번부터 심술이야 정말."

"심술도 이유가 있을 텐데…… 아! 그때 그 하신우……."

한마디도 하지 않고 쭉 마뜩잖은 얼굴로 있던 윤이 처음으로 입을 열었다.

"승지훈, 뉴스는 봤어?"

연신 미소를 머금고 있던 지훈이 얼굴을 굳혔다.

"어."

"알고 있었겠지만……."

"일단, 이것부터 걸어주고."

지훈이 자리에서 일어나, 맞은편에 앉은 은효의 목에 목걸이를 걸어주었다.

"무슨 일인지는 모르지만, 뺏기지 마, 은효 씨."

"고마워요."

"은효 씨는 재미없는 얘기일 수도 있는데, 가서 쉴래?"

윤이 대신 대답했다.

"은효도 같이 들어."

"그래, 그럼."

당사자의 대답은 듣지도 않고, 지훈이 자기 자리로 가 앉았다. 윤은 별다른 설명 없이 바로 본론으로 들어갔다.

"우리 회사가 한승그룹에 대한 인수합병에 착수했다는 건 이미 오래전 떠들썩하게 공개됐던 사실이다. 물론 은효는 관심이 없으니 몰랐을 테지만. 승 회장은 예상대로 제안을 거부했고, 우리 쪽에선 각오했던 지루한 작업을 진행했지. 시간이 좀 걸리긴 했지만, 어제 경영권 지분확보와 함께 한승그룹은 이제 내 소유가 됐어."

인수합병, 지분확보, 한승그룹, 승 회장…… 한승그룹? 승 회장? 은효의 눈이 커졌다.

"지금 승대호 회장을 회사에서 내쫓았다는 말씀이신가요?"

"요점은 그게 맞아. 한승그룹을 어떻게 건드릴 생각은 없으니까. 경영진만 교체될 거다."

"승 회장이 그렇게 호락호락한 사람이 아닐 텐데……."

"호락호락하지 않으려고 뒤로 엄청 구린 짓을 많이 했더군. 상상 그 이상이었어."

윤이 지훈에게 시선을 옮겼다.

"그나마 다행인 건 지훈이 아버님은 직접적으로 연루되지 않으셨어. 한승건설은 그대로 맡게 되실 거다."

"현광그룹은 괜찮은 건가? 당고모님은……."

"경수혁 회장은 이번에 개인적으로 도와주긴 했겠지만, 승 회장이 저지른 악행과는 관련이 없어. 승대호는 슈피르 연맹에서도 페제라의 직책을 박탈당하고 곧 징계도 받게 될 거야."

"승 회장은 지금 어디 있는데요?"

은효는 하나도 기쁘지 않은, 아니 오히려 두려움 가득한 얼굴로 물었다.

"그렇게 악랄한 사람이면 궁지에 몰렸을 때, 더 무슨 짓을 할지 모르잖아요."

"연맹에서 자택 구금 결정이 내려졌어. 조만간 스페인으로 이송될 거다."

"승 회장이 순순히 따를 사람이 아닐 텐데요."

"연맹의 페제라로서 그들의 집행력이 얼마나 강력한지는 승 회장이 제일 잘 알고 있으니까. 발악할 이유가 없지."

지훈이 질렸다는 얼굴로 윤을 바라봤다.

"솔칸이 되자마자 이를 갈고 조사했나 보군. 증거나 증인을 확보하는 게 쉽지 않았을 텐데. 전 솔칸도 해내지 못한 일이잖아."

"아니. 그분이 거의 다 준비해주신 덕분에 내가 마무리를 할 수 있었어. 그리고……."

여전히 불안해 보이는 은효를 향해 윤이 고개를 돌렸다.

"조부님의 사고가 승대호의 짓이라는 결정적인 증언을…… 경수혁 회장이 해주셨어. 쉽지 않은 선택이었을 거야. 본인의 데미지는 물론이고 아내가 받을 충격이 매우 클 수밖에 없으니까."

"승대호가 반격은 하지 않았나요?"

"막바지에 경수혁 회장의 배신이 제일 큰 타격이었겠지. 어찌 됐든 그가 강력히 밀었던 솔칸 후보였으니."

"아니, 그거 말고……."

분명히 기뻐야 했고 홀가분해야 했다. 묵은 체증이 한꺼번에 내려간 듯 속이 시원해야만 했다. 하지만 아직 해결하지 못한 문제가 그녀의 발목을 잡았다.

말을 하다가 멈춘 탓에, 의아하게 바라보는 두 남자의 시선이 느껴졌다. 은효는 잠시 고민하다가 입을 열었다.

"이 실장님 좀 뵙게 해주세요."

XXXI.
아까부터
쭉 하고 싶었거든.

 은효가 윤에게 부탁하고 딱 한 시간 정도 뒤에 이 실장이 병원에 도착했다. 지훈은 회사로 돌아갔고, 윤은 접근금지를 당했다.
 따로 갖춰진 접견실은 아늑한 휴게실 같은 분위기였다. 유리로 된 사각 테이블을 사이에 두고 등받이 없는 원형 의자 네 개가 놓여있었다.
 맞은편에 앉은 이 실장은 한결같이 매우 단정한 헤어스타일과 그에 걸맞은 슈트 차림이었다.
 인사를 나눈 뒤, 은효가 머리를 슬쩍 만지며 멋쩍게 웃었다.
 "진짜 오랜만에 뵙는데 이런 차림이라 부끄럽네요. 이젠 명색이 배우이기도 한데."
 "대표님이 걱정 많이 하셨습니다."

역시나 이 실장에게 사적인 멘트는 들을 수 없었다. 은효는 이내 웃음을 거두고 진지한 눈빛으로 그를 바라봤다.

《승대호가 알고 있었어요. 그날 제가 네르하동굴에 갔었다는 걸요.》

《그건 쉽게 알 수 있었을 겁니다. 대표님도 아셨으니까요.》

처음 듣는 사실이었지만 놀랍지는 않았다.

'그래, 그 정도는 윤도 알고 있었겠지.'

그때의 일을 떠올리자 마음이 더 급해졌다. 이 실장의 도움이 절실했다.

《제가 호윤 씨를 도와줬다는 것도 눈치채고 찾아왔었어요. 직접 확인까지 했고.》

《어떻게?》

《저…….》

막상 설명하려니 좀 민망했다.

《온라인 게임으로 비유하자면 힐러같은 능력이 있어요. 믿으실지 모르겠지만.》

《직접 본 적은 없지만, 들어는 봤습니다. 매우 드물게 그런 능력을 지닌 슈피르가 있다고.》

이 실장이 자세를 고쳐 앉았다.

《저도 짐작은 하고 있었습니다. 그렇지 않고서야 그날…… 가능했을 리가 없으니까요.》

《승대호의 말로는 경 회장님의 아버님이 그 능력을 갖췄다고 했어요.》

《그래서 연은효 씨를 더욱 의심했겠군요.》

은효가 본론을 말하려는데 윤이 불쑥 들어왔다. 언제나 그랬듯이 기척조차 느끼지 못했다.

"이건 무슨 매너에요? 자리 좀 비켜달라고 했는데."

"어차피 오큘리파시로 대화하는데 옆에 있어도 되잖아?"

윤이 식식거리는 은효의 옆에 자연스럽게 앉았다.

"하던 대화 마저 해."

"신경 쓰이잖아요!"

"나도 신경 쓰여. 잘생긴 이 실장과 네가 단둘이 방에 있는 거."

이 무슨 말도 안 되는! 드러내고 짜증을 내는 은효와는 달리, 맞은편의 이 실장은 표정에 아무런 변화도 없었다.

은효가 최대한 사납게 윤을 노려보았다.

"방해하지 마요."

"가만히 있겠다니까."

"하, 진짜……."

은효는 체념의 한숨을 내쉬고 이 실장을 바라봤다.

《승대호가 회사에 찾아왔었어요. 이미 다 알아보고 저를 떠보더군요. 저는 바보처럼 그의 계략에 넘어갔고…… 호윤 씨와 헤어지라는 협박을 받았어요. 따르지 않으면 자기가 알고 있는 사실을 연맹에 알리겠다고 했어요.》

《심증만 있을 뿐 승대호에게 결정적인 증거는 없을 겁니다. 동굴의 그 입구도 슈피르만 아는 곳이고, 전자기기 역시 일절 설치가 금지된 구역이거든요. 그가 주장을 해봐야 입증할만한 증거

가 없으면 아무리 폐제라일지라도 연맹을 설득할 수는 없죠.》

《하지만…….》

옆에 있는 윤이 신경 쓰여 선뜻 말이 나오질 않았다. 은효가 곁눈질하며 투덜거렸다.

"계속 있을 거예요?"

"대화 끝났어?"

"사람 옆에 두고 귓속말하는 것 같아서 기분이 안 좋단 말이에요."

윤의 한쪽 입 끝이 올라갔다.

"왜? 내 뒷담화하는 거였어? 두 사람은 언제 이렇게 친밀해졌는데? 근데 너무 뻔뻔한 거 아닌가. 대놓고 만나게 해달라니 말이야."

"됐어요. 말을 말죠."

은효가 난처한 얼굴로 다시 이 실장에게 시선을 옮겼다.

《죄송해요. 자꾸 맘대로 대화를 멈춰서.》

《괜찮습니다.》

이 실장이 습관적으로 안경을 들었다 놓았다. 그 순간 얼핏, 그의 시선이 윤을 향했다가 돌아오는 것이 느껴졌다. 눈치라도 보는 것일까.

《이 실장님도 호윤 씨가 신경 쓰이시죠?》

《아닙니다. 근데, 그런 이유로 대표님과 헤어지신 겁니까? 조금만 생각해봐도 문제 될 게 없다는 걸 아셨을 텐데요.》

《저도 연맹에는 승 회장의 주장이 실효성을 발휘하지 못할 것으로 생각했어요. 제가 걱정했던 건…… 호윤 씨에요. 어찌 됐든 제가 개입되었다는 걸 알면 상심이 클 테니까요.》

《승 회장도 그 점을 강조해서 연은효 씨를 협박했겠군요. 솔칸의 정통성을 운운하면서.》

은효는 대답 대신 고개를 끄덕였다.

《그럼, 헤어질 때 대표님께 했던 말들은 진심이 아니었습니까?》

이 실장이 어떻게? 아니 왜? 논점을 벗어난 그의 질문에 당황스러웠다.

《네?》

"대표님. 그만하시죠. 더는 못하겠습니다."

어리둥절해하는 은효를 앞에 두고 이 실장이 일어섰다.

"일을 시키셨으면 방해는 하지 마셔야지요. 일 분 일 초가 아까운 지금, 제가 두 분 화해까지 도와드려야 합니까?"

"이렇게 하지 않으면 은효가 진짜 이유를 말하지 않을 테니까. 수고했어, 이 실장. 그만 가서 하던 일 해."

이 실장은 지체없이 은효를 향해 가볍게 인사하고는 접견실 밖으로 나갔다.

'뭐지, 이 상황은?'

어찌 된 영문인지 몰라, 먼저 입을 열 수 없었다. 불안하고 초조한 까닭에 머리도 잘 돌아가지 않는다. 이 실장을 이대로 보내는 게 맞는 걸까?

은효는 아랫입술을 씹으며 과부하 된 두뇌를 열심히 움직였다.

"대충 예상은 하고 있었는데, 내가 좌절할까 봐 그랬던 거야?"

방심하고 있던 사이, 나긋한 윤의 음성이 귓가를 간질였다. 분명 옆에 앉아있었는데, 그는 은효의 어깨에 턱을 올린 채 뒤에 있었다.

"자존심 상해서 솔칸 때려치울까 봐?"

"무, 무슨 소리예요?"

"날 너무 모르고 있었네. 우리 돌고래."

윤의 매혹적인 숨결이 목덜미의 솜털을 건드렸다. 혼미해지는 감각에 은효는 저도 모르게 눈을 감았다.

"네가 네르하의 그 자리에 있었던 것도 안테파사르의 뜻이었겠지. 내가 정말 솔칸이 될 자격이 없었다면…… 7년 전, 그 겨울 새벽에 널 만나지도 않았을 거야."

"알고…… 있었어요?"

"어."

"이 실장님이 말해줬어요?"

"키스 한 번만 하면 안 될까?"

윤의 입술이 은효의 볼에 닿았다. 그녀가 움찔하며 어깨를 움직이자, 그가 조심스레 뒤에서 끌어안았다.

"움직이지 마."

볼에 닿았던 그의 입술이 은효의 입술을 찾았다. 윤은 긴장한 그녀의 입술을 부드럽게 머금었다 놓았다.

"아까부터 쭉 하고 싶었거든."

"저, 저기……."

몸은 몸대로 불편한데, 당황하여 말도 제대로 나오질 않았다.

등에서 느껴지는 윤의 체온과 간헐적으로 얼굴에 닿는 그의 숨결이 은효를 아무 생각도 할 수 없게 만들었다.

말을 하느라 옆으로 숙인 그녀의 얼굴 위로 다시 윤의 얼굴이 겹쳐졌다.

"아직 안 끝났어."

살짝 벌어진 입술 사이로 그의 혀가 밀고 들어왔다. 서두름 없이 상냥하게 그녀의 혀를 감쌌다 놓았다. 아찔한 감각에 사로잡힌 은효는 들어온 그의 혀를 부드럽게 빨아들였다.

참았던 만큼 애절함이 묻어나는 키스였다. 격렬하진 않았지만 간절했고 절실했다.

은효의 아랫입술을 입술로 물고 있던 윤이 천천히 얼굴을 들었다.

"하아—"

후끈한 입김이 그의 입술 사이로 새어 나왔다.

"이 요망한 아가씨."

"먼저 시작은 그쪽이 했거든요."

"다치지나 말든가. 그동안 피 말린 걸로도 모자라 그냥 말려 죽이려고 작정을 했구나."

윤의 손끝이 은효의 턱을 들어 올렸다.

"살려줬으면 끝까지 책임져야지, 그런 노망난 영감의 협박 때문에 도망쳤단 말이야? 내가 포기한다고 하면 설득할 생각은 왜 안 해봤어. 그렇게 나한테 자신이 없나?"

"그렇게 이성적으로 대처하기엔 솔칸 의식 자체가 너무 무모하다는 생각은 안 해봤어요? 죽을 수도 있는 그런 행위를 거쳐야만 인정받을 수 있는 자리라고요. 당신이 목숨 걸고 얻은 자리인데, 내가 어떻게 감히 모험을 할 수 있겠어요."

"혹시 모를 상황에 나를 구하겠다고 네르하까지 따라온 사람 아닌가? 우리 은효 씨."

은효가 뽀로통하게 얼굴을 돌리다가 인상을 찡그렸다.

"약 기운이 떨어졌나 봐요. 가서 쉬어야겠어요."

"이런. 내 생각만 했네. 미안."

윤이 난처한 얼굴로 몸을 펴고 일어섰다.

"배는 안 고파?"

"케이크 먹고 싶어요. 다쿠아즈랑 마카롱도."

"그래. 준비하라고 할게."

그가 익숙하게 은효를 안아 들었다. 이번엔 그녀도 당황하지 않았다.

"한 번쯤 아플 만한데요? 호강하는 기분이야."

"그런 소리 하지 마. 아프지 않아도 평생 이렇게 옮겨줄 테니까."

"아, 그건 좀 아닌 것 같다."

은효가 헤실헤실 웃으며 윤의 가슴에 얼굴을 기대었다.

침실에 옮겨진 은효는 바로 눈을 붙였다. 수술 부위가 심하게 아픈 건 아니었지만, 꽤 오래 앉아있었던 탓에 피로가 밀려왔다. 아마 긴장이 풀린 이유도 있을 터였다.

꿈같은 시간이었다. 사랑을 포기하고 살았던 지난 시간을 보상받는 기분이었다. 은효가 아무것도 모르고 지내는 동안, 윤은 오늘을 위해 쉼 없이 고군분투했던 것이다.

'내가 굉장한 남자를 사랑했구나.'

알고 있던 것 이상으로 호윤은 현명했고 믿음직스러웠다. 은효가 헤어지자고 했던 그때도 그는 본심이 아님을 알고 있었던 거다.

"좀 괜찮아졌어?"

눈을 뜨자마자 잘생긴 윤의 얼굴이 보였다. 덤으로 달콤한 그의 음성이 따라왔다.

"환자인 걸 잊고 너무 오래 잡아둔 내 잘못이야."

문득, 불안해졌다. 이 모든 게 혹시 꿈은 아니겠지?

"뽀뽀해줄래요?"

윤의 눈이 희미하게 미소를 그렸다. 그리고 천천히 그의 얼굴이 다가왔다.

따뜻하고 부드러운 감촉이 입술에 닿았다가 사라졌다. 은효가 아랫입술을 물었다 놓으며 피식 웃었다. 꿈이 아니었어.

"진짜 뽀뽀네."

"뭐지? 뽀뽀해달라며."

"아쉬우니까 그러지 뭐."

"자꾸 도발하지 마. 힘들게 참고 있으니까."

"음란 호윤."

은효가 킬킬거리며 일어나 앉으려고 몸을 움직였다.

"아직 함부로 움직이지 말라니까."

"이 정도 움직이는 건 괜찮다고요."

윤이 일으켜 주려고 몸을 숙이자, 은효가 잽싸게 그의 볼에 입술을 갖다 댔다.

"어이쿠, 저절로 붙고 난리야."

"이 야한 돌고래 좀 보게. 그동안 어떻게 참았어?"

"그러니까 뽀뽀 한 번만 더 하게 해줘요."

윤이 베개를 등에 받쳐주는 사이 그녀의 팔이 그의 목을 감았다.

"이쪽 팔이 멀쩡해서 다행이야."

은효의 입술이 윤의 윗입술을 물었다 놓았다. 그리고 다시 아랫입술을, 다시 윗입술을…… 번갈아 가며 맛보듯 키스했다.

"윤이 씨 입술이 너무 달콤해서 케이크 안 먹어도 될 것 같아."

"그럼 가져온 거 다시 돌려보낼까?"

"돌려보내면 종일 나하고 뽀뽀?"

은효가 장난스럽게 내민 입술을 윤이 집게 손으로 잡았다 놓았다.

"어깨나 다 낫거든 들이대시지?"

"자가 치료는 왜 안 되는 걸까요? 빨리 낫고 싶은데."

"그렇게나 나한테 들이대고 싶은 건가? 뭘 하고 싶어서?"

"무, 무슨 생각을 하는 거예요? 드, 드라마 빨리 찍고 싶어서 그러는 거죠."

"아, 그러셔?"

"그 의심스러워하는 표정은 뭐예요? 진짜라니까!"

윤이 눈썹을 으쓱하고는 돌아섰다. 그리고 곧 이동식 베드 테이블을 가져와, 케이크와 디저트류를 은효 앞에 세팅했다.

치즈케이크와 티라미수를 눈 깜짝할 사이 해치우고 마카롱을 입에 넣던 은효가 불쑥 질문을 던졌다.
"저와 이 실장님의 오쿨리파시를 처음부터 다 본 거죠? 아깐 겨를이 없어서 안 물어봤는데……."
"어."
"타인의 오쿨리파시는 못 본다더니, 도청도 아니고 말이야."
"흔한 능력은 아니니까. 그래서 알리지 않았던 것도 있고."
은효가 마카롱을 한입 베어 물고는 윤을 빤히 바라보았다.
'고백해? 말아?'
그 능력, 나도 있다고 말하려다가 말았다. 그냥 아직은 아무에게도 알리지 않는 게 나을 것 같다는 생각이 들었다. 사랑하는 윤이라 할지라도.
"왜 그렇게 쳐다봐?"
윤이 티슈로 은효의 입가를 닦아주며 말했다.
"남이 알았을 때 유쾌한 능력은 아니지."
"아무래도……."
"기분 나빴어?"
은효가 고개를 저었다.
"나보단 이 실장님이 곤란했을 것 같아요. 성격상 그런 일 하는 거 안 좋아할 텐데."
"맞아. 나도 미리 계획했던 게 아니라서, 이 실장을 짧은 시간에 설득하느라 애먹었어. 특히 마지막 질문은……."

이 실장이 잠시 눈치를 보는 것 같았던 때가 떠올랐다. 아마도 이 실장은 하지 않겠다고 버텼고, 윤은 무슨 구실로든 협박했을 게 분명했다.

"승대호를 미술관에서 만난 뒤, 그땐 무조건 당신을 지켜야겠다는 마음뿐이었어요. 지금 생각해보면 참……무모했죠. 아무 대책도 없이 가서 뭘 어쩌겠다고. 그런 면에서 이 실장님에게 고맙게 생각해요. 저를 존중해주고 네르하까지 데려다주셨으니까요."

"이 실장이야말로 놀랐을 거다. 별일 없을 거로 생각하고 데려갔다고 했거든."

"어쨌든요."

은효가 하나 남은 다쿠아즈를 집어 들다가 동작을 멈췄다. 그녀는 그것을 먹는 대신 느릿하게 한숨을 내쉬었다.

"그때를 생각하면 지금도 숨이 잘 쉬어지질 않아요."

코끝이 찡해지면서 입술이 저절로 실룩거렸다. 눈에는 두서없이 뜨듯한 물이 고였다.

"윤이 씨가 내 이름을 말했을 때…… 나를 불렀을 때…… 얼마나 힘들었을까. 얼마나…… 무서웠을까."

"그만. 그만 말해."

윤이 테이블을 치우고 은효의 얼굴을 품에 안았다.

"힘들지 않았어. 무섭지도 않았고."

그의 손이 다정스레 그녀의 머리를 쓸어 내렸다.

"단지, 네가 많이 보고 싶었어. 너를 보지 않고 떠난 걸 후회했다."

"가슴을 덮은 검붉은 피가 당신을 삼켜버릴 것 같았어요. 얼굴은 피가 전부 빠져나간 것처럼······."

"쉬잇. 그만. 우리 이제 잊어버리자."

얼굴을 묻은 윤의 셔츠에서 안식의 향기가 전해졌다. 은효의 들썩이던 가슴이 서서히 가라앉았다.

"말했지만, 너는 안테파사르가 내게 준 축복이야. 너로 인해 살고 싶어졌고, 네 덕분에 살았어. 솔칸이라는 숙명을 가볍게 생각하진 않지만, 내 곁에 네가 없다면 그 어떤 것도 아무 의미가 없어."

"이제 다시는 누가 뭐라 해도 윤이 씨 놓지 않을 거예요."

윤이 양손으로 은효의 얼굴을 감쌌다.

"은효야."

"응?"

"앞으론 절대 무모한 짓 하지 마. 나를 구하러 왔을 때도 많이 위험했다는 거 알아. 그리고 이번 사고도······."

그의 눈동자에 물기가 서렸다.

"아까 네가 말했지? 제단에서 무섭지 않았냐고. 그땐 정말 무섭진 않았어. 미련만 가득했지. 근데······ 네가 사고를 당했다는 소식을 들었을 땐······ 무서웠다. 태어나서 그렇게 두렵긴 처음이었어."

얼굴에 닿은 그의 손바닥이 촉촉했다. 그때가 떠오르는 듯, 떨림이 느껴졌다. 은효는 아프지 않은 쪽 손을 들어 그의 손등을 잡았다.

"치…… 즐겁지 않길 바랐다고 했을 땐 언제고."

일부러 퉁명스럽게 말했지만, 목소리의 떨림을 감출 수는 없었다.

"그날 어찌나 심술 맞은 지, 내가 얼마나 서운했는지 알아요?"

"얼빠진 놈하고 신나게 노래 부른 사람은 누구더라?"

"얼빠진 놈? 하신우 씨가 얼마나 인기가 많은데, 얼빠진 놈이라뇨?"

윤의 한쪽 눈썹이 올라가는가 싶더니, 그에게 잡힌 은효의 양 볼이 옆으로 쭉 늘어났다.

"아, 아아! 지금 환자를 괴롭히는 거예요?"

은효가 볼을 번갈아 문지르며 투덜거렸다.

"어깨가 낫기만 해봐. 호윤 얼굴을 밤새도록 주물러 줄 테니."

"호시탐탐 나를 만질 궁리만 하는군. 야한 돌고래."

"새삼스럽게 뭘. 그러게 왜 그렇게 멋있으랬나."

"다 내 잘못이군. 왜 이렇게 멋있어서."

윤이 콧숨을 내쉬며 가볍게 웃었다.

"단 거 먹었으니, 양치하러 가자. 오후에 잠깐 회사 좀 다녀올게. 어디 안 좋으면 침대 옆에 버튼……."

"네네, 알았어요. 나 그렇게 아프지 않다니까. 이도 혼자 닦으러 갈 수 있으니까 얼른 일하러 가세요."

"싫은데? 이 닦는 거 보고 갈 거야."

말이 끝남과 동시에 윤은 가볍게 은효를 안아 들었다. 괜찮다고 튕겼지만, 윤의 품에 안긴 은효는 삐져나오는 미소를 감출 수 없었다. 그를 사랑하는 마음을 숨길 수 없는 것처럼.

"싫어요."
"아직은 보호자와 함께 지내야 해. 우리 집으로 가."
"저 여배우거든요? 스캔들 난단 말이야!"

퇴원한다는 은효의 연락을 받고 병원을 찾은 지훈은 30분째 연인의 소모적인 말다툼을 구경 중이었다. 감히 끼어들 생각은 하지도 못한 채.

"매니저도 있고 코디도 있고, 여기 이렇게 든든한 대표님도 있는데 보호자가 따로 왜 필요해요."

은효는 흰 면 티셔츠에 연한 색 데님 반바지 차림이었다. 5일 입원해있는 동안 어깨는 이미 완치되었지만, 보호대는 변함없이 착용 중이었다. 대외적으로는 아직 회복 중이어야 했으므로.

"게다가 다 나았다고요. 멀쩡하다니까?"
"의사가 며칠 더 안정을 취하는 게 좋다고 했어. 일하러 갈 생각은 하지도 마."
"보호는 구실이고, 저 촬영장 못 가게 하려고 이러는 거죠? 얼른 가야 한단 말이에요. 나 때문에 더 미뤄지는 거 싫다고!"
"투자자가 괜찮다는데 무슨 걱정이야. 우리 집에 가서 제대로 된 식사 하면서 좀 더 쉬어."

이쯤 되면 슬슬 중재해야 하는 건 아닌가 하는 걱정이 들던 차에 아이보리색 리넨 슈트를 입은 윤이 지훈 쪽으로 시선을 돌렸다.

"회사 대표 관점에서 소속 배우가 어떻게 해야 할 것 같아? 근시안적으로 생각하지 말고 멀리 내다보길 바라."

"좀 더 안정을 취하는 게 좋지. 하지만 투자자의 집에서 쉬는 것은 나도 반대야. 미선 씨와 박 팀장을 수시로 오피스텔에 보낼 테니 걱정 안 해도 돼."

윤이 도끼눈을 뜨고 지훈을 노려보았다.

'자길 도와줄 것으로 생각했던 모양인데, 지금 제일 똥줄이 탄 사람이 바로 나거든? 이 사랑둥이 투자자 양반아!'

불똥이 튀든 말든 일단은 회사의 여배우부터 구하고 봐야 했다. 아직 빛도 보지 못했는데 구설에 오르게 할 수는 없는 노릇 아닌가.

"그렇죠? 제 말이 그 말이라니까요. 그리고 내가 살던 곳이 편하단 말이에요."

은효가 쪼르르 지훈의 옆으로 다가갔다.

"대본 연습도 해야 하고 일정 조율도 해야 하고, 이래저래 오피스텔로 가는 게 맞아요."

"그럼 내가 은효의 오피스텔로 가는 수밖에."

윤의 폭탄 같은 발언에 은효와 지훈이 동시에 '에?'를 외치며 그를 쳐다봤다.

"어느 쪽이 더 나을지 선택해."

"아니 정말, 왜 이러는 건데요. 나 정말 괜찮다니까?"

흥분해서 음성을 높이는 은효와는 달리 지훈은 뭔가 이상하다는 생각이 들었다. 평소의 윤은 절대 막무가내로 일을 처리하는 스타일이 아니다. 지금 그의 행동엔 분명 무슨 이유가…….

'아, 혹시!'

지훈이 슬쩍 윤에게 시선을 보냈다. 역시나 그는 못마땅한 얼굴로 지훈을 보고 있었다.

'젠장!'

간만에 블뤼가 부러워지는 순간이었다.

"저기, 은효 씨. 내가 잠깐 따로 우리 투자자님과 협상을 하고 올게."

"따로 할 게 뭐가 있어요. 여기서 그냥 얘기하세요."

"아냐. 엔터 대표와 투자자 둘이서 해결해야 할 문제가 있어."

은효가 의심스러운 눈빛으로 두 남자를 번갈아 쳐다보았다.

"뭐지? 이 분위기."

"난 무조건 은효 씨 입장이라는 거, 알지?"

그녀는 사뭇 석연찮은 표정이었지만, 스마트폰을 집어 들고는 소파 등받이에 등을 기대었다.

"알았어요. 대표님만 믿고 있을게요."

지훈이 고개를 끄덕여 보이고는 윤과 함께 입원실 밖으로 나갔다.

윤과 지훈은 병실에서 나와 로비 쪽으로 이동했다. 5성급 호텔 버금가게 고급스러운 로비엔 중간중간 윤이 배치해둔 경호원이 눈에 띄었다.

"병실 앞에 세워둔 걸로도 모자라 로비에도 둔 걸 보니, 아직 숙조부님 쪽 문제가 해결이 안 된 건가?"

"승 회장은 스페인으로 수월히 이송됐어. 그가 너무 순순히 받아들이고 떠났다는 게 더 찜찜할 만큼."

"뭐 걸리는 거라도 있나?"

윤이 인상을 쓰며 앞머리를 뒤로 쓸어 넘겼다.

"그가 떠나면서 내게 보낸 오쿨리파시."

"뭐라고 했는데?"

"지키고 싶은 이를 잃었을 때의 절망을 너도 겪어봐."

"뭐?"

"미친 노인네. 끝까지 사람을 돌아버리게 만들어. 마음 같아선 그 자리에서……."

윤은 지훈을 의식한 듯 어금니를 꽉 물며 화를 억눌렀다.

"이 상황을 은효가 절대 알게 해서는 안 돼. 수상한 움직임은 보이지 않지만, 그렇다고 은효를 이대로 방치할 수도 없어. 무엇보다, 내 시야에 두지 않으면 불안해서 아무것도 할 수 없을 것 같으니까."

"그래도 같이 사는 건 반대야. 우리 회사 간판 배우가 될 사람인데, 스캔들이라도 나면 곤란해진다고."

"차라리 결혼을……."

"아, 이보세요! 그건 진짜 아니지."

지훈이 눈을 질끈 감았다 뜨며, 고뇌가 묻어나는 한숨을 뱉어냈다.

"은효 씨 앞 호를 사시든가요. 수혁 아저씨가 그 오피스텔 구할 때, 마주 보고 있는 집도 같이 샀다고 알고 있으니까."

"하필……."

"왜?"

"그렇지 않아도 이번에 말도 없이 병원 옮겼다고 한 소리 들었거든."

"이제 오해도 풀렸겠다, 뭐가 문제야? 사정 이야기하면 들어주시겠지."

"너는 모르는 껄끄러운 뭔가가 있단 말이다."

"하긴, 내가 아저씨라도 너 같이 성격 이상한 놈한테 딸을 맡기고 싶지는 않을 것 같다."

지훈은 윤이 보내는 온갖 눈빛 욕을 무시하며 은효가 있는 병실로 먼저 걸음을 옮겼다.

'후우, 선택의 여지가 없는 건가.'

윤은 짜증 섞인 숨을 뱉으며 어딘가에 전화를 걸었다. 그리고 곧 휴대폰 너머로 이 실장의 음성이 들렸다.

―네, 대표님.

"현광그룹 회장실 약속 좀 잡아줘."

오랜만에 찾은 촬영장은 은효가 사고를 당하기 전과는 아주 딴판으로 다른 분위기였다. 전에는 형식적인 친절함이 주였다면, 지금은 다들 진심에서 우러나는 반가움이 확연히 느껴졌다.

은효가 스태프들과 인사를 나눈 뒤, 대기실에 앉아 대본을 읽고 있을 때였다. 짧은 노크 뒤로 코디 미선의 '네'라는 대답이 묻히며 문이 열렸다. 상기된 표정의 류언준이 빠른 걸음으로 은효에게 다가갔다.

"은효 씨!"

인사를 하려던 은효는 의자에서 채 일어서기도 전에 언준의 품에 안겨졌다. 미선은 눈치를 보다, 슬금슬금 대기실 밖으로 나갔다.

"서, 선배님."

"많이 아팠지? 지금은 어때? 더 쉬어야 하는 거 아닌가?"

은효는 그를 뿌리치려다 그냥 두었다. 사고 후, 회사 대표와 투자자의 철벽 방어로 인해 문병 한 번을 못 왔으니 얼마나 애가 탔을까. 그녀는 언준의 등을 토닥거렸다.

"안 아팠다고 하면 거짓말이지만 지금은 괜찮아요. 괜히 저 때문에 미안해하지 마세요. 제가 좀 오지랖이 넓어서…… 보이는데 그냥 있을 수 없었던 거니까."

"그렇다면 더욱 혼자 피할 수도 있었는데 날 보호한 거잖아. 나라면 그 상황에서 그러기 쉽지 않았을 거다."

언준은 다행히 금세 뒤로 물러섰다.

"도대체 은효 씨 회사는 왜 병문안도 못 가게 하는 거야? 듣기

론 병원도 옮겨서 어디에 있는지 아는 사람도 없다고 하던데."

"좀 유난이긴 하죠. 사고 첫날, 매스컴에 유출된 게 걸렸었나 봐요. 기사 내리면서 병원도 옮긴 것 같더라고요. 저도 눈뜨니까 병원이 바뀌어있어서 황당했다니까요."

회사가 아니라 투자자가 주도했지만요. 은효는 애매하게 웃으며 형식적으로 걸고 있는 어깨 보호대를 만졌다.

언준이 안쓰러운 눈빛으로 보호대와 은효를 번갈아 보며 물었다.

"촬영은 할 수 있겠어? 아직 아플 텐데."

"대본상으론 액티브한 연기는 이제 없어서 문제없어요. 그리고 저, 통뼈라 튼튼합니다!"

"그나저나 신우 녀석은 은효 씨 걱정을 하다 하다, 이젠 그 불똥이 나한테 튀어서 곤란해 죽겠어."

"네?"

"은효 씨가 나를 혼자 좋아해서 그런 행동을 한 것 같다고······."

"푸훗, 그렇게 생각하도록 두는 게 더 나을지도 모르겠어요."

은효가 깔깔거리며 웃고 있을 때, 드라마 스태프가 대기실 안으로 고개를 들이밀었다.

"촬영 시작한다고 합니다. 준비하시고 나와주세요."

"아, 네!"

씩씩하게 대답하는 은효를 보며 언준이 가볍게 웃었다.

"다행이다. 진짜."

"걱정 많이 하셨죠? 다친 저보다 더 힘드셨을 거 알아요."

"고맙다는 말은 안 하려고. 왠지 그 말 한마디로 퉁치는 것 같아서 싫다."

"에이. 말 안 해도 다 안다니까."

그쪽이 뿜어내는 기운이 충분히 보여주고 있다고요. 은효가 그의 미소에 화답하듯 빙긋 웃었다.

언준이 먼저 대기실을 나가고 허겁지겁 미선이 들어왔다. 은효는 가볍게 메이크업을 고치고 촬영장으로 이동했다.

XXXII.
네가 또 헤어지자고 할까 봐,
그게 더 무서우니까.

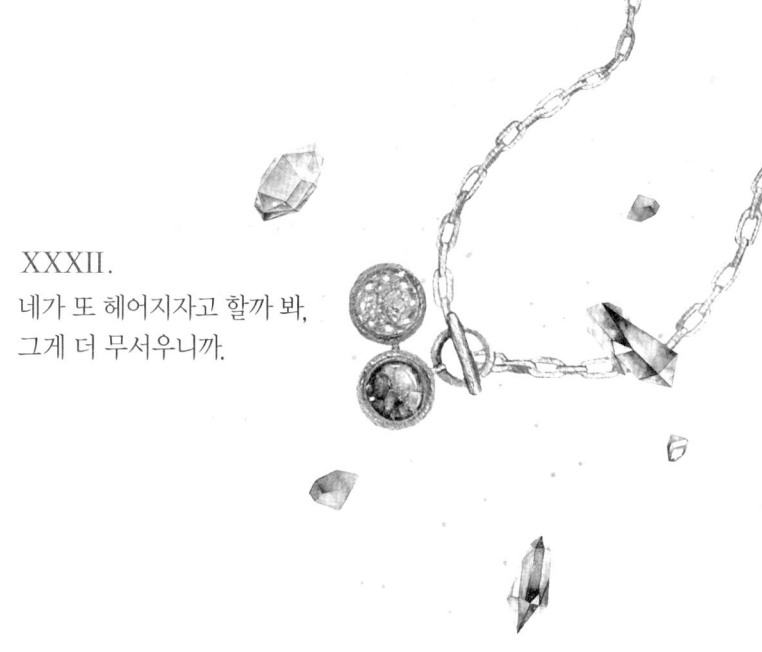

「여름, 꿈, 재즈와 함께」

여진은 계절 음악 페스티벌을 소개하는 팸플릿을 몇 분째 뚫어져라, 들여다보고 있었다. 엄밀히 말하면 팸플릿에 찍힌 한 중년의 여인을.

회사의 이번 새 브랜드 출시에 맞춰 신선하면서도 이슈가 될 만한 40대 이상의 여성 모델을 찾고 있었다. 그리고 홍보팀에서 최종적으로 결정한 모델의 프로필을 여진에게 보고했다. 그녀가 바로 이 여인. 프란시스 연이었다.

재즈가 한국에서 대중적인 음악 장르는 아니었지만, 그 분야에서는 꽤 알려진 아티스트였다. 공중파 방송에서도 몇 번 얼굴을 비친 적이 있기에 어필할 거리는 충분했다. 게다가…….

'예쁘네. 나이에 비해 젊어 보이고.'

슈피르가 아니란 걸 알면서도 눈동자를 유심히 보았다. 그러다 문득, 기분 나쁜 기억이 뇌리를 스쳤다.

'이거 뭐야? 설마?'

보면 볼수록 알고 있는 누군가와 너무 닮은 이목구비였다.

'프란시스 연…… 연……!'

여진은 책상 위에 두었던 스마트폰을 집어 들었다.

"박 팀장. 프란시스 연의 본명이 뭔지 알아봐. 그리고 미팅은 내가 직접 가는 걸로 해."

본능적으로 재미있는 일이 벌어질 것 같은 예감이 들었다. 어쩌면 꼴 보기 싫은 누군가를 제대로 한 방 먹여 줄 수도 있을 것 같았다.

여진은 팸플릿의 여자 얼굴을 긴 손톱 끝으로 톡톡 건드리며 야릇한 미소를 지었다.

담배 연기가 눈물에 가려진 시야처럼 부옇게 퍼졌다가 사라졌다. 은정은 몇 번 빨지도 않은 장초를 재떨이에 비벼 껐다. 새삼스레 텁텁함이 거슬려, 입안을 생수로 몇 번이나 헹궜다. 그러나 텁텁함은 사라지질 않았다. 여전히 구질구질한 그녀의 삶처럼.

멜랑꼴리한 감성의 해외파 재즈 피아니스트 프란시스 연. 남

들이 보기엔 나름 성공한 인생일지도 모르지만, 은정에게 남은 것은 배신감과 그 뒤를 따르는 공허함뿐이었다.

어릴 적 하룻밤의 실수. 그때부터였다. 그녀의 삶이 꼬이기 시작한 것은.

딱히 남자를 사귀지도 않았지만, 사랑하지도 않는 사람과 몸을 섞는다는 것은 상상해 본 적도 없을 때였다. 그렇기에 어쩌다가 그 남자와 하룻밤을 보내게 되었는지는 지금까지도 납득이 되질 않았다.

2년 전, 갑작스러운 호태준의 이별 통보. 그날의 황당함은 그녀의 첫 원나잇 다음 날 느꼈던 기분과 흡사했다.

'뭐지? 나한테 무슨 일이 벌어진 거지? 하늘은 왜 나만 이런 벌을 주는 건데? 왜? 왜!'

얼굴도 기억 안 나는 남자와의 첫 밤, 그리고 악몽 같았던 결혼생활. 그것을 보상받듯 그녀에게 찾아온 행운이었다. 호태준이란 남자는.

'한 여자에 정착할 수 있다고 생각했는데, 역시 난 불가능할 것 같다.'

맡은 중책을 곧 내려놓는다며 함께 여행을 가자고 했었다. 스페인의 작은 섬을 샀으니 그곳에서 여생을 보내자고 했었는데…….

지금 장난하는 거냐고 한마디 쏘아붙이지도 못했다. 스마트폰 너머로 들려온 그의 음성은 그 어떤 흉기보다 은정을 아프게 했다.

'한국은 당분간 갈 일 없을 거야. 당신도 여기 올 필요 없어. 결혼…… 선물로 주려 했던 서울의 아파트는 당신 명의로 해놨으니 마음대로 해. 팔든, 들어가 살든.'

'이렇게 얼굴도 안 보고 끝내자는 거예요? 지금?'

'미련이 없는데 얼굴은 봐서 뭐 하려고.'

'미련은 없어도 예의라는 게 있잖아요.'

'예의도 없는 놈인 거지, 내가.'

일 년이 지나고 또 일 년. 잊힐 만도 한데 가슴속에서 사골 우리듯 떠오르고 또 떠오른다. 그 망할 놈의 미소가. 그와의 행복했던 순간이.

은정은 연주를 마치고 혼자 대기실에 남는 것을 좋아하지 않았다. 이렇게 쓸데없는 기억들이 꾸역꾸역 치밀어 궁상을 떨고 마니까.

벽에 걸린 시계를 힐끗 쳐다보았다. 며칠 뒤에 있을 페스티벌의 의상을 협찬해줄 회사관계자가 오기로 했었다. 하필 약속 시간 보다 연주가 일찍 끝나, 기다리는 시간이 길어졌다. 은정이 눈살을 찌푸리며 혀를 차고 있을 때, 노크 소리가 들렸다.

프란시스 연. 본명은 연은정. 한국 지방대학의 음대를 중퇴하고 도미(渡美).

'연은효……'

프란시스 연을 만나고 온 여진은 예감이 확신으로 바뀌었다. 처음엔 있을 수 없는 일 아니냐며 자문했지만, 완전 불가능한 일은 아니란 생각이 더 강하게 들기 시작했다.

'슈피르와 사피의 혼혈……'

여진은 지나가는 말로 그녀에게 질문을 건넸던 게 떠올랐다.

'요즘 자주 보이는 신인배우 연은효 씨와 많이 닮으셨어요. 자매라고 해도 믿겠네요.'

'그런가요? 그쪽으론 관심이 없어서.'

'아, 흔한 성도 아닌데, 두 분이 같아서 혹시나 했거든요.'

프란시스 연은 구태여 대꾸하지 않았다. 여진도 더는 끌 명분이 없어, 거기서 대화를 멈춰야 했다.

준비해간 의상 몇 벌을 피팅하면서 슬쩍 프란시스 연의 머리카락을 입수했다. 윤을 압박하려면 적어도 들이댈 완벽한 증거가 필요할 테니까.

'혼종이 솔칸과? 말도 안 되지. 감히 어디서.'

지금의 여진이 있기까지 그녀의 도착 지점엔 윤이 있었다. 듣도 보도 못한 것에게 뺏기려고 그동안 대시 한번 하지 않고 참아왔던 게 아니었다.

'윤을 뺏기는 건 내 인생을 도둑맞는 것과 마찬가지야. 손 놓고 보고 있지만은 않아!'

돈이 많은 것 말고는 평범하기 그지없는 부모가 가끔은 원망스러웠다. 그래서 힘 있는 승대호 회장의 줄을 잡았건만…….

'내가 원하는 것을 갖지 못할 바엔…… 어떻게 해야 할까?'

스페인으로 이송되기 전 승대호가 여진에게 했던 질문이었다. 그녀는 그 질문의 답을 알고 있었다. 문득 소름이 돋을 만큼 승회장과 여진의 마인드는 같았으니까.

은효의 퇴원 후, 윤은 이상하리만치 잠잠했다. 한밤중에 걸려오는 안부 전화가 전부일 뿐, 며칠째 그림자도 보지 못했다. 자기 집으로 들어오라고 난리 칠 때는 언제고.
'이러면 헤어졌을 때와 뭐가 다른데?'
서운했던 감정이 노여움으로 바뀌더니, 이젠 부글부글 폭발하기 일보 직전에 다다랐다. 인내심? 그게 뭔데.
'다 나으면 당장이라도 뭐 어쩔 것처럼 들이대시더니 이러시겠다? 내가 너무 좋아하는 티를 곽곽 냈다 이거지?'
그치만 더 많이 좋아하는 것도 사실이잖아.
'바쁘겠지. 회사 일도 해야 하고 솔칸으로서의 의무도…….'
오락가락하는 감정에 불쑥 부아가 치밀었다. 무의미하게 들고 있던 이미 다 외워버린 대본을 탁자 위에 던져버렸다. 막바지

주인공들의 키스 신이 있는 날이라 긴장하고 있었는데, 이런 기분으로 무슨!

옆에서 메이크업 도구를 정리하던 미선이 힐긋 곁눈질하며 물었다.

"오늘 신이 마음에 안 드세요? 대본은 왜……."

"갑자기 미운 사람이 생각나서."

"저는 오늘 넘 기대돼요. 그동안 쭉 지켜본 사람으로서."

"기대를 저버리면 안 되는데, 그쵸?"

처음 찍는 키스신도 아닌데 여전히 적응되질 않는다. 무뎌지는 게 나은 건지는 알 수 없지만, 이런 기분이 프로답지 않다는 것은 알고 있다.

'이게 다 호윤 때문이야!'

은효는 말도 안 되는 핑계를 속으로 중얼거리며 촬영장으로 향했다.

비서로 분한 은효는 살구색 블라우스에 무릎 위까지 올라간 타이트스커트 차림이었다. 사장실로 보이는 공간은 암막 커튼으로 가려져 스탠드 불빛만 은은히 두 사람 사이를 비추고 있었다.

"야근하라고 남겨놓고 왜 자꾸 부르십니까?"

언준은 사장 명패가 세워진 책상에 앉은 채 나른한 음성으로 대답했다.

"여기서 해. 야근."

"제 자리가 편합니다."

"그럼 밤새 왔다 갔다 해야 할 거야."

"……노트북 가져오겠습니다."

은효가 문을 열기 위해 손을 뻗는 순간, 의자에 앉아있던 언준이 어느새 따라와 그녀를 돌려세웠다.

그동안 함께 생사고락을 겪으며 끈끈한 동료애 이상의 감정을 차곡차곡 쌓은 두 사람이었다. 중간중간 야릇한 감정 기류는 있었지만, 남자주인공의 본격 대시는 이제 시작이었다.

"무슨……."

질문하는 은효의 얼굴로 언준의 얼굴이 서서히 겹쳐졌다. 두 사람의 입술이 닿으려는 순간, 느닷없이 이 실장의 음성이 촬영장에 난입했다.

"더우시죠? 커피차 불렀습니다."

"컷!"

실컷 감정을 잡았던 은효와 언준은 멈칫한 상태에서 뻘쭘하게 서로 물러섰다.

"무슨 일이죠?"

은효가 감독이 노발대발하는 쪽으로 고개를 돌렸다. 그곳엔 난처해하는 이 실장이 보였고, 좀 더 뒤에는 팔짱을 낀 채 그녀를 바라보고 있는 윤이 있었다.

《맙소사! 설마?》

은효의 오쿨리파시에 윤이 대답했다.

《설마 뭐?》

《이 실장님은 무슨 죄야? 왜 남의 일터에 와서 방해에요?》

《투자자가 복지 차원에서 돈까지 쓰면서 쉬라고 하는데, 무슨 방해?》

뭐라고 더 한마디 하려는데 지훈이 허겁지겁 촬영장에 나타났다.

"죄송합니다, 감독님. 제가 시간을 잘못 알려줘서 착오가 생긴 것 같습니다."

"지금 배우들이 감정 잡고 몰입해야 하는 신인데, 흐름을 끊어놔서 어쩔 겁니까?"

"죄송합니다. 정말."

지훈이 등장하자, 기다렸다는 듯 이 실장이 슬그머니 호윤 쪽으로 이동했다. 이쯤 되니 이 실장이 몹시 안쓰러웠다.

'저 성격에 얼마나 하기 싫었을까.'

은효가 눈살을 찌푸리며 윤에게 시선을 옮겼다. 역시나 그는 은효를 바라보고 있었다.

《얼른 가세요! 솔칸께서 이렇게 한가해도 되는 건가? 바쁜 이 실장님까지 대동하고서.》

《마침, 오늘 시간이 남아서 응원차 왔지.》

《응원이라고요? 우리 대표님 저기 땀 흘리는 거 안 보여요?》

윤이 대수롭지 않다는 듯 어깨를 으쓱였다.

"두 사람 지금, 눈싸움해?"

옆에서 물을 마시던 언준이 피식 웃으며 말을 걸었다. 은효가 흠칫 놀라며 윤에게 향했던 시선을 거뒀다.

"진짜는 저쪽이지?"

"네?"

언준의 존재를 까맣게 잊은 사실에 민망했던 은효는 저도 모르게 말을 더듬었다.

"뭐, 뭐가요?"

"은효 씨의 수많은 루머 중의 진짜."

언준이 다가가더니 은효의 귓가에서 닿을 듯 말 듯 고개를 숙였다.

"지금도 봐. 멀리 있어도 내 얼굴이 화끈거릴 만큼 쏘아보고 있잖아."

딴에는 작게 속삭였지만, 윤은 분명 다 듣고 있을 게 분명했다. 그의 표정이 어떨지…… 안 봐도 알 것 같았다.

"아니거든요."

은효가 주춤 물러섰다.

"그래? 아니란 말이지?"

뭐라고 대꾸해야 할지 난감하던 차에 감독의 준비하라는 소리가 들렸다. 이대로 순순히 물러날 호윤이 아니기에 슬쩍 그가 있는 쪽을 확인했다.

"투자자님 제발 이러지 맙시다."

지훈이 작은 소리로 웅얼거리며 윤을 밖으로 끌고 나가려는 모습이 보였다.

'힘으로는 절대 안 될 텐데…….'

오늘따라 안쓰러운 사람이 왜 이리 많은지, 은효의 고개가 저절로 도리질 쳐졌다.

지훈은 투자자를 밖으로 끌어내는 데 실패했다. 그렇기에 어쩔 수 없이 옆에 붙어 앉아 돌발상황을 막는 방법을 선택했다.

촬영장 맨 뒤에 자리를 잡고 앉은 윤은 꿈쩍도 하지 않고 배우들을 주시하고 있었다. 지훈은 최대한 작은 소리로 대화를 시도했다.

"네가 이런다고 달라지는 건 없어. 인제 와서 대본 수정은 말도 안 되는 거고."

"난 아무 말도 안 했다."

"그럼 도대체 왜 이러는 건데?"

"투자자가 마무리가 잘 되는지 보러오는 것도 안 되나?"

어우, 진상. 지훈은 목덜미를 잡으며 화를 삭였다.

'하, 진짜 투자자만 아니었어도 들이받아버리는 건데!'

비록 깨지는 쪽은 본인이겠지만……. 지훈은 쓴 입맛을 다시며 윤의 시선을 따라갔다.

류언준의 기사 댓글에 종종 보이는 단어, '멜로 눈깔.' 어감 자체는 좀 그렇지만, 왜 그런 댓글이 달리는지 바로 알 것 같았다. 지금 은효를 바라보는 언준의 눈빛이 딱 그것이었으니까.

서로의 감정을 솔직히 드러내고 받아들이는 장면이었다. 그동안 로맨스가 좀 부족한 것 아니냐는 피드백이 무색할 만큼 두 배우의 분위기는 후끈했다.

'제발 가만히 있어라, 호윤.'

지훈이 곁눈으로 윤을 살폈다. 미동 없이, 표정 변화 없이 은효에게 시선을 고정한 모습이 왠지 더 불안했다. 지훈은 괜히 숨도 참은 채 배우들을 바라봤다.

언준과 은효가 키스를 짧게 두어번 나누었다. 서로를 탐색하듯 조심스럽던 키스는 차츰 길어지고 진해졌다.

'미쳐버리겠네.'

다른 이유도 아닌, 옆에 앉은 투자자 때문에 지훈은 좌불안석이었다. 갑자기 난동을 부릴 것 같아 그의 꼭 쥔 손에는 진땀이 가득했다.

키스를 하다 멈추다를 반복하면서 언준은 조금씩 은효를 소파가 있는 쪽으로 몰아갔다. 은효의 허리를 감싼 그가 뜨겁게 키스를 퍼부으며 천천히 소파에 그녀를 눕혔다.

"컷!"

감독의 오케이 사인이 떨어지고, 지훈은 그제야 안도의 한숨을 내쉬며 옆으로 고개를 돌렸다. 잠깐 안봤을 뿐인데 있어야 할 곳에 윤이 없었다. 몇 분 전까지 제 역할을 했던 우그러진 의자만 바닥에 놓여있을 뿐.

은효는 대기실에 앉아 병째 물을 쉬지 않고 들이켰다. 혹여라도 엔지를 낼까 봐 긴장한 탓도 있지만, 여전히 적응이 안 되는 다른 남자와의 키스를 씻어내고 싶은 이유가 컸다. 500mL의 페트병이 금세 바닥을 드러냈다.

미선에게 일부러 심부름을 시키고 혼자 앉아 마음을 가라앉혔다. 은효는 의자 등받이에 몸을 기대고 눈을 감았다.

'연기일 뿐이야. 이건 일이라고. 네가 선택한 길이잖아. 이런

걸로 힘들어하는 건 프로답지 못해.'

연기에 몰입한 척했지만 실은 아무것도 기억나지 않았다. 윤이 쌍심지를 켜고 쳐다보고 있는데 무슨······.

'도대체 촬영장엔 왜 나타나서 가뜩이나 심란해 죽겠는데.'

오케이 사인 후, 힐긋 쳐다본 그곳엔 황당한 표정의 지훈만 남아있었다.

'결국 못 참고 가버릴 거면서 왜 온 거야! 좀생이!'

러브신을 찍을 때면 주문처럼 머릿속으로 중얼거린다. 이 남자는 호윤이다. 나는 지금 호윤과 사랑을 하고 있다. 내 앞에 있는 남자는 호윤······.

"······!"

잡념에 빠져있던 은효는 소스라치게 놀라며 눈을 떴다. 입술에 말캉하면서 따뜻한 무언가가 닿았다 떨어졌기 때문이다.

놀란 토끼 눈을 한 그녀의 앞엔 잡념의 대상인 좀생이 호윤이 있었다.

"어, 어떻게, 아니, 소리를 전혀 듣지 못했는데······."

"아직도 새삼스럽게 그런 것에 놀라나?"

윤이 고개를 삐딱하게 기울이며 은효를 빤히 바라보았다.

"너무 무방비로 있는 거 아니야?"

"미선 씨 올 때 됐어요. 괜히 오해받기······."

은효의 불만은 윤의 입술에 의해 멈춰졌다. 짧게 몇 번의 키스를 하던 그는 의자에 앉은 은효의 허리를 잡더니, 근처에 있는 화장대 위에 그녀를 들어 올렸다.

"문을 잠그긴 했는데, 뭐 들어오면 어때."

윤이 심술궂게 웃었다.

"잠그지 말 걸 그랬나."

"내가 하는 일이 이런 거 알면서 왜 보러와요? 사디스트인가?"

"엎어버리려고 왔지."

"그런데 어떻게 참았대?"

"엎어버리면 네가 또 헤어지자고 할까 봐, 그게 더 무서우니까."

생각지도 못했던 대답이었다. 퉁명스러운 말이 나올 줄 알았는데, 윤의 음성은 미세하게 떨리기까지 했다. 은효가 천천히 그의 얼굴을 두 손으로 감쌌다.

"내 말이 위로될지 모르겠지만, 연기할 때 상대는 늘 당신이에요. 다른 사람하고는 절대 상상도 할 수 없다고요."

은효의 입술이 그의 입술을 지그시 눌렀다가 떨어졌다.

"윤이 씨도 알고 있는 거죠?"

"이번엔 여우인가? 빠져나갈 수 없게 만드네."

"여우 아닌데? 여전히 음란 돌고래인데?"

은효가 고개를 기울여 윤에게 키스했다. 상상이 아닌, 주문이 아닌, 실제 윤과 나누는 키스는 이루 말할 수 없이 달콤하고 짜릿했다. 생수로는 절대 떨치지 않던 꺼림칙함이 한순간에 사라지는 기분이었다.

화장대에 걸터앉았던 은효는 다리로 윤의 허리를 감고 그에게 매달렸다. 뜨거운 입김이, 그의 체취가 그녀를 훅, 달아오르게 했다.

윤의 입술이 그녀의 입술에서 목을 타고 내려가 쇄골 주변에 머물렀다. 그의 입술이 닿을 때마다 발끝부터 저릿한 쾌감이 은효를 목마르게 했다. 그녀는 저도 모르게 그에게 더 격렬히 매달렸다.

"이봐, 돌고래. 이런 곳에서 너와 처음을 나누고 싶진 않아. 그만 자극해."

윤이 야릇한 거친 숨을 내뿜으며 은효의 목덜미에 코를 박았다.

"심술부리려고 왔는데…… 너한테 당한 것 같다."

"얼굴도 안 보여주고 비싸게 구실 땐 언제고?"

"나 많이 보고 싶었구나?"

"뭐래니?"

여전히 윤에게 대롱대롱 매달린 채 은효가 새치름하게 대꾸했다.

"지금 나하고 밀당하는 사람이 누군데 이래요? 약 올리는 것도 아니고."

"그러게 같이 살자니까."

"말이 되는 소릴 해야지!"

"이렇게 매달려있는 사람이 할 소리는 아닌 거 같은데?"

웃음 섞인 윤의 말에 은효가 발끈하며 그에게서 떨어졌다.

"투자자님 나가주실래요? 다음 씬 준비해야 해서요."

"그렇지 않아도 밖에 코디가 오는 소리가 들리네."

"맙소사! 어쩌려고요?"

당황한 은효와는 달리 윤의 표정은 느긋했다.

"내가 문 옆에 서 있을 테니, 사람이 들어오면 잠깐만 시선을 끌어줘."

은효가 부연 질문을 하려는 찰나, 노크와 함께 미선의 음성이 들렸다.

―은효 씨? 자요?

윤이 슬그머니 문 옆의 벽에 바짝 붙어 섰다. 그러고는 고개를 까딱였다.

《열어.》

은효는 한숨을 내쉬며, 어쩔 수 없이 문을 열었다. 미선이 심부름으로 사 온 아이스라테를 들고 안으로 들어섰다.

"아, 다행이다. 깊게 잠들었을까 봐 걱정했어요."

"미선 씨도 없고 해서 문 걸고 눈 좀 붙이려고 했는데, 갑자기 눈이 따끔거리네. 뭐 들어갔는지 좀 봐줄래요?"

은효는 잡고 있던 문고리를 재빨리 놓으며 미선의 팔을 덥석 잡았다.

"빨리빨리."

최대한 호들갑을 떨며 미선을 문 쪽에서 멀어지게 잡아끌었다.

"내가 거울로 찾으려니 안보이더라고."

"속눈썹이 들어갔나? 원래 풍성해서 몇 개 안 붙였는데?"

은효는 미선을 문에 등지게 세우고 그녀에게 얼굴을 내밀었다. 미선이 눈꺼풀을 올리고 요리조리 살피며 고개를 갸우뚱거렸다.

"뭐 특별히 없는 거 같은데…… 점안액이라도 넣어볼까요?"

어쩔 줄 몰라 하는 미선의 뒤로 은효가 슬쩍 시선을 보냈다.

'뭐야? 없어?'

은효조차도 기척을 느낄 수 없을 만큼 윤은 조용히 사라지고 없었다. 은효는 허둥거리며 뭔가를 찾고 있는 미선을 물끄러미 바라보았다. 불과 몇 분 전까지 여기 투자자가 있었다는 사실을 말하면 그녀는 어떤 반응일까.

'직접 보고도 안 믿기는데, 그걸 누가 믿겠어. 하긴, 슈피르의 존재 자체가 판타지지.'

은효는 멋쩍은 미소를 지으며 미선을 불렀다.

"미선 씨, 이제 괜찮은 것 같아. 눈물이 나면서 빠져나갔나 봐요."

"아, 다행이다. 메이크업 고쳐야 하는데 못 할까 봐 걱정했어요. 이쪽으로 앉아 보실래요?"

메이크업 브러시로 은효 얼굴의 피부 결을 정리하던 미선이 손을 멈췄다.

"저 나간 사이에 뭐 드셨어요? 립이 다 지워졌는데?"

잠깐 움찔했던 은효는 태연한 척 대답했다.

"나 키스 씬 찍고 바로 온 거 잊었어요? 잊고 있었는데 민망하게……."

"아, 맞다! 근데 완전 다 지워졌는데요? 씬이 제법…… 오호!"

"오호는 무슨."

제 발 저린 도둑처럼 은효는 필요 이상으로 인상을 찌푸렸다.

XXXIII.
오래 기다리게 하지 마.

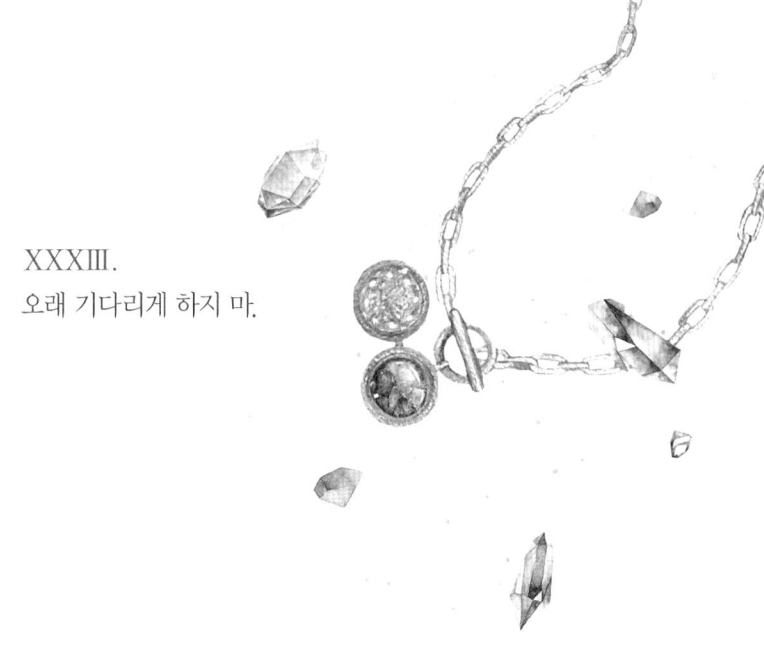

 거실 벽시계가 오후 5시 50분을 가리켰다. 은효는 거실 소파에 앉아, 회식 장소로 데려다줄 김 대리를 기다리고 있었다.
 완벽히 순탄한 과정은 아니었지만, '고양이, 사자가 되어라!'는 무사히 촬영을 마쳤다. 원작 선택부터 시나리오, 캐스팅까지 지훈이 심혈을 기울인 드라마였다. 일각에서는 연예 기획사의 드라마 제작에 우려를 보였지만 만족스러운 편성까지 얻은 지금, 그의 감회는 남다를 것이었다.
 어제 있었던 마지막 신의 촬영은 야외에서 밤늦게까지 진행됐다. 감독의 오케이 사인이 떨어졌을 즈엔 새벽을 지나 막, 동이 트려 하고 있었다.
 은효가 스텝들과 인사를 나누고 있을 때 지훈이 찾아왔다. 촬영 중간에 간식을 준비해왔던 그는 끝날 때까지 그곳에서 함께 했다.

'오후에 막촬 기념 회식을 할 거니까 집에 가서 한숨 자고 편한 차림으로 기다리고 있어. 김 대리가 데리러 갈 거야.'

조금은 들뜨고, 어딘가 상기된 지훈의 얼굴이 떠올라 은효는 혼자 피식 웃었다. 자신이 좋아하는 일에 몰두하는 대표님이 새삼 멋있어 보였달까. 열정으로 가득한 그의 모습은 소년처럼 풋풋했고 행복해 보였다.

곧 김 대리가 올 시각이라 현관 입구의 거울 앞에 섰다. 은효는 지훈이 일러 준 대로 편한 옷차림을 하고 있었다.

루즈한 파란색 면 티셔츠와 물 빠진 구제 스타일의 청바지를 입고 머리엔 흰색 야구모자를 썼다. 신발은 어글리 슈즈를 신을 생각이었다.

'입술에 뭐라도 좀 바를 걸 그랬나?'

기초화장만 겨우 한 얼굴은 예쁘장한 소년의 모습이었다.

'뉘 집 자식인지 참, 자알 생겼다.'

은효가 거울을 보며 실없이 키득거리고 있을 때 벨이 울렸다. 모니터에 뜬 김 대리의 얼굴을 확인한 그녀는 꺼내놓은 운동화를 신고 현관문을 열었다.

지훈이 오후 시간을 통째로 예약해둔 식당은 드라마관계자들로 시끌벅적했다. 오랜 여정을 함께한 동료애와 각자 품은 성취감으로 분위기는 후끈 달아올랐다. 풀 가동한 에어컨이 무색할 만큼 여기저기 놓인 숯불 탓에 공기마저 훈훈했다.

그래서일까. 은효는 여느 때보다 빨리 취기가 돌았다.

"신우 녀석 스케줄이 마음처럼 안 된 모양이네. 여기 오겠다고 잔뜩 벼르더니."

언준이 적당히 구워진 고기를 은효 앞에 놓으며 웃었다.

"고기 되게 좋아하나 봐. 진짜 잘 먹네."

"네! 고기는 사랑이죠."

은효가 고기를 집어 신나게 입에 넣었다.

"선배님이 구워주셔서 오늘은 특별히 더 맛있는 것 같아요."

"술도 잘 마시고, 이럴 줄 알았으면 가끔 이런데 같이 올 걸 그랬다."

"아뇨! 이상한 소문은 하신우 씨로 족합니다."

은효는 어느샌가 습관처럼 소주잔을 들어 홀짝거렸다.

"그나저나…… 이젠 확실히 선을 그어야 할 것 같은데…… 어떻게 해야 하신우 씨가 상처를 덜 받을지 고민이에요."

"무슨 일이든 솔직한 게 제일이라고 생각해."

"그렇겠죠?"

"그러고 보니 오늘은 투자자가 안 보이네? 며칠 전 촬영장에서는 그렇게 레이저를 쏴대더니."

언준이 그녀의 빈 잔에 소주를 부어주며 물었다.

"공개 연애할 생각은 없어? 그게 어쩌면 신우를 단념시킬 가장 좋은 방법일 수도 있는데."

"이런 식으로 얼렁뚱땅 유도 신문하지 마세요. 저 아무 말도 안 했어요."

"우리 사이에 무슨. 새삼스럽게."

그가 잔을 들어 은효의 잔에 부딪혔다.

"내가 막찰 기념으로 비밀 하나 말해줄까?"

"응? 무슨?"

"나한테 조금만 가까이 와봐."

은효가 술을 들이켜다 말고, 동그래진 눈으로 그에게 몸을 숙였다. 언준이 그녀의 귓가에 다가가 소곤댔다.

"사실, 내가 첫눈에 반했거든."

"네?"

"은효 씨 말고 투자자."

숙였던 몸을 펴고 제자리로 돌아오는 은효의 몸짓은 뻣뻣한 로봇 같았다. 그녀는 커진 눈을 껌뻑이며 무의식적으로 남은 술을 마셨다.

"내 생명의 은인이니까 기쁜 마음으로 응원할게."

"하…… 아니, 흠…… 그러니까……."

사고회로에 고장이 난 사람처럼 은효는 무슨 말을 해야 할지 몰라 버벅거렸다. 그 모습을 바라보던 언준은 예상했다는 듯 큰 소리로 웃었다.

"취한 것 같아서 장난 좀 쳤더니 진짜로 믿네? 은효 씨 너무 귀엽다."

"아, 뭐예요! 정말!"

은효가 의자에서 벌떡 일어섰다.

"저 잠깐 바람 좀 쐬고 올게요."

"같이 갈까?"

"화장실 에스코트는 사양합니다."

"아, 그래. 다녀와."

은효는 삐친 표정으로 그를 잠깐 흘겨본 뒤 자리를 떴다.

절기상 신선한 가을을 맞이한다는 처서가 지났는데도 여전히 밤공기는 후텁지근했다. 은효는 화장실에서 찬물로 세수하고 모자를 고쳐 쓴 뒤 식당 밖으로 나갔다.

요즘엔 흔하지 않은 가든형 숯불갈비 전문식당이었다. 잘 가꾼 나무와 잔디가 깔린 넓은 정원엔 물레방아가 돌아가는 인공 연못이 보였다. 중간중간 앉아서 쉴 수 있는 벤치가 있었고, 정원 옆에는 차들이 주차되어 있었다.

가랑비에 옷 젖는 줄 모른다더니 홀짝거린 소주가 꽤 양이 많았던 모양이다. 시간이 지날수록 깨기는커녕 취기가 더 오르는 것 같았다. 은효는 정원을 어슬렁거리며 찰싹 소리가 나게 양볼을 손바닥으로 때렸다.

"어? 은효 씨?"

곳곳에 세워진 가든 조명 덕에 한밤이었지만 눈앞에 있는 사람이 누군지 쉽게 알 수 있었다. 스케줄을 마치고 바로 왔는지, 화려한 의상에 풀 메이크업을 한 신우가 은효에게 다가왔다.

"몸은 괜찮아요?"

은근슬쩍 말을 놨던 그가 존댓말로 안부를 묻는다. 생각해보니 꽤 오랫동안 그의 연락을 차단했던 것 같아 미안한 마음마저 들었다. 그 정도면 정이 떨어져서 그만둘 만도 한데…….

"네. 보시다시피. 하신우 씨는 잘 지내셨어요?"

"사고 났다는 소식 이후로 얼굴은커녕 목소리도 들을 수 없으니…… 내가 걱정하고 있다는 소식은 은효 씨도 들었을 텐데…… 나한테 너무 차가운 거 아닌가?"

"류 선배님께 근황은 전해 듣고 있었어요. 걱정해줘서 고마워요."

신우가 말없이 은효를 응시했다. 과하다 싶은 붉은색 틴트가 발린 잘생긴 입술이 일자로 굳어있었다. 끈적거리는 공기만큼이나 불편한 침묵이 흘렀다.

"식사는 하셨어요?"

침묵을 깨려고 뱉었지만, 은효는 몰래 혀를 찼다.

'그냥 입 다물고 있어.'

그는 대답 대신 고개를 저었다. 뭐라고 말이라도 좀 하지.

"저는 술을 좀 과하게 마신 것 같아서 바람 쐬러 나왔어요. 들어가서 식사하세요."

"내가 여기 밥 먹으러 왔을 것 같아요?"

대답을 할 수 없게 만드는 이런 질문은 정말 질색이다. 대답을 들으려는 질문이 아닌 투정. 이번엔 은효가 입을 다물었다.

"내 감정이 가벼워 보였다면 그건 의심할 것 없이 내 잘못이겠죠. 진중하지 못한 접근이었을 수도 있고."

"그런 문제가 아니에요."

정신은 멀쩡한데 발음이 자꾸 꼬이는 기분이다. 머리는 분명 듣고만 있으라고 하는데, 가슴에서 분탕질하고 있다. 좋아하는 사람이 있다고 말해버리라고.

"하신우 씨는 예전부터 팬이었고 좋은 분인 거 알고 있어요. 하지만 저는……."

"류언준 형을 좋아합니까?"

"네?"

"몸을 던져 구해주고 싶을 만큼?"

이게 뭐야? 그냥 해본 소리가 아니었어? 은효는 얼마 전 류언준이 했던 말이 떠올랐다.

'그나저나 신우 녀석은 은효 씨 걱정을 하다 하다, 이젠 그 불똥이 나한테 튀어서 곤란해 죽겠어. 은효 씨가 나를 혼자 좋아해서 그런 행동을 한 것 같다고…….'

맙소사! 황당한 신우의 질문에 술이 깨기는커녕 눈앞이 어질어질해지는 기분이었다. 어디에라도 앉고 싶을 만큼 땅이 흔들렸다.

"류언준 형은 사실……."

신우가 말을 하던 도중, 은효가 비틀거리며 균형을 잃고 옆으로 쓰러졌다. 그가 미처 어찌해보지도 못하고 있을 때, 어디선가 나타난 남자가 은효를 잡아 세웠다.

"얼마나 마셨길래 몸도 못 가눠."

익숙한 음성. 좋아하는 향기.

"어? 투자자님이다!"

윤의 품에 안긴 채 고개를 들어 올리며 은효가 성겁게 웃었다. 신우는 그녀를 잡으려고 어설프게 내밀었던 손을 슬그머니 거두었다.

"대화중인 것 같아서 방해하지 않으려 했는데……."

윤이 그녀의 어깨를 감싸며 바로 세웠다.

"이 정도 마셨으면 승 대표에게 말해서 집에 데려다 달라고 했어야지."

"나 더 마실 수 있는데?"

"더 마실 수 있는데 왜 여기 있어? 그럼 같이 들어가."

"잠깐만요."

은효가 짧은 심호흡을 하고는 신우를 향해 몸을 돌렸다.

"하신우 씨."

떨떠름한 표정의 신우가 그녀와 시선을 맞추었다.

"이 사람이에요."

더듬더듬, 은효의 손이 윤의 손을 찾아 깍지를 끼었다. 그녀가 잡은 손을 들어 올리며 말을 이었다.

"내가 좋아하는 사람."

"어, 어떻게……."

단박에 알아봤던 언준과는 달리 신우는 믿을 수 없다는 표정이었다.

"예전에 한번 봤었죠? 사실 그때…… 제가 오해가 있어서 삐쳐있었거든요. 저 데뷔 전부터 아니, 훨씬 오래전부터 제가 많이 좋아하는 사람이에요."

"그럼…… 류언준 형은 왜?"

"그건 류 선배님이 아니라 그곳에 하신우 씨가 있었어도 저는 똑같이 했을 거예요."

윤의 손을 잡는 순간, 울렁거리던 속이 가라앉았다. 대신 콩닥콩닥, 기분 좋은 설렘이 시작됐다. 손바닥이 따뜻하면서도 간질거렸다.

"미안해요. 진즉에 얘기해야 했는데, 이분 입장도 있고 회사 방침상 이런 쪽으로 솔직할 수가 없었어요."

"은효 씨가 왜 미안해요. 그동안 눈치 없이 굴어서 내가 미안합니다."

혹시나 질척거리면 어쩌나 걱정했던 게 무색할 만큼 신우는 바로 받아들였다.

처음 만났을 때부터 호감으로 다가왔던 사람이었다. 과할 정도의 애정 표현은 있었지만 무례하지는 않았다. 아슬아슬하게 선을 지키던 사람이었는데…… 오히려 진즉에 사실대로 말하지 못했던 자신이 은효는 부끄럽고 미안했다.

당연하게도 신우는 식당이 아닌 자신의 차로 돌아갔다. 그의 말대로 밥 먹으러 이곳에 온 것이 아니었고, 목적은 사라졌으니까.

여전히 은효의 손을 잡은 채 윤이 먼저 입을 열었다.

"가자. 집에 데려다줄게."

"나 인사도 안 하고 나왔는데? 중간에 말도 안 하고 가버리는 건 예의가 아니라고요."

"너 혀 꼬였어."

"아닌데? 내 딕션은 여전히 훌륭하단 말이야."

"누가 그래? 훌륭하다고."

은효가 천연덕스럽게 손가락으로 자신을 가리켰다.

"이보세요 연은효 씨."

윤의 두 손이 은효의 얼굴을 감쌌다.

"이렇게 무장 해제한 얼굴로 어딜 들어간다고 그래. 불쌍한 사피들 그만 흔들어."

"불쌍한 사피들?"

"그래."

"왜 불쌍한데요?"

"너한테 반할 수밖에 없을 테니까."

"그게 왜 불쌍해?"

그가 짧게 입맞춤했다.

"너는 나만 사랑하니까."

"어……."

반박하려 입을 열었지만 할 말이 없었다. 너무나 맞는 말이니까.

회사에서 바로 온 듯 윤은 정장 차림이었다. 예전보다 짧아진 머리는 어른스러우면서도 지적으로 보였다. 완벽한 회사 오너의 모습.

'이렇게 멋있는데 어떻게 안 좋아할 수가 있어.'

은효는 문득 청바지에 야구모자를 쓴 자신의 차림새가 의식되었다.

'얼굴에 뭐라도 바르고 오는 건데……'

그 와중에 윤의 손은 여전히 그녀의 얼굴을 감싸고 있었다.

"회사에서 온 거예요?"

"응. 회의가 늦게 끝났어."

"투자자가 회식까지 찾아오고 그래. 사람들 불편하게."

얼굴을 감싸고 있던 그의 손이 은효의 볼을 가볍게 잡아 옆으로 늘렸다.

"누구 때문에 회식까지 찾아왔는데 이 말하는 본새 좀 봐라."

"저번에 그러고 사라져서 연락 한번 없더니 이렇게 또 불쑥. 내가 보낸 문자에 답장은 또 어떻고. 그거 매크로 맞죠? 어쩜 그렇게 단답형이신지."

윤의 한쪽 입꼬리가 슬며시 올라갔다.

"나 많이 보고 싶었구나?"

"아, 아니거든요!"

"그래?"

그가 은효를 품에 꼭 끌어안았다.

"난 하루에도 몇 번씩 너를 보고 싶은 충동과 싸우느라 피가 마르는 기분인데."

"립서비스인 거 알지만 나쁘지 않네."

윤이 고개를 숙여 은효의 귓가에 속삭였다.

"집에 가자."

은효는 붉어진 얼굴을 그의 품에 묻고 '응'이라고 대답했다.

식당 정원의 후미진 곳에서 이진수가 모습을 드러냈다. 그는 재킷을 이쪽저쪽 털어내고는 스마트폰을 켰다.

"카메라 리셋 완료. 기억도 지웠습니다."

―수고했어.

솔칸의 짧은 대답을 끝으로 통화는 종료됐다.

윤은 싱가포르 출장 내내 초조한 모습을 보이더니, 공항에 도착하자마자 쉬지도 않고 이곳으로 달려왔다. 뒤풀이면 분명 술을 마시게 될 거라며 혼자 중얼거릴 때 알아봤어야 했다.

후우―

진수가 목을 돌리자, 뿌드득 뼈마디 꺾이는 소리가 들렸다. 카메라를 안 뺏기려는 기자와 실랑이를 벌인 탓에 몸이 여기저기 뻐근했다.

호태준이 솔칸의 자리와 함께 UE컴퍼니 회장 자리를 윤에게 물려준 뒤, 회사의 규모는 물론 내실도 훨씬 탄탄해졌다. 오너의 능력을 믿어 의심치 않았지만, 가끔은 슈피르가 아닌 기계가 아닐까 하는 생각이 들 만큼 윤은 거의 쉬지 않고 일에만 몰두했다.

윤을 아는 사람들이 뒷담화로 그를 일컫는 단어는 여러 가지가 있었다.

얼음 인간, AI, 심지어 여비서들이 수군거리던 잘생긴 싹퉁 바가지까지…… 좋은 뜻은 하나도 없다. 굳이 꼽자면 잘생긴 정도? 그만큼 타인에게 티끌의 온정도 보이지 않는 호윤이 유일하게 웃음을 허락하는 사람.

연은효.

이진수는 여전히 그녀가 마음에 들지 않았다. 언제든 솔칸의 발목을 잡을 수 있는 사피와의 혼혈이기 때문이다.

은효가 네르하동굴에서 피범벅인 모습으로 나타났을 때를 떠올렸다. 모른척했지만 그녀 손목의 상처가 무엇 때문인지 진수는 알고 있었다. 아무 준비도 없이 갔던 은효가 할 수 있는 선택은 그리 많지 않았을 테니까.

솔칸을 지키고 보좌해야 하는 카루나로서 진수에게 그녀는 은인이었다.

'상대를 위해 자신의 손목을 긋고 피를 내어줄 수 있는 사람이 몇이나 될까. 가슴은 당신이 좋은 사람이라고 말해주고 있지만, 나는 끝까지 당신을 경계할 수밖에 없어.'

드라마 팀 전체 회식이라면 분명 기자 나부랭이가 숨어있을 것이라는 윤의 예상은 그대로 적중했고, 하필 타겟은 연은효였다.

'오늘은 내가 같이 있을 테니까, 강 팀장은 퇴근시켜.'

오래전부터 은효의 곁엔 윤이 배치한 경호원이 상시 따라다녔다. 강 팀장은 솔칸의 경호팀 중에서도 윤이 직접 선택한 실력이 월등한 요원이었다.

'본인이 같이 있을 거라더니…….'

결국 궂은일은 진수의 몫이 되고 말았다. 그는 아까 꺾은 반대쪽으로 목을 돌리며 택시를 호출하기 위해 스마트폰을 들었다.

'내가 오늘 드디어! 마침내! 윤이 형님을 잡아먹고 말 테다!'

조수석에 앉아 큰소리 땅땅 치며 우스꽝스럽게 눈웃음을 날리던 은효는 차가 출발한 지 채 5분도 되지 않아 잠이 들었다.

가까이 가지 않아도 그녀의 숨에서 술 냄새가 진하게 풍겨왔다. 도대체 술을 얼마나 마셨기에…….

'잡아먹는다더니 먹혀도 모르게 곯아떨어졌군.'

윤은 오피스텔 주차장에 차를 세우고 잠든 은효의 머리에서 모자를 벗겨냈다. 굽실거리는 앞머리가 눌린 채 이마를 덮고 있었다. 그는 손끝으로 조심스레 앞머리를 옆으로 넘겼다. 곧 앙증맞게 볼록한 이마가 모습을 드러냈다.

'승대호 그 망할 노인네가 도대체 무슨 짓을 꾸미고 간 건지…….'

그를 추종하던 잔당들은 이미 파악을 마쳤다. 대부분 돈 때문에 움직였던 터라 처리하는 데 무리는 없었다. 애초에 승대호의 과대망상에서 비롯된 일이었으니.

이대로 물러나는 것이 약 올라 어쩌면 허세를 부린 건지도 모른다. 그렇다면 다행이지만 아직은 어떠한 경우라도 마음을 놓을 수는 없었다.

'언제쯤 나한테 온전히 올 거니. 고주망태 돌고래.'

윤이 그녀의 이마에 가볍게 입맞춤했다. 볼이 발그레한 은효가 냠냠거리며 입술을 달싹였다. 꿈에서 또 뭔가를 먹고 있는 모양이다. 그가 피식 웃음소리를 냈다.

'이 아가씨를 어쩐다.'

혼자만 보고 싶다는 욕심이 꾸역꾸역 차오른다. 은효를 바라보는 사내놈들의 추잡한 감정들을 상상하니 저절로 미간이 구겨졌다.

앞으로도 은효의 공식적인 애정행각, 좋게 말해 연기를 보고만 있어야 한다니…… 갑자기 또 피가 거꾸로 솟구쳤다. 일이라고 쿨하게 넘기기엔 기분이 정말 시궁창처럼 더러워졌다.

'이게 다 승지훈 그 자식 때문이야.'

윤은 어금니를 꽉 물었다 놓으며 은효의 안전벨트를 풀었다.

'이렇게 본격적으로 하게 될 줄은…….'

차에서 내려 조수석 문을 열고 은효에게 모자를 다시 씌웠다. 최대한 얼굴이 보이지 않게 챙을 아래로 내렸다.

'너무 오래 기다리게 하지는 마.'

윤은 은효를 안아 들어 꺼낸 뒤, 차 문을 닫았다.

은효가 눈을 떴을 때 그녀를 기다리고 있던 것은 극심한 숙취였다. 머리는 띵하게 아프고 토할 것처럼 속이 울렁거렸다.

"아으……."

입에서 저절로 신음이 새어 나왔다. 지끈거리는 이마에 손등을 얹으며 도로 눈을 감았다. 도저히 일어날 수 없을 것 같았다.

"그러게, 대책 없이 누가 술을 그렇게 많이 마셔."

깜짝 놀라 소리가 난 쪽으로 고개를 돌리다 움찔, 동작을 멈췄다. 머리가 빙글빙글 도는 와중에도 눈앞에 잘생긴 윤이 보였다.

그는 손으로 머리를 받히고 비스듬히 누운 자세로 은효를 바라보고 있었다.

"밤새 괴롭히더니 본인은 잘 잤나?"

"무, 무슨 소리예요? 누가 누굴 괴롭혀. 그리고 여긴 어디예요?"

"진짜 큰일 날 아가씨네. 앞으로 음주 금지야."

윤이 누워있는 은효에게 성큼 다가가더니 팔 기둥을 세워 그녀를 가둔 채 마주 보았다. 은효가 기겁하며 이불을 얼굴 위로 끌어올렸다.

"이건 반칙이지. 멀끔하게 혼자만 씻고, 나는 자다 일어나서 엉망이잖아요!"

"이보다 더 엉망일 수 없는 모습은 지난밤에 다 봤다니까."

"그, 그럴 리가 없어."

은효가 눈만 보이게 이불을 내렸다.

"기억 못 한다고 애먼 사람 잡지 맙시다!"

"이거 진짜 기억 안 나?"

윤이 반소매를 걷어 어깨와 연결된 팔 안쪽 부분을 그녀에게 내밀었다. 가까이 보지 않아도 바로 알 수 있는 붉은 잇자국이 선명하게 찍혀 있었다.

'어? 윤이 형님! 저 어디로 데려가는 거예요?'

오피스텔에 들어와 거실을 가로지르는 사이 은효가 잠에서 깼다. 여전히 인사불성인 상태로, 윤의 팔에 안긴 채.

'우리 2차 가는 건가?'
'일단 눕자.'
'눕자고? 어어, 이 사람 보게? 너무 야하잖아.'

팔 위에서 버둥거리는 은효를 겨우 침대에 눕혔는가 싶었는데, 그녀가 팔을 뻗어 윤의 목을 감았다.

'어디 가요? 나 버리고 도망가는 거야?'
'세수하자. 수건 적셔올게.'
'가지 마요. 솔칸 같은 거 하지 말고 그냥 내 옆에 있어. 아프잖아. 죽을 뻔했잖아. 그러니까 가지 마.'

은효가 절실하게 윤의 목에 매달렸다.

'윤이 씨 옆에 있던 그 예쁜 여자하고도 놀지 마.'

'이건 좀 억울하네. 다른 놈들하고 놀지 말라고 해야 할 사람은 나 아닌가?'
'내 꺼야! 호윤은 내 꺼!'

목에 매달려서 한참 중얼거리던 은효는 갑자기 팔을 풀고는 웃옷을 벗으려 티셔츠 아랫부분을 잡아 위로 올렸다.

'더워! 벗고 잘래.'
'너 진짜 또 술만 마셔봐!'

윤이 벗지 못 하게 말리자, 순간 은효의 눈빛이 번득이더니 갑자기 그의 팔을 세게 물었다. 혹시라도 놀랄까 싶어, 윤은 아픔을 참으며 소리 없이 그녀를 떼어냈다.
'아주 골고루 해라. 이번엔 멍멍이냐?'
'멍멍이 아닌데? 나 돌고랜데?'
자기 잘못을 알 리 없는 은효는 뭐가 좋은지 히죽히죽 웃었고, 그 뒤로도 윤은 꽤 오랫동안 취한 멍멍이와 사투를 벌여야 했다.

윗니와 아랫니의 배열까지 알 수 있을 만큼 피멍이 든 잇자국을 보자, 은효는 지난밤의 기억이 드문드문 떠올랐다.
'미쳤어! 미쳤어!'
은효가 이불을 걷어내고 윤의 팔을 향해 손을 뻗었다. 그녀가 손을 대려 하자, 윤이 얼른 팔을 피했다.

"왜? 뭐 하려고."

"치료해줄게요. 이리 와봐."

"물 땐 언제고. 싫어."

"아, 왜 그래요. 사람 미안하게."

"네가 남긴 거잖아. 이왕이면 오래 남아있었으면 좋겠다."

은효가 몇 번 더 손을 허우적대다가 포기했다. 그리고는 다시 이불을 끌어와 코까지 덮었다.

"무슨 변태도 아니고……."

"그런 말씀 하실 처지가 아닐 텐데? 사람을 문 멍멍이 주제에."

"근데 여기 어디예요?"

"내 오피스텔."

"저 술 다 깼거든요? 내가 내 집을 모를까."

"네가 사는 오피스텔의 내 집."

"이건 또 무슨 소리야."

은효가 몸을 일으키려고 하자, 윤이 세웠던 팔 기둥을 접고 슬금슬금 몸을 붙이며 그녀에게 다가갔다.

"오지 마요! 술 마시고 양치도 안 하고 잤는데 신경 쓰인단 말이야."

"내가 닦아줬잖아. 기억 안 나?"

전혀, 네버! 은효가 도리질을 치다가 머리가 울려 인상을 찡그렸다. 윤이 가볍게 이불을 걷어내고는 그녀의 입술에 입을 맞췄다.

"가서 아침 먹자. 해장국 준비해놨어."

지난밤처럼 윤은 공주님 안기로 은효를 들어 올렸다. 속은 울렁거리고 머리는 어지럽고…… 은효는 버둥거릴 힘도 없어 얌전히 그에게 안겨, 방 밖으로 옮겨졌다.

XXXIV.
넘지 말아야 할 선.

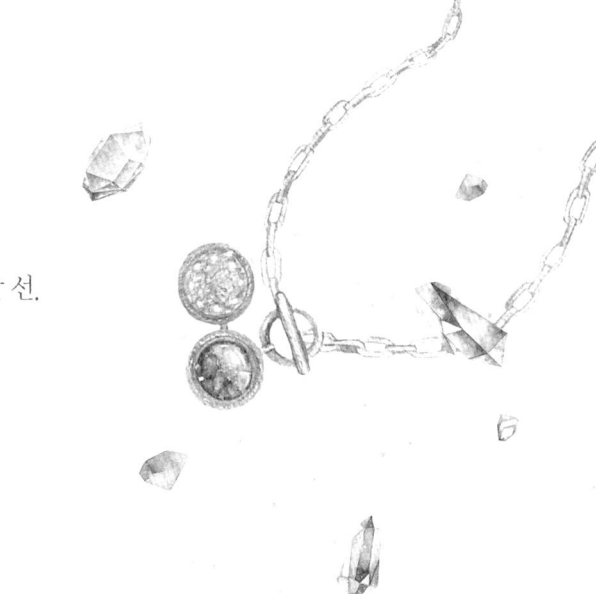

"은효 씨는 멀쩡해 보이네. 술 많이 마셨다고 하더니."

지훈이 냉장고에서 생수를 꺼내 한 병을 전부 마시고는 은효의 맞은편에 가 앉았다.

상태로 봐서는 어제 식당의 술은 그가 다 마신 것 같은 모습이었다. 여느 때와 다름없는 슈트 차림이었지만, 푸석해진 피부와 숙취에 찌든 흰자위는 숨겨지지 않았다.

"오후에 OTT 헌드리온 쪽에서 홍보 촬영이 있다고 들었어. 스케줄이 이렇게 빡빡한 줄도 모르고 괜히 회식 하자고 한 것 같다."

"대표님은 이 시간에 저한테 무슨 일이세요? 김 대리님하고 미선 씨가 온줄 알았어요."

아침을 먹고 건너와 샤워를 마친 은효는 좀 더 자볼 요량으로 침대에 누웠다가, 현관 벨 소리에 투덜거리며 나온 참이었다.

"해장은 하셨어요? 저는 하룻밤 사이 이웃사촌이 된 앞집의 호윤 회장님과 북엇국을 먹었는데 말이죠."

"여기로 이사 오라고 한 건 나였어. 윤이 아직 승 회장 때문에 마음을 놓지 못하는 것 같아서 말이야."

빈정거리듯 말을 꺼냈던 은효가 이내 미안한 표정을 지었다.

"그분, 감옥 비슷한 곳에 수감 된 거 아니었어요? 뭐가 아직 남아있는 건가요?"

"별일 없을 거야. 윤이 워낙 조심성이 많고 또……."

지훈이 떨떠름하게 말을 이었다.

"은효 씨한테 과할 만큼 신경을 쓰다 보니 곁에 두고 싶은 거겠지."

"과하네요, 정말. 서로 얼굴 볼 새도 없이 바쁜데 이웃에 사는 게 무슨 의미람."

"어? 뭐지? 이웃으로는 만족하지 못하겠다는 말로 들리네."

"그런 거 아니거든요!"

"결혼은 정말 아니다 은효 씨. 이제 시작인데 이름도 제대로 알리기 전에 유부녀가 될 수는 없잖아?"

은효가 몰려오는 하품을 겨우 참으며 대꾸했다.

"제가 이 일을 계속할지는 모르겠지만, 결혼할 생각은 아직 없어요. 누구한테 프러포즈 받은 적도 없고요. 저 촬영 전까지 잘 거예요. 더 하실 말씀 없으시면 대표님도 가서 일 보세요."

"혹시 은효 씨, 프란시스 연…… 하고 연락하고 지내?"

입을 가리고 하품하던 은효가 동작을 멈췄다. 얼굴엔 장난기가 사라지고 표정이 굳어졌다.

"그런 사람 몰라요."

"여진이가 아, 에이크 어페럴 전무 전여진 알지? 얼마 전에 묻더라고. 은효 씨와 프란시스 연이 어떻게 자매가 됐냐고."

"그게 왜 궁금한지는 물어보셨어요?"

"에이크에서 그분에게 신상 홍보 겸 의상 협찬을 하는 것 같았어. 두 사람이 혈육일 수 없는데 너무 닮았다고……."

"말도 안 되는 소리!"

은효가 싸늘히 말을 이었다.

"피 한 방울 안 섞인 남남이에요. 그런 파렴치한과 닮았다니, 불쾌하네요."

"그래도 법적으로 언니인데……."

"언니는 무슨! 대표님, 지금 이 얘길 저한테 왜 하시는 건데요?"

"여진이가 은효 씨에게 따로 물어볼 것 같아서 미리 말해주는 거야. 당황하지 말라고."

"그 사람이 왜요? 그걸 왜 나한테 물어요?"

지훈이 미간을 찌푸리며 머리를 쓸어넘겼다.

"흠……. 어릴 때부터 여진이가 윤이를 많이 좋아했어. 은효 씨도 눈치챘겠지만."

은효는 대꾸하지 않았다.

"소유욕도 강하고 승부욕은 더 말할 것도 없지. 쭉 일방적으로 혼자 좋아했으면서 포기가 안 되나 봐. 본인만 힘들 텐데."

"그것과 연은정이 무슨 관계인데요?"

"어떻게든 은효 씨를 흠집 내고 싶은 거겠지. 여진이 성격에 그러고도 남아."

지훈이 잠시 뜸을 들이다, 다시 입을 열었다.

"사실, 은효 씨가 모르는 게 있어."

"네?"

"윤이 부친께서 솔칸의 자리에서 물러나면 결혼을 하기로 했던 여자가 있어. 그 사람이 프란시스 연이다."

은효의 눈이 경악으로 휘둥그레졌다.

"슈피르들 중엔 공공연히 알려졌던 사실이라, 여진이도 쉽게 알아볼 수 있었을 거고."

"윤이 씨도 당연히 알고 있었겠네요."

커졌던 그녀의 눈자위가 붉어졌다.

"알고 있었겠지. 은효 씨에겐 굳이…… 알릴 이유가 없으니 말 안 했을 테고. 헤어졌거든 두 사람."

"설마, 저 때문인가요?"

"글쎄. 그건 헤어진 당사자들만 알지 않을까."

"상관없어요. 나 때문이든 아니든. 어차피 그 여자도 자기밖에 모르는 사람이니, 나도 똑같이 해주면 그뿐이에요."

"여진이가 둘이 닮았다고 하는 부분이 좀 걸려서 말이야."

"무슨…… 뜻이에요?"

"은효 씨가 혼혈일지도 모른다는 의심을 여진이 하고 있다는 의미지."

은효가 기가 찬다는 듯 콧방귀를 꼈다.

"하, 지금 그 이야기는 연은정이…… 아니 말이 되는 소릴 해야죠!"

"감정적으로만 받아들이지 말고 잘 생각해봐. 한 번도 의심해본 적 없어?"

"없어요!"

격한 감정이 섞인 그녀의 칼 같은 대답. 지훈은 여기서 멈춰야겠다고 생각했다. 아니, 말을 꺼낸 것 자체를 후회했다.

"그래. 본인이 더 잘 알겠지. 은효 씨가 아니면 아닌 거야. 그만 이야기하자. 에이크 어페럴 과의 협업도 이번 드라마를 끝으로 하지 않을 생각이다."

그가 서둘러 자리에서 일어섰다.

"쉬어. 시간을 너무 많이 뺏었네. 오후에 홍보 촬영 잘하고."

"네."

은효는 고개도 들지 않은 채 짧게 대답했다.

지훈은 선뜻 출발하지 못하고 지하 주차장에 10분째 머물고 있었다. 할 수만 있다면 시간을 되돌리고 싶은 생각뿐이었다. 급한 마음에 윤과 상의도 하지 않고 은효에게 너무 많은 것을 알린 것 같아 후회스러웠다.

이른 아침, 촬영 의상을 핑계로 여진이 힐 엔터를 찾아왔다.

'슈피르와 사피 사이에 혼혈이 정말 한 번도 없었을까? 알려지지 않았을 뿐 충분히 가능한 일이잖아.'

술이 덜 깬 상태로 만사가 귀찮던 지훈은 뜬금없는 여진의 말에 정신이 번쩍 들었다.

'얼마 전에 의상 협찬 건으로 음악 하는 사피를 만났는데, 우리가 아는 슈피르와 너무 닮은 거야. 신기해서 좀 알아봤더니 둘이 자매래. 흥미롭지 않아?'
'우리 회사 배우 이야기라면…… 입양된 거 맞아. 사피 부모 밑에서 자랐다고 알고 있어.'
'피 한 방울 안 섞였는데 어떻게 그리 똑같아? 젊고 나이 든 차이일 뿐이더라니까.'
'세상에 닮은 사람은 많아.'
'근데 왜 하필 그 두 사람일까 하는 거지.'
'무슨 얘기가 하고 싶은 건데?'

지훈의 반응에 여진이 만족스러운 미소를 지었다.

'뭐 딱히 없어. 그냥 정말 혹시라도 혼혈이라면…… 재미있어질 것 같아서.'

씨익 웃는 여진의 얼굴이 독사처럼 보였던 게 떠올랐다. 예전엔 그저 예쁘장한 속물이라고만 생각했는데……. 지훈은 지끈거리는 관자놀이를 손끝으로 문질렀다.

'한 번도 의심해본 적 없어?'

지훈이 떠나고 침대에 누웠던 은효는 한참을 뒤척이다 자는 것을 포기했다. 그녀는 자리에서 일어나 헤드보드에 등을 기대고 앉았다.

의심. 해본 적 없다. 정확히 말하면 생각 자체를 하지 않았다. 연은정과는 부모님이 돌아가신 후, 완전히 끝냈으니까. 요즘 말로 손절.

인제 와서 생각해보면 충분히 의심할 수 있는 부분이었다. 어릴 때부터 동네 사람들이나 친척들에게 한결같이 들었던 말이었으니까. 자매가 어쩜 그리 닮았냐고.

'낳아서 버린 사람이 모른 척하겠다는데 내가 굳이 왜? 그 사람이 누구와 결혼하든 헤어지든 내 알 바 아니잖아?'

연은정의 그동안 행태로 보아 헤어지자고 한 사람은 윤의 부친 쪽일 것이다. 그녀가 호윤을 알 리도 없거니와 자기 약혼자와 윤, 그리고 은효의 관계를 알았다고 해서 자신의 행복을 포기할 사람이 절대 아니니까.

어찌 됐든 짜증스러운 상황인 것은 틀림없다. 무슨 막장 드라마도 아니고, 어쩜 엮여도 이렇게 엮인단 말인가.

'솔직해져 봐. 예상했잖아. 그 여자가 네 친모일 거라는 거.'

윤을 만나고 슈피르의 존재를 알게 되었을 때까지는 아무 생각이 없었다. 경수혁 회장이 친부라고 나타나 아버지를 병원으로 모셨을 때, 그리고 연은정을 처음 만났던 그 순간 본능적으로 알 수 있었다. 인정하고 싶지 않았을 뿐.

이제에 이르러 은효에게 그런 건 상관없었다. 연은정과 피가 섞였든 아니든. 달라지는 것은 없다.

지훈에게 말도 안 되는 소리라고 일축한 것처럼 앞으로도 그리할 생각이다. 연은효에게 부모는 돌아가신 두 분뿐이니까.

호윤과 만나기로 한 일식당의 룸 앞에 남자 구두가 놓여있었다. 그가 먼저와 기다리고 있는 것이다. 여진은 클러치백에서 거울을 꺼내 얼굴을 한 번 더 확인했다.

처음이었다. 윤이 만나자고 먼저 연락해 온 것은. 여진은 상기된 얼굴을 손바닥으로 가볍게 두드렸다.

문을 열자, 앉아있는 윤의 옆모습이 보였다. 푸른빛 도는 연회색 슈트 차림의 그는 볼 때마다 가슴을 설레게 했다.

"일찍 왔나 봐? 나도 늦지 않게 왔는데."

방의 내부는 좌식이 아닌 바닥에 홈을 내어 의자처럼 앉을 수 있는 구조였다. 윤은 말없이 고개만 끄덕여 인사를 대신했다.

테이블엔 이미 음식이 세팅되어 있었다. 딱 보기에도 신선한 생선회와 초밥류, 그리고 각자의 앞엔 에피타이저로 보이는 죽이 놓여있었다.

"무슨 얘길 하려고 한꺼번에 다 차리라고 했어? 어지간히 방해받기 싫었나 보네."

여진이 윤의 맞은편에 앉으며 말했다.

"처음이야. 네가 먼저 연락한 거."

"식사하기 전에 먼저 할 얘기가 있어."

원래도 잘 웃는 편은 아니었지만, 유난히 굳은 표정이었다. 윤이 옆에 두었던 서류 봉투를 집어 들었다.

"열어봐."

여진이 그가 건넨 봉투를 받아서 안에 내용물을 확인했다.

[DNA PARENTAGE TEST REPORT 친자 확인 검사 결과 보고서.]

A4용지를 반쯤 꺼내었던 여진은 아연실색하여 윤을 보았다. 그의 얼굴은 여전히 무표정이었다. 여진은 아랫입술을 질끈 깨물며 용지를 전부 꺼내었다.

[일치 여부: 불일치. 의뢰인A 연은정(F)님과 의뢰인B 연은효(F)님은 친자 관계가 성립하지 않습니다.]

여진이 기가 막힌다는 얼굴로 윤을 쳐다보았다.

"이거 뭐야? 이걸 왜 네가 갖고 있어."

"그걸 왜 네가 의뢰했는지부터 말하는 게 순서 아닐까?"

싸늘한 음성. 고저 없는 말투. 그래서 더 움츠러들었다. 여진은 부러 발끈하여 음성을 높였다.

"단순한 호기심이었어. 고작 이딴 거 갖고 와서 잔소리하려고 만나자고 한 거야?"

"단순한 호기심? 고작 이딴 거? 너, 이거 불법인 거 몰라? 당사자도 아니고 심지어 몰래."

"그러는 넌? 솔칸의 지위를 이용해서 사찰이라도 한 거야? 네가 어떻게 그걸 갖고 있는데?"

무표정이던 윤의 미간에 옅은 주름이 잡혔다.

《슈피르와 사피는 엄연히 DNA가 달라. 그래서 슈피르의 유전자 검사는 정해진 곳에서만 하게 되어 있어. 검사의뢰부터 결과까지 전부 내게 직접 보고된다는 걸 모르는 모양이군. 네가 아무리 뇌물을 찔러줘도 말이다.》

여진의 얼굴이 후끈 달아올랐다. 이 모든 게 그들의 인생에 갑자기 뛰어든 연은효 때문이라 생각하니 수치스럽고 억울하고, 약이 올랐다.

《언제부터 솔칸이 그렇게 한가했어? 일개 개인의 일까지 일일이 챙길 만큼.》

《그 사람은 내게 일개 개인이 아니니까.》

"웃기지도 않네."

여진이 물을 벌컥벌컥 마시고는 컵을 소리 나게 테이블 위에 올렸다.

"어릴 때부터 솔칸에게 어울리는 사람이 되려고 노력했어. 외로운 유학 생활도, 해외 지사 일도 전부 무엇 때문에 견뎠는데…… 이럴 줄 알았으면 네 곁에서 떨어지지 않았을 거야."

"네 말대로 지훈이와 더불어 어릴 적 좋은 친구였기에 지금까지는 상관하지 않았어. 네가 무례한 언행으로 지훈에게 상처를 줄 때도 참았다. 어쨌든 친구였으니까. 하지만 너의 그 터무니없는 착각을 더는 묵인하지 않을 거다."

"터무니없는 착각이라고? 연은효가 나타나기 전까진 나한테 이렇게 차갑게 굴지 않았어. 너도, 지훈이도."

"너에게 어떤 사람이 되라고 강요한 적 없어. 그리고 너를 친구 이상으로 생각해본 적도 없고. 너의 감정이 어떻든 내 알 바 아니야. 하지만 넌 넘지 말아야 할 선을 넘었어. 이제 더는 옛친구라는 명목으로 내게 자비를 기대하지 마."

여진의 눈자위가 금세 충혈됐다.

"자비? 내가 뭐라도 하면 어쩔 건데? 왜? 뭐 켕기는 거라도 있어? 내 예상대로……."

그녀가 유전자 검사 결과지를 움켜잡아 윤을 향해 흔들었다.

"이 두 사람이 모녀라도 되는 모양이지? 네가 조작한 게 들통날까 봐 이러는 거야?"

"네가 백 번을 하든 천 번을 하든 검사 결과는 같을 거다. 둘은 완전 남남이니까. 이런 일로 혹여라도 그 사람을 힘들게 하면 그땐 정말 가만있지 않아."

여진이 코웃음을 쳤.

"하! 가만있지 않으면 어쩔 건데?"

"어디 해봐. 사는 게 차라리 죽는 것보다 더 고통스럽게 만들어 줄 테니. 너 포함, 네 주변 사람들까지도."

윤이 자리에서 일어섰다.

"넌 능력도 있고 매력도 많은 사람이야. 너를 망가뜨리는 욕심 같은 건 버려."

"욕심? 너를 사랑하는 내 마음이 그저 욕심이라고 생각하니?"

"사랑이라……."

시종일관 무표정이던 윤의 입가에 비웃음이 번졌다.

"내가 솔칸도 블뤼도 아닌 평범한 슈피르였어도 네가 그런 단어를 썼을까? 어릴 때부터 넌 지훈이를 이유 없이 무시했어. 블뤼가 아니라는 이유로."

"애먼 사람 매도할 생각 하지 마."

"그 녀석이 바보라서 모른 척한 줄 알아? 그래도 친구니까, 셋의 평화를 깨고 싶지 않았던 거야. 그까짓 블뤼가 뭐라고. 매도? 아까 네 입으로 말하지 않았나? 솔칸에 어울리는 사람이 되려고 노력했다고. 내가 아니라."

윤은 시선 한 번 건네지 않고 방에서 나갔다.

문 닫히는 소리를 끝으로 적막이 흘렀다. 졸지에 혼자 남겨진 여진은 젓가락 한번 대지 않은 음식을 멍하니 쳐다보았다. 어이없음에 실없는 웃음이 삐져나왔다.

'솔칸이라 좋은 게 아니라, 네가 솔칸이 될 것이기에 노력했던 거야. 나라고 네 곁에 안 있고 싶었는 줄 알아? 지금의 내가 되기까지 얼마나 힘들었는지…… 네가 알기나 하냐고.'

삐딱하게 올라갔던 입 끝이 사납게 일그러졌다.

'호윤. 네가 내 감정을 싸구려로 만들어버렸겠다?'

여진은 젓가락을 들어 우아한 손짓으로 앞쪽의 회를 한 점 집었다.

'그래, 좋아. 오늘 너의 선택을 후회하게 해줄게. 두고 봐!'

허리를 꼿꼿이 세우고 굳었던 표정을 풀었다. 그녀는 간장에 찍은 회를 꼭꼭 씹으며 설욕의 기회를 다짐했다.

은효의 오후 일정은 예정보다 길어졌다. OTT 플랫폼인 헌드리온의 방영 기념 촬영이 끝나고 방송국에 내보낼 인터뷰와 예고 영상을 찍었다. 저녁 식사도 하지 못하고 강행군했지만, 밤 10시가 넘은 시각이었다. 은효는 집까지 같이 가준다는 김 대리를 먼저 보내고 지하 주차장에서 엘리베이터 쪽으로 걸어가던 중이었다.

주차해있던 검은색 SUV 문이 열리며 하신우가 모습을 드러냈다.

"늦었네요?"

은효는 고개를 까딱여 인사를 했지만, 언짢은 기색을 숨기지 않았다.

"여긴 무슨 일로 오셨어요?"

"어젠 은효 씨가 취한 것 같아서…… 불청객도 있었고."

"그래서요?"

"제대로 대화를 나누고 싶었어요."

매번 신우를 만날 때면 밝은 기운의 호감을 느낄 수 있었다. 하지만 지금 그를 에워싼 기운은 기분 좋은 호감이 아니었다. 눅눅하고 칙칙했다.

"하신우 씨가 오해하신 것 같네요. 저 어제 정신도 멀쩡했고, 그 남자는 불청객이 아니라 제가 사랑하는 남자예요. 엄밀히 제 입장에서는 하신우 씨가 불청객이었죠."

"어떻게 갑자기 그가 사랑하는 사람이 된 거지? 은효 씨는 분명히 그때……."

"제가 말했잖아요! 오해가 있었다고. 일부러 그랬던 거예요. 그 사람 화나게 하려고. 우린 그때 이미 사귀고 있었다고요."

"거짓말!"

신우가 갑자기 얼굴을 붉히며 언성을 높였다.

"내 연락 씹고, 관심 외면하고, 그런 건 다 괜찮아요. 내가 혼자 은효 씨 좋아하는 거니까. 그런데 이렇게 말도 안 되는 거짓말로 다가가지도 못하게 하는 건 내 감정을 완전히 무시하는 거라고요!"

"왜 거짓말이라고 생각해요? 그분하고 서로 좋아한 지 오래됐어요. 제가 데뷔하게 되면서 거리를 뒀을 뿐이라고요."

"하! 나도 내가 왜 이러는지 모르겠어요. 나한테 관심 없다는 여자한테 이렇게 구차하게 굴 줄은 상상도 못 했다고."

"하신우 씨를 거절한 사람이 제가 처음이라 그런 걸지도 모르죠. 그건 좋아하는 감정이 아니라 오기예요."

"내 감정을 쓰레기 취급하지 마!"

그가 느닷없이 은효에게 다가가 어깨를 움켜잡았다.

"처음이었어. 누군가를 마음에 품은 것은. 당신은 내가 가벼워 보였을지 몰라도, 난!"

신우가 뭐라고 더 말하려는 찰나, 어디선가 나타난 남자가 그의 팔을 뒤로 꺾었다. 신우는 비명을 지르며 저항했지만 남자는 꿈쩍도 하지 않았다. 은효는 신우에게 잡혔던 어깨를 손으로 문지르며 몇 걸음 물러섰다.

"너 뭐야? 이거 못 놔?"

남자는 타이트한 검은 반 팔 티셔츠에 같은 색 트레이닝 바지와 운동화를 신은 모습이었다. 차림은 평범했지만 180cm가 넘을 것 같은 키에 근육이 그대로 드러나는 몸매는 범상치 않았다. 결정적으로 은효는 남자의 눈동자에서 마르카를 발견했다.

은효가 깊은숨을 내쉬고는 입을 열었다.

"누구신지 모르지만, 놔주세요."

남자는 즉시 잡았던 손에 힘을 풀었다. 신우가 뿌리치듯 재빨리 남자에게서 벗어났다.

"연은효 씨. 정말 그 남자의 뭐라도 되는 거야? 숨겨 둔 정부 같은 건가? 그렇지 않고서야 이런 비밀경호까지 붙일 이유가 없잖아."

"왜, 제 남자가 그 사람뿐일 거로 생각해요?"

"뭐?"

"솔직히 말해도 안 믿잖아요. 그러니 편하실 대로 생각하세요. 어제는 하신우 씨에게 미안한 마음이 컸는데, 이젠 그런 부담을 갖지 않아도 될 것 같으니까요."

말한 그대로였다. 신우를 알기 전부터 좋아했던 그의 노래, 그리고 데뷔작품이었던 그의 뮤직비디오…… 좋았던 기억마저 퇴

색되는 기분이었다.

"하신우 씨의 감정을 무시한 적 없어요. 받아줄 수 없었기에 처음부터 선을 그었던 것뿐……. 조심해서 들어가세요."

은효가 엘리베이터 쪽으로 걸어가려다, 여전히 서 있는 남자에게 고개를 돌렸다.

"그쪽은 저 좀 잠깐 보실래요?"

남자는 신우의 차가 주차장을 빠져나가는 것을 확인한 뒤 은효의 뒤를 따랐다.

은효는 엘리베이터에서 내려 남자를 기다리고 있었다. 잠시 후, 엘리베이터 문이 열리고 남자의 모습이 보였다. 은효가 손을 들어 알은체하자, 잠시 멈칫하던 그가 밖으로 나왔다.

"예전에도 문득문득 제 뒤에 누군가가 있다는 느낌을 받았었는데, 그쪽이었죠?"

남자는 대답 없이 고개만 한번 끄덕였다.

군인보다는 조금 긴 짧은 머리에 얼굴은 은효의 소속사에서 흔히 볼 수 있는 미남형이었다. 도대체 평범하게 생긴 슈피르가 있긴 한 걸까? 은효가 그의 눈을 무례하지 않게 바라보며 질문을 이었다.

"혹시 블뤼인가요?"

그가 또 한 번 끄덕였다.

《저를 지켜주시는 업무를 맡으신 거죠? 솔칸의 지시로?》

《네.》

"그동안 감사했어요. 앞으로도 잘 부탁드리고요."

그는 아무런 제스처도 보이지 않았다.

"제가 연은효인 것은 아실 테고, 저를 지켜주시는 분 성함 정도는 알고 싶은데 말씀해주시겠어요?"

"강현준입니다. 강 팀장이라고 부르시면 됩니다."

"아, 현준 씨."

그의 얼굴에 설핏 당황이 느껴졌으나, 이내 사라졌다.

"차라도 한잔 대접하고 싶은데, 혹시 불편하신가요?"

"밀접 경호의 임무가 아니라서…… 불가피하게 모습을 드러낸 경우라 대화에 응했습니다. 앞으로도 특별한 일이 아니면 뵐 일은 없을 겁니다."

"이렇게 집 밖에서 대화 나누려니 제가 너무 박해 보이잖아요."

한 층에 마주 보는 두 세대로만 이뤄진 오피스텔이라 앞집 사람이 문을 열지 않는 한, 누군가에게 방해받는 일은 없을 것이다. 정황상 앞집의 주인은 퇴근 전인 것 같고.

"근데, 경호원은 다들 양복 입고 그러지 않나? 지금 현준 씨는 운동하러 나온 동네 오빠 같아서요."

"아, 특별한 장소나 행사가 아닌 곳에서는 눈에 띄지 않는 사복을 입고 있습니다."

당신 외모 자체가 눈에 띄지 않을 수가 없는데……. 은효가 속마음을 들킬까 애매하게 웃었다. 강 팀장이 조심스레 입을 열었다.

"궁금하신 거 있으시면 말씀하십시오. 가능한 선에서 대답해드리겠습니다."

"언제부터 저를 경호하셨어요?"
"지금의 솔칸이 정해지고 제가 차출된 후부터 쭉 입니다."
"저를 경호하지 않으실 땐 그럼?"
"저는 원래 솔칸 전담 경호를 맡고 있습니다."

솔칸 전담? 최고의 경호원을 내게 붙여준 거야? 은효가 슬쩍 윤이 이사 온 집 쪽을 쳐다보았다.

"제 스케줄은 어떻게 아시고? 아, 혹시 저희 대표님도 알고 계신 건가요?"

그가 고개를 끄덕였다.

"저 말고도 현광그룹 쪽 경호팀도 연은효 님을 보호하는 걸로 알고 있습니다."

"아니, 뭘 그렇게까지…… 아직 많이 알려지지도 않았는데."

겸연쩍게 웃으며 너스레를 떨던 그녀가 갑자기 표정을 굳혔다.

"혹시…… 승 회장이 아직……."

은효가 말하는 중간에 엘리베이터 문이 열렸다. 강 팀장과 대화에 집중하느라 엘리베이터가 멈추는 소리를 듣지 못했다.

"아니야, 그런 거."

윤이 밖으로 걸어 나오며 말했다.

"승 회장은 스페인 티로나에서 나오지 못해. 그건 내가 장담해."

강 팀장은 재빨리 윤이 타고 온 엘리베이터에 몸을 실었다. 그는 밖의 두 사람에게 정중히 묵례하고는 문 닫힘 버튼을 눌렀다.

"무슨 일 있었나 보군. 네가 강 팀장을 만날 걸 보니."

"심각하지 않은 해프닝이 있었어요."

"심각하지 않았는데 강 팀장이 모습을 드러냈다고?"

"몸짱 미남과 데이트 좀 해볼까 했는데 방해꾼이 오는 바람에 무산됐네요."

은효가 몸을 돌려 자기 집 쪽으로 걸어가며 말했다.

"촬영하고 바로 오느라 얼굴도 답답하고 얼른 씻고 싶어요. 대화는 나중에 하자고요."

"강 팀장이 몸짱 미남이라고? 저런 몸이 취향이었나?"

윤의 예상 밖 반응에 은효는 새어 나오는 웃음을 참으며 도어락을 열었다.

XXXV.
일촉즉발.

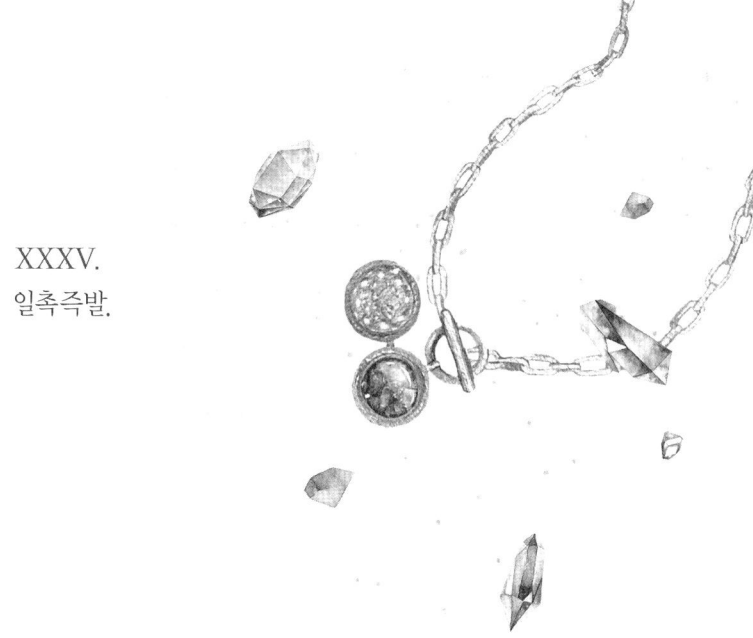

 윤이 솔칸이 되고 회사의 회장으로 취임한 후, 그의 머리모양은 한결같았다. 깔끔하게 뒤로 넘겨서 포마드로 고정한 일명 올백 스타일. 스타일리시하게 넘긴 모습이었지만, 이미지를 더욱 차가워 보이게 하는데 한몫했다.

 '이렇게 순한 멍뭉이 같은 사람인데 말이지.'

 지금 은효 옆에 앉아서 수박을 먹고 있는 호윤은 평상시보다 열 살은 어려 보였다. 아직 덜 마른 앞머리가 이마를 덮었고, 늘 구김 하나 없어 보이는 슈트 대신 흰 면 티셔츠와 연회색 리넨 바지를 입고 있었다. 훨씬 편안해 보이고 사랑스러운 모습이었다.

 은효가 샤워 후 편한 실내복으로 갈아입고 거실에 나오자, 윤이 테이블에 과일을 준비하고 기다리고 있었다.

"솔직히 말해봐요. 내가 알려주기 전부터 이 집 비밀번호 알고 있었죠?"

"아니."

"몰래 경호원도 붙이는 사람이 그걸 모를 리가 있나?"

"여차하면 뜯고 들어오면 되는데 굳이?"

"아, 네."

은효가 떨떠름한 얼굴로 포도 알갱이를 뜯어 윤의 입에 넣어 주며 물었다.

"윤이 씨 아버님은 어떤 분이세요?"

"갑자기?"

"갑자기 물어보면 안 되나?"

"알 수 없는 양반이라, 나도 잘 모르겠어."

수박을 꽂은 포크를 만지작거리던 윤이 알 수 없는 미소를 지었다. 막연히 느껴지는 그의 감정은 슬픔과 후회……. 머금고 있던 미소가 서서히 옅어졌.

"태어나자마자 어머니는 돌아가셨고 아버지는 미국으로 떠나셨지. 난 홍천 별장에서 남 집사님과 유아기를 보냈어. 아버지가 갑자기 미국으로 데려간 7살 때까지. 다정다감하고는 거리가 먼 사람이야. 대화다운 대화도 나눠본 적 없으니까. 커서 한국으로 혼자 왔을 때, 나를 자식처럼 대해 준 사람은 수혁 아저씨였어."

"그러고 보니 경 회장님과 오해는 어떻게 풀었어요?"

"내가 봤던 수혁 아저씨의 오쿨리파시는 나를 해치려는 게 아닌 승 회장으로부터 보호하기 위한 것이었어. 사위로서 비위를 맞춰주는 척하면서 내 안전을 지켜주신 거지. 말씀으론…… 호태준은 싫었지만 주희의 아들은 미워할 수가 없었대."

윤이 들고 있던 수박을 은효의 입에 넣어주며 다시 미소 지었다.

"아, 주희는 우리 어머니."

"세분이 친하셨나 봐요. 지금 윤이 씨, 지훈 씨와 여진 씨처럼."

"거기 여진이가 왜 들어가."

은효가 얼른 화제를 돌렸다.

"윤이 씨 아버님은 왜 혼자 미국으로 가신 걸까요? 어린 아들을 두고서……."

그녀는 들고 있던 포크를 내려놓고 윤의 다리를 베고 누웠다.

"아무 이유 없이 그러셨을 것 같지는 않아서요."

"나를 원망하신 줄 알았어. 사랑하는 아내를 죽게 만든 원흉이니까. 나중에 날 미국으로 데려갔을 땐 남의 이목 때문이라고 생각했고. 승대호의 행적을 쫓다보니 아버지가 왜 그러셨는지 자연히 알게 됐어. 솔칸의 자리와 한시도 긴장을 놓을 수 없던 보이지 않는 적 사이에서 선택할 수 있었던 건, 나를 시골 깊숙한 곳에 숨기는 거였지."

"본격적인 교육이 필요한 시기라 미국으로 데려간 건가요?"

"아니. 그즈음에 아마 승대호에게 내 위치가 노출된 것 같아. 은효 말대로 교육 문제도 있고 해서 겸사겸사 데려가셨겠지."

은효가 잠시 뜸을 들이다 입을 열었다.

"알고 있었죠? 연은정과 내 진짜 관계."

누워있길 잘한 것 같았다. 윤과 눈을 마주하지 않아도 되니까. 꺼내고 싶지 않았던 이야기였으니까.

"내가 그 사람을 싫어하는 것과는 별개로 본의 아니게 윤이 씨 아버님께 힘든 선택을 하시게 한 것 같아 마음이 좋지 않아요."

"어떻게…… 알았어? 지훈인가?"

"어떤 건 전부터 예상했던 부분이고, 나머진 지훈 씨에게 들었어요."

윤이 손끝으로 은효의 머리카락을 천천히 쓸어내렸다. 나른함과 달큼한 기분이 동시에 밀려왔다. 하루의 피곤함이 사라지는 기분이었다.

"줄곧 궁금했어. 아버지는 왜 솔칸의 자리를 내게 떠맡기려고 하는 걸까? 나는 아직 준비되지 않았고 아버지는 여전히 젊은데. 평소 괴팍하고 속을 알 수 없는 성격이었지만 그런 이유로는 수긍이 되지 않았지. 왜? 도대체 무엇 때문에."

낮게 깔린 윤의 음성이 아릿함으로 다가왔다. 한 번도 듣지 못했던 그의 속 이야기는 알고 싶으면서도 두려웠다.

'많이 아픈 이야기면 어쩌지? 내가 보듬어 줄 수 있을까? 위로해 줄 수 있을까? 함께 감당할 수 있을까?'

덤덤했지만 윤의 음성은 분명 떨렸다. 그에게서 전해지는 기운은 헤아릴 수 없는 슬픔이었다.

"네라드라는 슈피르에게만 있는 질병이 있어. 사피의 알츠하이머와 비슷한 증세를 보이는데, 구분되는 점은 증세가 발현되기 전에 전조증상이 확실하다는 거야. 본인이 제일 먼저 알게 되지. 사피보다 훨씬 뛰어나던 청력이 갑자기 나빠지고, 병이 진행되면 결국 아무것도 듣지 못하게 돼."

가슴이 먹먹했다. 무슨 이야기를 할지 알 것 같기에 은효는 눈을 질끈 감았다. 그리고 베고 있던 윤의 다리를 조심스레 쓰다듬었다.

"젊었을 땐 승대호의 경계를 풀려고 일부러 방탕한 척 생활하셨고, 그분을 만나고서는 진심으로 쉬고 싶으셨던 것 같아. 솔칸과 사피의 결혼은 연맹에서 당연히 반대할 게 뻔했고, 그래서 서두르셨던 거지."

"그러던 중에 내가 나타난 건가?"

"그래."

은효의 머리를 만지작거리던 윤의 손이 천천히 볼을 감쌌다.

"너의 존재가 알려졌고 아버지는 당연히 자세히 알아보셨을 거야. 아들이 좋아하는 여자라는데 허투루 볼 사람이 아니거든. 그리고 아마 그 무렵에 네라드 전조증상이 온 것 같아."

"알츠하이머라면 많이 심각한 거잖아요."

"네라드는 알츠하이머만큼 심각하지는 않아. 진행 속도도 훨씬 느리고 기억력감퇴와 청력상실이 주 증상이지. 치료 방법을 찾고 있지만, 안타깝게도 아직 약을 개발하지 못했어."

"그럼 윤이 씨 아버님은 지금 어디에서 지내세요?"

"스페인. 노후에 지내려고 섬을 사셨나 봐. 거기 계셔."

은효가 윤의 다리에 얼굴을 묻었다.

"내가 아니었으면 이별까지는 선택하지 않으셨겠죠?"

"그건 아닌 것 같다. 관습이나 제도에 구애받는 위인이 아니거든. 단지 좋아하는 사람에게 짐이 되는 게 싫으셨던 거지."

"그게 왜 짐이야. 아플 때 의지할 수 있는 것도 상대를 믿기 때문이라고 생각해요."

"먼저 포기하는 거지. 늘 혼자 선택하고 책임지며 살았던 사람은 버림받는 것에 익숙지 않거든. 어쩌면 그 누구보다 겁이 많은 사람들일 거다. 한 집단의 리더란 자들."

"사랑에도 용기가 필요하다는 말…… 맞는 것 같아요. 때로는 배려보다 지키려는 욕심이 더 도움이 될 때도 있는 것 같고…… 아무튼, 너무 어렵다."

윤이 조몰락거리던 은효의 볼을 가볍게 쥐며 말했다.

"난 아프면 엄청나게 징징거릴 거다. 도망갈 생각하지 마."

"응. 도망 안 가. 짝 달라붙어 있을 거야."

"지금 그 말, 내 기억 속에 박제했으니 꼭 지켜."

"응…… 응."

은효가 느릿하게 두 번 대답하고는 그의 다리에 코를 몇 번 부비부비했다.

"아버지는 괜찮으실 거다. 저번에 갔을 때, 그동안 내가 한 번도 본 적 없는 편안한 얼굴이셨어. 행복까지는 모르겠지만 꽤 홀가분해 보였거든."

다리에서 따뜻한 은효의 숨결이 느껴졌다.

"너만 좋다면 난 하루라도 빨리 너를 모두에게 정식으로 소개하고 싶다. 아버지께도 같이 인사하러 가면 좋겠고."

은효는 대답이 없었다.

"부담을 주려는 건 아니야. 네가 연기를 계속하고 싶어 하는 것도 잘 알고. 채근하지 않을 테니 천천히 생각해봐."

하루라도 빨리 소개하고 싶다고 해놓고, 천천히 생각해보라니. 윤은 자기가 말하고도 어이가 없어 미간을 구겼다.

'속 보이게······.'

뭔가 다른 주제가 필요했다.

"강 팀장에게 보고 받았는데, 하신우가 왔었다며? 쿨한 놈인 줄 알았는데······."

"······."

"많이 놀랐겠네. 못 돌아다니게 다리를 확 부러뜨려버릴까?"

분연해서 잔소리를 늘어놓을 거라 예상했는데 은효는 잠잠했다. 그러고 보니 응하고 대답한 뒤로는 짧은 추임새조차 없다. 규칙적인 숨소리만 들릴 뿐.

"하······."

윤은 허리를 굽혀, 자기 다리를 베고 누워있는 은효의 얼굴을 확인했다. 그녀는 이보다 더 사랑스러울 수 없는 얼굴로 곤히 잠들어있었다.

'긴장감이라고는 하나도 없는 아가씨 같으니. 나처럼 섹시하고 잘생긴 남자의 다리를 베고 어떻게 잠이 들 수 있지? 아니 어떻게!'

대화를 너무 오래 나눈 게 화근이었다. 언젠가는 해야 할 이야기였지만, 애초에 오늘은 다른 계획을 세우고 왔는데······.

'가져온 와인은 꺼내 보지도 못했네. 이리 곤히 자는 사람을 깨울 수도 없고.'

윤은 아기 다루듯 세심히 은효를 안아 침실로 향했다.

'내일 출국하면 일주일은 못 볼 것 같은데, 이 무심한 연인은 잠만 쿨쿨 자는군.'

기대했던 뜨겁고 열정적인 두 사람의 첫 밤은 다음을 기약하며, 그는 한 번 더 침대에 눕힌 은효를 돌아본 뒤 방을 나섰다.

드라마 '고양이, 사자가 되어라.' 방영일이 며칠 남지 않아 지훈은 여기저기 눈코 뜰 새 없이 바쁘게 움직였다. 동시에 주연 배우들과 중요 조연배우들도 홍보에 박차를 가했다.

은효와 언준은 지상파의 시청률 좋은 예능프로그램 출연을 앞두고 있었다. 여느 때는 별다른 지침 없이 의상을 협찬해주던 에이크 어페럴에서 연락이 왔다.

[시즌 F/W 신상 홍보 차원에서 여배우님의 의상뿐 아니라 소품 전체를 저희 에이크 어페럴 제품으로 착용해주실 것을 요청합니다.]

미선이 전달받은 메일 내용을 은효에게 보여주었다.

"에이크에서 액세서리도 해요? 거기 신발도 완전 별론데."

"신발은 보이지도 않을 텐데 뭐. 하고 싶은 대로 하라고 하세요."

"근데, 피팅하러 자기네 회사로 오라는데요? 아니 왜?"

은효는 뭔가 싸한 기분을 느꼈다. 며칠 전 지훈이 했던 얘기가 떠오르면서 어쩐지 여진의 의도를 알 것 같았기 때문이다.

'이걸 가? 말아.'

도도한 여배우 코스프레를 하며 안 가면 그만이었다. 어찌 됐든 내일 촬영에서 그쪽 의상만 입어주면 되는 것 아닌가.

'그래, 어디 어떻게 나오는지 보자고.'

매도 먼저 맞는 놈이 낫다고, 언제든 한번은 부닥뜨려야 할 문제였다. 은효는 스케줄표를 확인하고는 미선을 불렀다.

"퇴근 전에 들렀다 가죠. 잘됐어요. 내일 마음에 안 드는 옷 받아서 입기 싫은 것보다 오늘 미리 보고 별로면 바꿔 달라고 하지 뭐."

"오, 배우님 천잰데?"

미선은 언제 투덜거렸나 싶게 눈썹을 실룩거리며 메이크업 도구들을 챙겼다.

은효는 모든 스케줄을 끝내고 에이크 어패럴을 방문했다. 여진이 나올 거로 예상했던 것과는 달리, 담당자가 그녀를 맞이했다. 곧 몇 가지 신상 제품을 입어본 뒤, 은효에게 제일 잘 어울리면서도 디자이너들의 반응이 좋았던 의상이 선택됐다.

"액세서리는 없이 가나요?"

의상을 챙기던 미선이 관계자에게 물었다.

"아님, 저희 쪽에서 의상에 맞춰 준비해도 되는 건가요?"

"이사님이 따로 준비하신 걸로 알고 있습니다."

괜한 기우였나 하는 생각이 무색하게 이사님이란 단어가 들렸다. 그리고 곧, 짜기라도 한 듯 전무이사 비서가 은효를 찾았다.

누가 배우인지 알 수 없을 만큼 여진의 외모는 화려했다. 저번에 봤을 때도 느꼈지만 동양적인 얼굴에 반해 몸매는 서양의 여배우들에게도 뒤지지 않을 만큼 글래머러스했다.

형식적인 인사를 나누고 비서가 준비한 차가 두 사람 앞에 놓였다. 잠시 불편한 침묵이 흐르는 사이 노크 소리가 들렸다.

방금 들어왔던 비서가 아닌 슈트 차림의 남자가 문을 열고 들어섰다.

"지시하신 물건 가져왔습니다."

"이리 가져와요."

매우 짧은 순간, 여진의 눈에서 그에게 보내는 오쿨리파시가 보였다.

《에바퀴리오테신은?》

《아직입니다.》

은효는 모른 척 차를 마셨다.

남자가 군청색 벨벳 재질의 주얼리 케이스를 여진에게 넘겼다.

"보안상 잠시 후 수거하겠습니다."

"알았어요. 되게 깐깐하시네. 까짓거 여차하면 내가 물어주면 되지."

여진이 케이스를 받으며 다시 남자의 눈과 마주했다.

《왜 아직이야?》

《공수가 늦어지는 것 같습니다. 차질 없이 하겠습니다.》

남자가 묵례하고 밖으로 나간 뒤, 여진은 영업용 미소를 지으며 케이스를 열어 은효에게 보였다.

"루이넬 까르메스 좋아해요? 올해 한정으로 세계에 딱 다섯 세트만 선보인 작품이에요."

화이트골드에 다이아몬드 장식이 전체를 이룬 조금은 볼드한 디자인의 목걸이와 귀걸이 세트였다.

"화려한 듯하면서도 과하지 않아서 좋네요."

"그죠? 우리 옷하고도 매칭이 잘 되고 마침 지상파 출연이라고 해서 특별히 준비했어요. 워낙 고가이고 회사 소장 제품이라 조금 유난스럽더라도 양해 부탁해요."

"예능프로그램인데 굳이 이렇게 고가의 액세서리를 하고 나갈 필요가 있을까요?"

"지훈 씨, 아니 승 대표가 은근 바라던 눈치던데? 나는 그래서 은효 씨가 루이넬 까르메스 엠베서더 노리는구나 생각했죠."

"새파란 신인인데 그럴 리가요."

회사에 고가제품 있다고 자랑하러 부른 것은 아닐 테고, 피팅해 볼 필요도 없는 장식품 때문에 따로 불렀다? 은효는 여전히 여진의 의도가 마뜩잖았다.

"이거 자랑하려고 부른 건 아니고, 은효 씨 마스크가 좀 평범한 스타일이다 보니 자칫 안 어울릴 수도 있어서…… 무슨 말인지 아시죠? 장신구만 둥둥 따로 놀면 곤란하잖아요. 그래서 미리 착용한 모습을 확인하고 싶었어요."

지금 보는 앞에서 대놓고 디스하는데 화를 내야 하는 건지 참아야 하는 건지 은효는 잠시 고민했다. 명색이 여배우에게 얼굴이 평범하다고?

"그렇군요. 그냥 맨손으로 해봐도 되나요?"

얼른 후다닥 뭐든 하고 뜨는 게 상책이라 생각했다. 여진이 흔쾌히 고개를 끄덕였고, 은효는 목걸이와 귀걸이를 순서대로 착용했다.

"나쁘지 않네."

여진의 시큰둥한 반응이 어처구니없게도 최고의 찬사처럼 들렸다.

"우리 의상이 심플하니까 포인트도 되고 괜찮겠어요."

"다행이네요."

은효가 목걸이를 케이스에 넣고 귀걸이를 빼고 있을 때, 여진이 결국 듣고 싶지 않았던 단어를 툭 던졌다.

"프란시스 연이 언니라면서요? 그분이 사피가 아니었으면 친자매로 믿어도 될 만큼 닮았더라고요."

"그래요?"

"아니면 모녀 사이거나."

은효가 잠깐 표정을 굳혔지만, 이내 평정심을 찾았다.

"남보다 더 못한 사이라 그 사람 이야기는 하고 싶지 않습니다."

"아, 그러셨구나. 난 그것도 모르고 혼자 소설을 썼잖아요? 어쩌면 은효 씨가 프란시스 연의 딸이고 혼혈일지도 모르겠구나, 이런 시놉으로."

은효가 대꾸 없이 귀걸이도 마저 케이스에 넣었다.

'저 말이 얼마나 하고 싶었을까. 어쨌든 지금까지 시간 끄느라 애쓰셨네.'

박차고 일어서고 싶은 충동을 꾹 누르며 은효가 스마트폰을 들어 보였다.

"저 이거 사진 하나만 찍을게요. 워낙 고가라고 하시니 제가 여기에 온전히 두었다는 증거가 있어야 할 것 같아서요. 물론 이 사진은 절대 유출하지 않겠습니다."

"그러지 않아도 되는데, 뭐 좋으실 대로."

여진의 허락이 떨어지고 바로 은효는 사진을 찍었다.

"솔직히 은효 씨가 혼혈이면 좋겠다고 생각했어요. 난 호윤이 불행해졌으면 좋겠거든."

스마트폰을 쥐고 있는 은효의 손이 저도 모르게 떨렸다. 반응을 눈치챈 여진의 입꼬리가 보일 듯 말 듯 올라갔다.

"옛날엔 금기되었지만, 현대에 이르러 슈피르의 개체수가 줄어들면서 연맹에서도 묵인해주고 있죠. 사피와 슈피르의 결혼 말이에요. 하지만 절대 사피와의 결혼이 허락되지 않는 슈피르가 있어요. 솔칸이죠."

"왜요?"

"슈피르가 고대 조상 종에서 분화되어 이어지면서 한 번도 성공하지 못한 게 있어요. 그게 바로 사피와의 교배에요. 개체수를 늘이기 위해 숱한 시도를 했지만, 성공한 사례는 없었거든요. 그렇기에 한 나라의 슈피르 수장인 솔칸이 종족을 번식할 수도 없는 사피와 결혼한다? 말이 안 되는 거죠. 물론, 슈피르와 결혼 후 자식이 생기지 않는 것은 어쩔 수 없지만요. 실제로 그런 이유로 솔칸이 쭉 같은 성씨로 이어지지 못한 것이고요."

"생물 수업을 듣는 기분이네요."

은효의 빈정거림에도 여진은 말을 멈추지 않았다.

"사피도 그러할진대 혼혈이라면? 생물 이야기 나와서 하는 말인데 노새 같은 존재 아닐까요? 이종교배로 태어났으니까."

무슨 말도 안 되는 궤변이냐고 따지고 싶었지만 그러지 않았다.

'아는 척하기 전에 공부 좀 더 하시지. 노새가 어떻게 만들어졌는지는 알고서 그러니?'

은효가 영혼 없는 미소를 지으며 자리에서 일어섰다.

"솔직히 호윤 씨에 대한 이사님의 감정엔 관심 없어요. 제가 들을 이유도 없고요. 슈피르의 종족 번식에 관한 이야기는 흥미로웠습니다. 이런 이야기는 아무도 안 해줘서 몰랐거든요."

여진의 표정엔 변화가 없었다.

"의상은 저희 코디가 챙겨서 가져갑니다. 잘 입을게요. 저 귀한 물건은 어떻게 전달받나요?"

"오늘 봤던 보안팀이 직접 전달할 거예요."

"아, 네. 알겠습니다. 특별히 신경 써 주셔서 감사해요."

"별말씀을."

은효는 가볍게 묵례하고 그곳을 벗어났다.

오피스텔에 도착한 은효는 씻을 생각도 하지 않고 오랫동안 소파에 앉아 생각에 잠겼다.

'비싼 장신구 생색내겠다고 날 따로 불러냈을 리는 없어. 그럼 뭐? 나 노새 만들어서 열받게 하려고? 아냐, 그거 말고 분명 다른 뭔가가 있어.'

기억을 거슬러 올라가다가 보안팀이라는 남자와의 오쿨리파시가 떠올랐다.

'에바퀴리오테신이라고 했지? 뭔가 단어 느낌상 독인 것 같은데…… 테트로도톡신, 삭시톡신, 아마톡신…… 톡신이 아닌 걸 보면 독이 아닌가? 도대체 왜 그때 그런 오쿨리파시를 주고받은 거지? 그냥 우연?'

은효는 얼른 스마트폰을 들어 에바퀴리오테신을 검색했다.

['에바퀴리오테신'에 대한 검색 결과가 없습니다.]

'없다고? 잘못 봤을 리 없어. 기억이 잘못됐을 리도 없고. 어제의 일도 아닌 몇 시간 전의 일이야.'

그냥 흘려버리기엔 영 찜찜했다.

'하필 이럴 때 윤이 씨는 출장이나 가버리고……. 어, 그러고 보니 오늘 온다고 하지 않았나?'

대화를 나누다 잠들어 버린 날 밤 이후, 일주일째 윤은 한국에 없었다. 어젯밤 통화엔 분명 오늘 귀국한다고 했었는데.

은효는 한참을 더 궁리하다가 이 실장에게 전화를 걸었다.

—네.

"안녕하세요. 연은효입니다."

—네. 무슨 일이십니까?

형식적이라도 안부 정도는 물어 봐줄 수 있는 거 아냐? 은효가 쓴 입맛을 다시며 대답했다.

"지금 혹시 짧게 대화 가능하신가요?"

—네. 말씀하세요.

"이걸 여쭤볼 사람이 아무리 생각해도 이 실장님뿐이라서요. 혹시 에바퀴리오테신이라고 아시나요? 무슨 약 이름 같은데."

AI처럼 바로바로 응답하던 사람이 갑자기 반응이 없다. 뭐지? 혹시 신호가 끊어졌나? 은효가 '여보세요'라고 하려고 입 모양을 '여'로 만드는데 대답이 들렸다.

—그거 누구한테 들었어?

순간 웬 반말?이라고 울컥하다가 어? 어? 은효의 눈이 커졌다.

"윤이 씨?"

—말해. 누구한테 들었어.

"오늘 에이크 어페럴에 피팅하러 갔다가……."

하마터면 오쿨리파시를 봤다고 말할 뻔했다.

'이런, 뭐라고 하지?'

은효가 부지중에 머리를 긁적이며 말을 이었다.

"우연히 여진 씨가 어떤 사람과 대화하는 걸 들었어요. 상대방은 공수가 늦어지는데 차질은 없게 하겠다고 대답했고."

—다른 이상한 점은 없었고?

"비싼 액세서리를 굳이 직접 해보라고 부르더라고요. 내일 방송 협찬 의상 피팅 차 불러서는."

취조하듯 묻던 윤이 잠잠해졌다. 은효는 얼떨결에 순순히 대답하고는 괜히 억울해져 발끈했다.
"뭐야? 난 이 실장님께 전화했는데 갑자기 가로채서는."
―어디야?
"내가 어딘지는 왜 물어요?"
퉁명스럽게 대꾸하고는 얼른 덧붙였다.
"집이지 뭐."
―기다려. 지금 갈게.
"응?"
뚜우―

뭐지? 이 상황은. 은효는 황당한 얼굴로 신호가 끊어진 스마트폰을 들여다보았다.

샤워 후 간단히 먹을 만한 것을 챙겨 식탁에 앉았는데 벨이 울렸다. 새삼스럽게 왜? 하고 현관으로 가보니 이 실장도 함께였다.
쌍둥이처럼 비슷한 헤어스타일에 비즈니스 슈트를 입은 두 사람이 심각한 얼굴로 들어섰다. 심각함을 넘어서 화가 난 듯 보이는 윤이 성큼성큼 다가가더니 은효를 덥석 껴안았다.
"아니, 왜, 가, 갑자기. 저, 저기 우리만 있는 것도 아닌데……."
"다른 일 없었던 거 맞아? 어디 아픈 데 없고?"
"괜찮아요. 아무 일 없었어."
감정조절이 안 되는 듯, 은효를 안은 윤의 팔엔 힘이 점점 더 실렸다. 급기야 은효가 켁켁거리며 버둥거릴 지경에 이르렀다.
"괜찮았는데 생명의 위협을 느끼고 있어요! 숨, 숨 막혀!"

윤이 당황해하며 얼른 그녀를 놓아주었다.
"미안."
"무슨 일은 윤이 씨한테 있는 거 아니에요?"
은효가 멀찌감치 뒤에 서 있는 이 실장 쪽으로 시선을 돌렸다.
"이 실장님. 출장 중에 무슨 일 있으셨어요?"
"아닙니다. 회장님께서 오버하시는 겁니다. 일주일 떨어져 있었다고."
"싱거운 소리도 할 줄 알아?"
이 실장을 쳐다보는 윤의 눈빛에 불쾌함이 노골적으로 묻어났다.
"공항에서 바로 회사로 움직이느라 식사도 못 하셨는데 뭐라도 좀 드셔야 하는 거 아닙니까?"
"내가 지금 밥이 넘어갈 것 같아?"
"회장님은 지금 릴랙스가 필요하십니다."
"쓸데없는 소리는 그만."
은효가 슬그머니 끼어들었다.
"저도 배고파요. 샌드위치 재료 있는데 같이 만들어 먹어요."
"그보다……."
"제가 하겠습니다."
윤의 말을 막은 것은 이 실장이었다.
"주방 좀 쓰겠습니다. 두 분은 대화 나누십시오."
"아, 그럼 부탁 좀 할까요."
은효는 윤의 손을 잡아끌어 소파에 나란히 앉았다. 이 실장이 슈트 상의를 벗어 식탁 의자에 올리고 셔츠 소매를 걷는 모습을 함께 지켜보았다.

샌드위치가 만들어지는 동안 윤은 은효에게 에이크 어페럴에서 있었던 이야기를 상세히 들었다.

"루이넬 까르메스의 올해 한정판이란 말이지?"

"네. 다섯 세트뿐이라고 했어요. 맞다! 사진."

은효가 스마트폰 속 사진을 그에게 보여주었다.

"하도 유난을 떨길래 찍었어요. 내가 만지고 나서 없어졌다느니 이딴 소리 할까 봐."

"그런 유치한 장난을 할 사람은 아니야. 전여진은."

윤의 표정이 짧은 순간 차갑게 변했다.

"더 치밀하고 잔인한 짓을 하면 했지."

"하, 도대체 왜?"

윤은 은효에게만 보여주는 다정한 얼굴로 그녀의 머리를 쓰다듬었다. 그리고 어느새 샌드위치가 완성된 식탁 위를 쳐다보며 말했다.

"느긋하게 먹을 시간은 없겠어. 이 실장! 많이 먹어둬야겠다. 내일까지 밥 먹을 시간은 없을 것 같으니까."

윤이 은효의 손을 잡고 소파에서 일어섰다.

XXXVI.
고양이,
사자가 되어라.

 한 번도 본 적 없는 퀭한 모습의 은효를 보며 미선은 이동 중에도 내내 왜 그러냐고 몇 번을 물었다.
 잠을 못 잔 거냐, 아니면 오늘 방송이 부담스러운 거냐 등등…… 나중엔 정말 이상한가 싶어 은효가 거울을 꺼내 얼굴을 확인할 정도였다.
 은효의 지정 대기실에 도착해 메이크업을 수정하는 중간에도 두 번은 더 물어본 것 같다.
 "혹시 어제 인터넷 기사 봤어요? 그것 때문에 스트레스받으신 건가? 하신우쪽에서 일부러 기사를 흘린 것 같던데…… 은효 씨를 완전 어장 관리녀로 만든 그 기사요."
 "나를 누구랑 엮었으려나? 류 선배님?"

"그뿐만 아니라 우리 회사 대표님도……."

"그 정도로 어장관리라고 하다니. 내가 더 분발해야겠네요."

정작 진짜는 쏙 빼버리고 말이야. 은효는 속으로 피식 웃었다.

"어? 에이크 담당자가 왜 보자고 하지? 지금 방송국이라네요?"

미선이 문자를 확인하며 말했다.

"어제 정한 의상 그대로 가져왔는데? 뭐지?"

"다녀와요."

"보안팀 올 때 됐는데……. 그 엄청나게 비싼 명품을 내 손으로 걸어주고 싶었다고요."

"혹시 늦으면 빼는 건 미선 씨가 해줘요."

미선이 대기실을 나가고 얼마 후, 노크 소리가 들렸다. 은효가 들어오라고 대답하자, 어제 봤던 그 남자가 검은색 금고 모양의 가방을 들고 안으로 들어섰다.

그는 근처 테이블 위에 가방을 올리고 다이얼을 몇 번 돌리더니 안에서 주얼리 케이스를 꺼냈다.

은효가 케이스를 넘겨받으며 고개를 갸웃했다.

"귀금속을 왜 시원하게 보관해요? 케이스가 굉장히 차갑네요."

"다이아몬드 장식 사이에 연결된 오팔이 온도에 민감하므로 보관에도 신경을 써야 합니다."

"아, 그렇군요. 녹화가 길어질까 봐 걱정이네요."

그는 대답 없이 가방을 든 채 서 있었다.

"다른 무슨 용건이 있으신가요?"

"무사히 잘 착용하셨는지 제품 상태까지 확인하고 오라는 지시가 있었습니다."

"하, 그러시군요."

은효가 질린다는 얼굴로 고개를 저었다.

"잠시만요."

그녀는 메이크업 박스와 도구가 쌓여 있는 화장대로 케이스를 들고 갔다.

"그새 뭘 이렇게 너저분하게 늘어놓고 갔담. 케이스에도 뭐 묻을까 봐 신경 쓰이네. 다음부턴 이렇게 부담스러운 물건은 협찬 받지 말아야겠어요. 하다가 떨어뜨릴까 봐 내 손이 다 떨리네."

남자에게 등을 돌린 상태로 한참을 꼼지락거리던 은효가 돌아섰다.

"하면서 대충 봤는데 괜찮은 것 같아요."

그녀가 남자 쪽으로 가까이 다가갔다.

"확인해보세요."

그는 확인 어쩌고 하며 까탈을 부린 것 치고는 매우 보는 둥 마는 둥 하고는 대기실 밖으로 사라졌다.

여진은 자기 자리에 앉아 항공회사 마크가 찍힌 봉투를 만지작거리고 있었다.

오전 내내 시즌 상품 아이디어 회의를 하고 이제야 겨우 이사실로 돌아온 참이었다. 그녀는 봉투를 열어 안에 내용물을 꺼냈다.

내일 날짜가 찍힌 미국행 항공권이었다.

'날 모욕한 대가로 처참해진 네 모습은 보고 가야겠지.'

자기 사랑만 고귀하다고 잘난척했던 솔칸의 일그러진 얼굴이 보고 싶었다. 처음부터 거슬렸던 연은효를 치우고 싶은 마음도 크게 한몫했다.

'감히 어디서 난데없이 튀어나와 내 인생을 송두리째 바꿔버리냐고.'

사생아 주제에 부자 아버지 만나서 자기 하고 싶은 거 다 하며 사는 꼴이 눈꼴시었다. 남의 가슴에 피 멍들게 해놓고 천진한 얼굴로 '네 감정엔 관심 없어.'라고 말했을 때 죄책감 따윈 사라지고 없었다.

책상 위 시계를 확인했다. 은효가 출연하는 예능 방송 녹화가 시작될 시각이었다.

'주사위는 이미 던져졌어.'

항공권을 다시 봉투에 넣어 책상 한쪽에 밀어두고 있을 때 내선 전화가 울렸다.

─이사님, UE컴퍼니 회장님이 오셨습니다.

듣고도 믿기지 않아 다시 물었다.

"뭐? 누구?"

─호윤 회장님께서 뵙고자 하시는데요.

"들어오시라고 해."

뭐지? 호윤이 갑자기 왜? 여진은 순간 초조해진 마음에 잘 손질된 엄지손톱을 물어뜯었다. 정떨어지는 말로 사람감정을 시궁창에 빠뜨릴 땐 언제고 무슨 낯으로?

'아니지? 차라리 잘됐어. 윤이 돌이켜봤을 때 가장 비극적인

시간을 나와 함께 보낸 게 되니까.'

　불안해 보이던 그녀는 이내 여유를 되찾았다. 곧 문이 열리고 윤이 모습을 보였다.

"무슨 일이야?"

　여진이 자리에서 일어나, 접대용 소파 쪽으로 걸어갔다.

"호윤 회장님이 우리 회사를 다 방문하고?"

"전해 줄 게 있어서."

　윤이 먼저 소파에 앉았다. 그가 손에 들고 있던 직육면체 모양의 검은색 하드케이스 가방을 옆에 두었다.

"뭐 마실래?"

"아니. 앉기나 해."

　여진이 가방을 힐긋 쳐다보고는 윤의 대각선 자리에 앉았다.

"며칠 전 지훈이 만났을 땐 출장 갔다고 들었는데. 언제 왔어?"

"어제."

"피곤하겠네. 줄 게 뭔데 연락도 없이 왔어?"

　단답형으로만 말하는 밥맛없는 호윤은 오늘도 근사했다. 저주해도 모자랄 판에 변함없이 그가 앞에 있으면 가슴이 설렌다. 어리석게도.

　윤이 옆에 둔 가방을 열었다. 아이스박스 기능을 갖춘 듯 부연 수증기가 새어 나왔다. 그가 안에서 꺼낸 것은 낯이 익은 주얼리 케이스였다.

"너희 회사에서 우리 은효한테 협찬한 물건이라고 들었어."

"그래 맞아. 그게 왜 너한테 있어?"

여진의 음성이 미약하게 떨렸다.

"분명 아까 우리 보안팀에서 연은효 씨가 착용한 것까지 확인했다고 보고했는데."

"공교롭게도 내가 똑같은 것으로 은효에게 선물했거든."

윤이 케이스를 그녀에게 내밀었다.

"보안팀을 붙일 정도로 고가의 제품이니 받은 것도 확실히 해야지. 확인해봐."

"회장님이 직접 가져오셨는데 맞겠지. 두고 가."

"그럴 순 없지. 네가 꺼내서 내 앞에서 인증해. 이상이 없는지."

"내가 괜찮다는데 왜 이래? 나 곧 회의 있으니까 그만 가줘."

잘생긴 윤의 얼굴이 한순간 굳어졌다. 그녀를 노려보는 까만 눈동자는 오금이 저릴 만큼 위압적이었다. 그 자체가 두려움이었고 공포였다.

"왜? 여기에 독이라도 발라놨어? 열어보지도 못할 만큼 끔찍한?"

"무, 무슨 소리야."

급기야 여진은 말을 더듬었다.

"마, 말도 안 되는 소리 하지 마!"

"이러니까 더 의심스럽잖아. 네가 날 그냥 갈 수 없게 만드네."

고저 없는 윤의 음성이 그녀의 목을 조르는 기분이었다. 다 알고 있다고 협박하는 것 같았다.

"똑똑한 전여진이라면 무슨 독을 선택했을까?"

"계속 헛소리할 거면 당장 나가."

"아, 에바퀴리오테신이라는 독이 있어. 사피에겐 알려지지 않은, 슈피르 중에서도 극히 일부만 아는 구하기도 힘든 맹독이지. 그 독이 사람 죽이기에 딱 좋은 게, 상온에서 일정 시간이 지나면 흔적 없이 증발해버리거든. 에바포라라고 하는 슈피르가 발견한 화합물 덕분이지. 단, 그 에바포라에도 치명적인 단점이 있어. 저온을 유지해야 한다는 것."

입이라도 벙긋하면 당장이라도 죽일 듯 그의 표정은 점점 더 험악해졌다.

"트리코테신과 디메틸수은은 사피들에게도 잘 알려져 있어. 호흡기와 피부접촉만으로도 중독이 되어 죽을 수 있는 물질이라는 걸. 하나도 무서운데 두 놈을 섞었네? 그런데 그놈들이 시간이 지나면 사라져. 이보다 더 좋은 살인 도구가 없지. 안 그래?"

"무슨 얘기가 하고 싶은 거야?"

"네가 지금 이 케이스에 손도 대지 않는다는 건, 이 안의 장신구에 에바퀴리오테신 같은 독이 발려진 게 아닌가 하는 합리적인 의심이 든다는 거지."

"내가 왜?"

"그러게 왜? 네가 그럴 리가 없잖아? 도대체 왜? 그러니까 이런 의심을 한 나를 미안하게 만들어봐. 꺼내서 직접 걸어보면 확실하겠네."

더는 물러설 수 없음을 알았다. 애초에 문제가 없다면 케이스를 열지 못할 이유가 없으니까. 여진은 주먹을 꽉 움켜쥐었다. 손안에 식은땀이 홍건히 고였다.

"싫어. 처음엔 아무 생각이 없었는데 네가 이러니까 더 하기 싫어졌어."

마지막 발악을 해보기로 했다.

"솔칸이 여자 때문에 이렇게도 미치는구나. 아무것도 아닌 걸로 어릴 적 친구마저 살인자로 의심해버리는 수준이라니. 겨우 이 정도 남자 때문에 내 인생 일부를 받쳤다는 게 억울할 지경이야."

"그래. 네 말대로 내가 미쳤다고 치자. 그러니까 나는 꼭 봐야겠다. 네가 안 하겠다면 내가 직접 해줄 수도 있어."

여진이 결국 악에 받친 소리를 질렀다.

"너 왜 이래, 정말!"

윤은 아랑곳없이 가방에서 가죽장갑을 꺼내 손에 꼈다.

"너에게도 잘 어울릴 디자인이더군. 아무 일 없으면 사과의 의미로 네게 선물할게. 미친 짓 참아준 대가로 30억이면 나쁘지 않잖아?"

윤이 케이스를 집으며 그녀를 향해 싸늘한 미소를 날렸다.

"참, 가만히 있는 게 좋을 거다. 내가 요즘 힘이 주체할 수 없을 만큼 세졌거든."

"미친놈!"

여진의 욕설에 윤의 입꼬리는 더욱 위로 올라갔다. 그리고 마침내 그가 케이스를 열었을 때,

그녀는 본능적으로 몸을 움츠러트렸다.

윤이 목걸이를 들어 여진에게 다가갔다. 그가 가까워지자, 그

녀가 황급히 고개를 숙이며 악을 썼다.

"그래! 네 말이 맞아. 다 알아봤으면서 너도 참 독하다."

"너무 저질 아닌가? 어떻게 사람을 죽일 생각을 해!"

"네가 이렇게 만들었잖아. 궁지로 몰아넣은 건 너야!"

여진의 눈가가 붉어지며 금세 눈물이 주르륵 흘러내렸다.

'네가 뭘 알아. 받기만 하고 사는 네가 뭘 알겠냐고!'

긴장이 풀리며 설움이 몰려왔다.

"개연성 없는 패악 같겠지. 아니! 뺏겨보지 못한 인간들은 절대 이해 못 해. 전부라고 생각했던 걸 하루아침에 뺏겼어. 그 기분이 어떨지 니들도 똑같이 느껴봐야 한다고!"

윤이 들고 있던 목걸이를 케이스에 던졌다. 반동에 의해 열렸던 케이스의 덮개가 닫혔다.

"너와 같은 인간들이 범하는 착각이 있어. 과연 뺏긴 걸까? 처음부터 자기 것이 아니었는데? 모든 건 너희들이 스스로 만들어낸 망상에서 비롯됐을 뿐이야. 갖지 못할 바엔 망가뜨리겠다? 내가 불행하면 남도 불행하게 만들겠다? 이 얼마나 졸렬하고 이기적인 생각이야!"

"졸렬하다고? 사랑받으려고 노력한 게 이기적이라고? 좋아하는 사람에게 진심을 부정당해봤어? 내가 가졌던 걸 아무 노력 없이 빼앗은 사람에게 비웃음당해 봤냐고!"

"설령 그렇다고 해도, 모두가 다 살인을 저지르진 않아."

윤이 주얼리 케이스를 다시 가방에 넣으며 말했다.

"에바퀴리오테신은 승대호가 연결해줬겠지. 예전부터 네가 그 영감을 따랐다는 거 알고 있어. 그래도 설마 했다. 그가 남긴 끄나풀이 너였을 줄은. 넌 네 의지대로 이런 짓을 벌였다고 생각하겠지만, 실은 그에게 이용당했을 뿐이야. 혼자 똑똑한 척은 다 하더니……."

"무슨 소리야?"

"그는 알고 있었어. 네 허영심과 자격지심을 조금만 건드리면 자기가 원하는 대로 움직여 줄 거란 걸. 티로나에 끌려가면서도 자신만만해하더니…… 이유가 있었군."

"웃기지 마! 내가 하고 싶어서 한 일이야. 호윤, 네 눈에서 피눈물 나는 꼴을 이 두 눈으로 보고 싶었기 때문이라고!"

"그래. 그 말을 기다렸어."

그가 가방을 든 채, 망연자실해 있는 여진을 쳐다보며 오쿨리 파시를 썼다.

《내가 말했지. 은효를 건드리면 가만히 안 있겠다고. 그래. 사는 게 차라리 죽는 것보다 더 고통스럽게 해줄게. 기대해.》

후회 같은 건 없다. 실패의 아쉬움만 있을 뿐. 여진은 이제 이판사판이었다. 잘못했다고 선처를 바랄 생각도 없다. 누구에게 이용당해 호구짓 했다는 오명보다는 차라리 내 발로 감옥에 들어가고 말지.

"지금 밖에 연맹에서 대기하고 있어. 이건 내가 그들에게 직접 전달할 거고, 지금까지 너와 나눈 대화도 전부 녹음되었다. 너의 처분은 그들이 알아서 하겠지만, 네가 신봉하던 승대호와는 필히 만나게 될 거다. 티로나에서."

윤이 몸을 돌려 몇 걸음 뗴었을 때 여진이 물었다.

"어떻게 알았어? 절대 새어 나갈 리 없었는데. 들킨 뒤라면 모를까, 먼저 불었을 리 없단 말이야."

"네가 나눈 대화를 누군가 들었을 수도 있지."

"말도 안 되는 소리야. 이일은 일부러 블뤼하고만 진행했어. 오쿨리파시 이외에는 대화를 나눈 적 없다고."

그가 잠시 멈칫하는 듯했으나, 어깨를 한번 으쓱하고는 비아냥거리는 말투로 대꾸했다.

"티로나에서 심심하지는 않겠네. 어떻게 들켰을지 궁리해봐."

윤은 돌아선 채 한번을 돌아보지 않고 밖으로 나가버렸다. 그리고 그의 말대로, 숨 돌릴 새도 없이 대기하고 있던 연맹원이 이사 실로 들이닥쳤다.

은효는 모든 스케줄을 마치고 오피스텔에 돌아와 답답했던 메이크업을 말끔히 씻어냈다. 샤워하고 여느 때와 다름없이 편한 옷차림으로 거실에 나와 물을 마셨다.

파란만장했던 하루였다. 아니, 24시간이라고 해야 하나. 전날 이 실장이 만든 샌드위치를 함께 먹은 뒤로 심장이 쫄깃해지는 시간을 보내야 했다. 미선에게 퀭하다는 소리를 들을 만큼.

'루이넬 까르메스 나머지 네 세트의 소재를 찾고 최대한 빨리 가져올

수 있는 물건을 순서대로 섭외해.'

이 실장에게 지시하는 윤의 말에 은효가 놀라며 끼어들었다.

'맙소사, 어디에 있는지도 모르는데 그걸 하루도 안 되는 시간에 구할 수 있다고요?'
'되게 해야지.'
'안되면?'

굳어있던 윤의 얼굴이 그녀에게 시선을 돌리며 온화하게 바뀌었다.

'솔칸에게 안되는 건 없어.'

윤이 큰소리 땅땅 쳤지만, 은효는 방송국에 녹화하러 가는 중에도 물건을 받지 못해 속이 타들어 가는 것만 같았다. 대기실 화장대 위에 놓인 주얼리 케이스를 보기 전까지는.

[계획대로 눈치채지 못하게 잘 바꿔서 해야 해. 절대 헷갈리지 말고.]

윤의 문자를 받고, 얼마 후 예상대로 미선이 밖으로 불려 나갔다. 상대는 은효에게 액세서리를 직접 하게 해야 했으니까.
윤에게 간단하게 들은 에바퀴리오테신은 생화학무기로 써도 될 만큼 무시무시한 독이었다. 만지거나 피부에 닿으면 치사율 90% 이상이었고, 공기 중으로 퍼져 호흡기로도 치명적인 중독 증상을 일으킬 수 있다고 했다.

'내가 그렇게 미웠다고? 죽이고 싶을 만큼?'

인형처럼 예뻐 보였던 여진의 얼굴을 떠올리자, 온몸에 소름이 돋았다. 개인적으로는 얄미웠지만, 자존감 있고 능력 있는 모습이 멋있다고 생각했는데…….

'이게 다 죄 많은 잘난 호윤님 때문이지.'

그나저나 윤은 바쁜지, 잘 해결됐다는 짧은 문자만 보내고 아직 아무런 연락이 없다.

'보고 싶은데…….'

같은 물건 구하느라 잠도 못 자고, 제대로 먹지도 못했을 텐데…… 은효는 소파에 쪼그리고 누워 시간을 확인했다.

'8시 32분.'

졸고 있으면 오겠지. 어쩌면 눈떴을 때 바라보고 있을지도 모르고. 그녀는 즐거운 상상을 하며 해죽 웃었다. 그리고 이내 잠이 들었다.

상상은 보기 좋게 빗나갔다.

은효가 눈을 떴을 때 주변엔 아무도 없었다. 시간만 흘러 11시가 넘은 시각이었다. 전화도 오지 않았고 문자도 없다.

'뭐지? 오늘 같은 날 이럴 리가 없는데.'

은효는 평소 윤에게 먼저 전화하지 않았다. 워낙 바쁜 사람이고 무슨 일을 하고 있을지 몰라, 웬만해선 기다리는 편이었다. 하지만, 이번엔 먼저 해봐야 할 것 같았다.

―전원이 꺼져 있어 소리샘으로…….

서둘러 이 실장에게 전화했다.

'일찍 퇴근하셨습니다. 오후엔 절대 무슨 일이 있어도 연락하지 말라는 당부가 있으셨습니다.'

은효는 방금 나눈 이 실장과의 통화를 떠올리며 맞은편 윤의 집 앞에 섰다.

일단 벨을 눌러보았지만, 반응이 없다. 그녀는 비밀번호를 누르고 문을 열었다.

'어? 신발!'

제일 먼저 현관에 놓인 남자 구두가 보였다.

'얼마나 피곤했으면 벨 소리도 못 듣고 자. 그 예민하신 분이.'

그제야 조금 긴장이 풀리며 은효의 입가에 미소가 스몄다. 거실로 들어서며 제일 약한 밝기의 불을 켰다.

"윤!"

윤이 거실 소파 앞 카펫 위에 쓰러져있는 것을 발견했다. 은효는 정신없이 달려가 그를 일으켜 안았다.

입술에 혈색이 돌지 않고 얼굴이 창백했다. 다행히 열은 없었다. 윤을 감싸고 있는 기의 흐름도 나쁜 편은 아니었다. 은효가 떨리는 음성으로 그를 불렀다.

"윤. 호윤. 정신 차려봐요. 얼마나 이러고 있었던 거야?"

그녀가 손으로 얼굴을 감싸자, 윤의 미간이 움찔거렸다. 그리고 서서히 눈을 떴다.

"이런……."

깨어나자마자 하는 말이 '이런'이라니. 어이없었지만 은효는 웃음이 나왔다. 안도와 감사의 미소였다.

"나 때문에 한숨도 못 잤을 테니 이럴 만도 하지. 아무리 슈피르고 솔칸이라도 잠 안 자고 버티겠어요? 폰은 왜 꺼져서 사람 걱정하게 만들고."

"후우, 지금 몇 시야?"

"12시가 다 되어 가는데?"

"이런 일은 처음이라 황당하네. 너와 밥 먹으려고 일찍 왔는데."

"하, 뭐지? 그럼 얼마나 굶은 거야?"

윤이 피식 웃으며 자기 얼굴을 만지고 있는 은효의 손을 잡았다.

"졸려서 쓰러진 건지 배가 고파서 쓰러진 건지 모르겠다."

"둘 다지. 모르긴 뭘 몰라."

은효가 그의 머리를 쓰다듬으며 물었다.

"집에 먹을 것 있어요?"

"스테이크 하려고 사둔 고기가 냉장고에 있어."

"그건 아무래도 내일 먹는 게 좋을 것 같고……."

윤이 비스듬히 누웠던 몸을 일으켜 앉았다. 은효가 그에게 팔짱을 끼며 어깨에 머리를 기대었다.

"우리 집에서 컵라면 먹을래요?"

"뿌리칠 수 없는 유혹이군."

"가기 전에 뽀뽀 한번!"

은효가 눈을 감고 입술을 귀엽게 내밀었다. 하지만 돌아온 것은 그의 입술이 아닌 눕힌 손가락이었다.

"이거 뭐지?"

"나 씻고 갈게. 물 끓이고 기다려."

"이보세요! 요즘 커피포트 1분도 안 걸리거든요?"

"금방 갈게."

핏기없는 윤의 입술이 설레게 웃는다. 은효는 두근거리는 마음을 가라앉히며 순순히 자리에서 일어섰다.

윤이 샤워하다 말고, 가볍게 휘청거렸다. 은효에게는 잠이 부족해서라고 했지만, 실은 목걸이에 묻어있던 에바퀴리오테신 때문이었다.

'가까이에 노출됐을 뿐인데 이 정도라니.'

장갑을 꼈음에도 호흡기로 전파된 독이 중독증상을 일으킨 것 같았다. 지끈거리는 두통과 어지러움이 지속되었다.

'제길.'

욕설이 저절로 튀어나왔다. 아무것도 모른 채 그것을 은효가 착용했을 걸 생각하니, 눈앞이 아찔해지면서 가라앉았던 분노가 다시 끓어올랐다.

얼마 전부터 에바퀴리오테신의 거래가 거론되고 있다는 사실은 정보를 입수해 알고 있었다. 물론 승대호가 남겨둔 몇몇 하수인들의 동태를 살피던 중 밝혀진 일이었다. 하지만 왜, 무엇에 쓰일지는 알아내지 못하고 있었는데…….

'오쿨리파시로만 주고받았으니 정보원들이 알아냈을 리가 없지.'

샤워부스에서 나오는 윤의 머리에서 물이 뚝뚝 떨어졌다. 그가 수건으로 머리를 대충 털어내다가, 피식 웃음을 지었다.

'나처럼 남의 오쿨리파시를 볼 수 있었으면서 시치미를 떼셨겠다? 앞으로 조심해야겠군.'

은효에게 먼저 알은척할 생각은 없다. 그 능력이 다른 블뤼에겐 유쾌하지 못하다는 것을 그도 잘 알고 있기 때문이다. 그리고 그것을 은효가 염두에 두고 있다는 것도.

'오늘도 무리인가.'

뜨겁고 열정적으로 음란 돌고래를 만족시키고 싶었는데, 망할 놈의 독이 몸에 남아버렸다. 혹여 은효에게 영향을 줄지도 모르기에, 오늘 밤도 그냥 라면만 먹고 오게 될 것 같았다.

윤은 윤대로 은효는 은효대로 되게 오랜만에 먹은 라면이었다. 즉석밥까지 나눠서 말아먹고 맥주와 몇 가지 과일을 준비해서 소파에 나란히 앉았다.

은효가 흘깃 윤의 얼굴색을 살폈다. 밥을 먹고 과일도 먹었는데 혈색이 돌아오질 않는다. 아무렇지 않은 척하고 있지만 역시나 몸이 어딘가 좋지 못한 게 분명했다.

"야시시한 원피스를 입고 있을 걸 그랬나? 이 남자가 왜 반응이 없지?"

은효가 냉큼 그의 다리 위에 마주 보는 자세로 앉았다.

"이렇게 섹시한 여자가 옆에 있는데 아무 기분도 안 들어요? 가령 뽀뽀하고 싶다거나 뽀뽀가……."

"오늘은 내가 피곤……."

윤이 티 안 나게 고개를 돌리려 할 때, 은효가 얼른 두 손으로 그의 얼굴을 잡았다.

"내가 재워줄게요."

은효의 입술이 잽싸게 윤의 입술을 덮었다. 그가 흠칫 놀라며 은효를 떼어냈다.

"하지 마. 피곤하다니까."

"거짓말. 피곤한데 이렇게 반응해? 얘만 안 피곤한가?"

은효가 자기가 앉아있는 윤의 아래를 눈짓으로 가리키며 씩 웃었다.

"우리 솔칸님이 아직 잘 모르시나 본데 음란 돌고래는 너무 많이 기다렸단 말이죠."

"은효야. 장난이 아니고, 나 오늘 진짜……."

은효가 다시 그에게 키스했다. 절대 떨어지지 않겠다는 듯 윤의 목에 팔을 단단히 두른 채. 하지만 이번에도 그는 완강히 뿌리쳤다.

"은효야!"

"바보. 내가 지금 치료해주려고 그러잖아. 당신 지금 안 좋잖아요. 나한테 숨길 생각하지 마요."

"너도 다칠 수 있어."

"내 실력을 모르네? 만능은 아니지만, 지금 윤이 씨 정도는 내가 좋아지게 할 수 있어. 나 못 믿어요?"

윤이 심각한 얼굴로 은효를 바라보다가 결국 웃음을 보였다.

"이렇게까지 기다린 줄은 몰랐네. 우리 음란 돌고래."

"그럼요! 그게 언제야. 윤이 씨의 방에 몰래 들어갔다가 의식이 어쩌고 하면서 거절당하고 지금까지 허벅지 찔러가며 버틴 세월이……."

윤의 입술이 은효의 입술 위에 급하게 포개어졌다. 방금 먹은 포도 향과 어우러져 키스는 더욱 달콤했다.

은효의 손이 윤의 셔츠 밑으로 파고들어 그의 맨살을 더듬었다. 쓰다듬듯이 위로 손길을 옮기던 그녀는 척추의 뼈 마디마디를 어루만지며 쓸어내렸다.

그 사이 윤의 손은 그녀의 등 뒤로 브래지어 후크를 풀고는 허리를 부드럽게 감쌌다. 은효가 그의 허리를 다리로 단단히 감고는 매달린 자세로 속삭였다.

"내 침대로 가요."

열린 커튼 사이로 달빛이 스며들었다. 호윤은 거친 숨을 뱉으며 은효의 허리를 잡아 끌어당겼다. 연인의 천 조각 하나 걸치지 않은 아름다운 나신이 아찔한 실루엣을 만들며 아래위로 천천히, 그러다 조금씩 빠르게 움직였다.

"아읏."

야릇하면서 생소한 은효의 신음이 그를 더욱 묵직하게 자극했다. 그녀가 몸을 뒤로 젖히자, 봉긋한 가슴이 그를 유혹했다. 윤이 핑크빛 유두를 부드럽게 빨아들였다.

처음이라 힘겹게 하나가 된 은효의 그곳이 그를 힘껏 조여 댔다. 그와 동시에 흥분을 참지 못한 그녀가 손톱이 느껴질 만큼 세게 그의 등을 끌어안았다.

은효의 말대로 윤을 괴롭혔던 두통과 어지러움은 사라지고 없었다. 정말 치료된 것인지, 아니면 그녀와의 사랑이 약이 된 것인지는 몰라도 지금 윤이 느끼는 것은 연인과의 쾌락뿐이었다.

서툰 손길, 어설픈 애무. 그래서 더 소중한 순간이었다. 나보다 상대를 더 즐겁게 해주고 싶은 마음, 사랑해주고 싶은 욕심…….

서로를 구원하고 행복해진 두 사람은 하나가 되어 사랑을 나누고, 함께 절정에 다다랐다.

"사랑해."

"사랑해요."

약속이라도 한 듯, 둘은 동시에 마음을 고백했다. 유독 말로 표현하는 것에 인색했던 두 사람은 역시 동시에 미소를 교환했다.

은효를 품에 꼭 껴안으며 윤이 물었다.

"만족하셨나요? 음란 돌고래."

"글쎄요. 한 번으로는 잘 모르겠는데요."

"아니, 그런 대사는 내가 해야 하는 거 아닌가?"

"그런 게 어딨어요? 더 밝히는 쪽이 하면 되는 거지."

윤이 황당해하며 은효를 내려다봤다. 품 안의 그녀는 이미 꼼지락꼼지락 그의 가슴을 더듬고 있었다.

거실 TV에 '고양이, 사자가 되어라' 2편 예고가 나오고 있었다. 맥주를 마시던 은효가 옆에 있는 윤을 향해 입을 벌렸다. 윤이 그녀의 입에 아몬드를 넣어주었다.
"어땠어요? 투자자님. 본전은 건질만 하겠나요?"
"글쎄. 임펙트가 조금 부족했던 건 아닌가 싶기도 한데. 일단, 다음 편이 궁금하니까 반은 성공."
"와, 애인이 주인공인데 말이라도 대박 날 것 같다고 해줘야 하는 거 아닌가?"
윤이 능청스럽게 대답했다.
"지금 투자자님에게 물어봤잖아. 윤이 씨에게 물은 게 아니고."
"아, 네."
은효가 입을 삐죽거리자, 윤이 웃으며 그녀의 머리를 쓰다듬었다.
"고생했어. 화면으로만 봐도 힘들었을 게 보이네."
"엄청났죠. 덥고 습하고 씻지도 못하고."
윤이 맥주를 한입 마시고는 잠시 뜸을 들이다 입을 열었다.
"정말 내 청혼 반지는 안 받아 줄 건가?"
"반지는 받아준다니깐? 꼭 결혼할 필요는 없잖아요. 난 이대로가 좋아."

"처음부터 끝까지 미혼이었던 술칸은 없어. 나 쫓겨나면 어쩔 건데?"

"아내는 없지만, 연인은 있다고 하세요. 여지를 남겨두는 거지."

"혹시 누구한테 무슨 소리 들은 거야?"

은효가 윤의 어깨에 머리를 기댔다.

"누구한테 무슨 소리? 그런 거 없는데? 뭐 있어요?"

"아니. 결혼을 왜 굳이 안 하겠다고 하는지 궁금해서."

"인기를 유지하려는 여배우의 이기심? 만인의 연인이 되고 싶은 나의 욕심?"

은효는 자기가 말하고도 웃긴 지, 혼자 키득거렸다.

윤이 들고 있던 맥주를 테이블에 올리고는 느닷없이 은효를 번쩍 안아 올렸다.

"그래. 상관없어. 결혼? 그게 뭐 꼭 필요해? 이렇게 같이 행복하게 살면 되지."

은효가 툭 던지듯 물었다.

"호윤 주니어는 보고 싶지 않아요?"

"함께 살면서 아이가 생긴다면 삶이 주는 선물이겠지. 하지만 아이를 얻기 위해 결혼하고 싶은 생각은 없어."

"좋아요. 그럼 우리 결혼은 아이가 생기면 생각해봐요."

"뭐?"

윤의 목에 팔을 감으며 그녀가 귓가에 속삭였다.

"그때까진 쭉 나는 당신의 연인으로 살게요."

"원하시는 대로. 그럼 오늘 밤은 나의 연인을 어떻게 만족시켜 줄까?"

"쉽지 않을 텐데?"

은효를 공주님처럼 안아 들고 있던 윤은 빠르게 침실로 달려갔다. 곧바로 침대에 던져진 은효는 야수처럼 덤비는 윤을 향해 행복의 비명을 질렀다.

일곱 살 윤은 태어나지 못할 뻔한 뱃속의 은효를 구했다. 그리고 열아홉 살의 은효는 칠흑 같은 새벽어둠 속에서 다친 윤을 구했다.

신을 믿지 않는 은효와 신을 거부하려 했던 윤은 결국 슈피르의 수호신 안테파사르가 이어준 인연이었다. 그렇기에 그들의 신은 모두가 포기하고 있던 기적을 또 한 번 선물할지도 모른다.

슈피르가 언제까지 현생인류와 공존할지는 알 수 없지만, 조금 더 먼 미래엔 서서히 섞이어 진화하지 않을까? 그들도 알고 보면 똑같은 인간이니까.

〈完〉

작가 후기

배경은 현대. 장르는 로맨스. 그런데 판타지가 섞여 있다?
 처음 시놉시스 이야기를 했을 때 주변에서는 다들 조심스럽게 걱정을 했습니다. 요즘 트렌드와 안 맞는다고.
 우려를 뒤로하고 고집스럽게 글을 진행했습니다. 꽤 오랜 기간이 걸렸지만, 쓰는 동안은 즐거웠습니다.
 무에서 유를 창조하다 보니, 생뚱맞은 단어들이 툭툭 튀어나옵니다. 판타지를 좋아하지 않는 분들에겐 분명 지뢰일 것입니다.
 기존의 인외 존재가 아닌, 사람이지만 사람이 아닌 주인공을 만들고 싶었거든요.
 좀 더 섹슈얼하게 쓰고 싶었는데, 제 깜냥이 부족하여 어쩌다 보니 전체연령가가 되고 말았습니다.

다음 작품엔 실력을 키워 로맨스다운 로맨스를 써 볼 생각입니다.

몸 고생, 마음고생이 많았던 글인 만큼 재미있게 읽으셨기를 바랍니다.

늘 응원해주는 가족과, 작업하는 내내 제 다리 위에서 마음의 안식과 힐링을 주었던 하얀 솜뭉치 개냥 아들 똘이에게 고마운 마음을 남깁니다.

2023년 여름의 시작에 최원.

내 손안의 달콤한 로맨스

MARONG ROMANCE STORY

여름의 캐럴

박영 장편소설

"여름의 어떤 날을 가장 좋아해?"
"캐럴 나올 때."

한철이고 한순간일 이 계절을
추억으로 남기려는 여자와
영원으로 끌고 가려는 남자의 이야기

마야마루 스토어 한정 판매!
〈여름의 캐럴〉양장본 + 엽서 3종 + 시크릿 특전 세트